바캉스 소설 II

PLAY

바캉스 소설

김사과 장편소설

문학동네

차례

1733.03% _007

Infinite Summer _077

블랙 서커스 _143

흰 도마뱀의 숲 _213

火 _271

II

1733.03%

1

조영민 팀장이 이야기를 시작했을 때 이로아의 머릿속에 떠오른 것은 발리섬 남동쪽 누사두아 해변의 해질녘 하늘의 빛깔이었다. 네온 핑크와 오렌지, 레몬옐로와 일렉트릭 퍼플 빛으로 물든, 금빛 진주 가루가 흩뿌려진 듯 나른하게 빛나는 구름들이 휘핑크림처럼 뭉게뭉게 늘어선 완벽한 꿈의 하늘을 그녀는 정녕 목격했던가. 뜨겁게 달아오른 모래사장에 두 발을 파묻은 채 그녀가 바라본 것이 과연 진짜 석양이었을까. 꿈같던 무지갯빛 양떼 아니 구름떼는 실재했던 걸까. 아니면 독한 칵테일에 취한 그녀가 만들어낸 환상이었을까. 터질 듯 부풀어오른 해가 오렌지빛 눈물을 뚝뚝 흘리며 짙푸른 바닷속으로 가라앉는 장면이, 거대한 거미줄 같은 그림자가 겹겹이 내려앉는 초현실적인 해변의 이미지가, 감미로운 독약 같은 쪽빛 파도가 믿을 수 없게도 지금 그녀의 눈앞에 있었다. 해변을 가득 채운 사람들의 헐벗은 살갗은 살굿빛으로 물들어 있었고, 여기저기 둥둥 뜬 입술이 그려 보이는 행복한 미소들은 매 순간 주인을 떠나 노을 속으로 부드럽게 흩어져 사라졌다. 비키니 차림으로 아장아장 걸어가는 아이, 그 아이의 손을 잡고 걷는 올리브빛 살갗의 훤칠한 여인과, 그 너머 한 무리의 근육질 남자들, 맨살의 가슴과 엉덩이 사이로 핑크빛 혀를 부산하게 놀리는 흰 개, 하늘에는 고요히 세를 늘려가는 어둠을 배경으로 날렵하게 떠오른 잘 벼린 칼 같은 초승달, 더욱 걸쭉해져가는 핏빛 노을 아래 영원한 듯 펼쳐진 바다, 그리고 무엇보다 모든 것을 압도하는 파도 소리, 반복되는 물결의 소음은 진정 환각적이었다……

어느새 손에 쥐여진 쪽빛 칵테일을 그녀는 한입에 털어넣는다. 타는 듯한 열기가 순식간에 식도를 타고 퍼져나가고, 그녀는 달뜬 채 파도 속으로 뛰어든다. 다음 순간, 바다 한가운데에 떠 있는 그녀의 손에는 새 칵테일 잔이 들려 있다. 이번에는 피를 머금은 혀처럼 붉은빛의 칵테일이다. 그 또한 단숨에 비우고 나자, 차갑게 벼린 칼이 혈관 속으로 밀려드는 듯한 느낌에 그녀는 경련을 일으키며 바다 깊숙이 가라앉는다. 아득히…… 빛이 멀어지고, 더욱 멀어져 하나의 점으로 모아졌다가 그 점마저 사라지려는 찰나 때맞춰 일어난 거대한 파도가 그녀를 안아 뜨거운 모래사장 위에 토해놓는다. 그녀는 흠뻑 젖은 채로 모래 위를 뒹군다. 그러다가 문득 누군가의 손이 그녀의 등을 건드리는 것을 느끼고 눈을 떠보니,

(여전히) 조영민 팀장이 말하고 있었다.

Oui, je suis impuissant……! 이로아는 고통스러운 눈빛으로 조영민 팀장을 바라보았다. 하지만 조팀장은 반응이 없었다. 이로아는 포기하고 이번에는 완벽한 투항, 절박한 경청의 표정으로 조팀장의 이야기에 깊이 빠져드는 시늉을 해보았다. 그러자 반응이 있었다. 그의 얼굴에 옅은 조소가 떠올랐던 것이다. 젠장, 그렇게 이로아는 너덜너덜해진 누사두아의 무지갯빛 판타지 속으로 되돌아갔고, 이번에 그녀의 눈앞에 나타난 것은 카페 코코벨로였다. 프렌치 리비에라 스타일로 꾸며진 카페 코코벨로의 테라스에서 보랏빛 노을을 안주 삼아 마시는 빈땅 맥주는 천국 그 자체였다. 물론 천국 따윈 조팀장의 무자비한 공격 앞에서 순식간에 무력해졌고, 그

녀는 다시금, 이번에는 완전하게 현실로 돌아왔다.

조영민 팀장은 화요일 오전 출근 직후, 무방비 상태의 이로아 대리를 노렸다. 그녀가 회사 1층 커피빈에서 테이크아웃 해온 트리플 샷 아이스 아메리카노를 책상 위에 올려놓은 순간, 얼음으로 가득한 플라스틱 컵이 코팅된 나무합판 위에 닿는 히스테릭한 촉감에서 그녀는 불길한 예감을 느낄 수 있었다. 곧 그녀는 늠름하게 뻗어나온 팔뚝 끝의 굵고 튼실한 손목에 꼭 맞게 끼워져 당장이라도 튕겨나갈 듯한 애플 워치를 만지작거리며 이로아를 향해 다가오는 조영민 팀장을 발견했다. 그의 얼굴은 그 어느 때보다 인공지능 로봇처럼 매끄러웠고, 그 매끄러운 표면 위에다가 지난 주말의 소소한 저녁 모임 사진 여러 장을 단체카톡방에 포스트하듯, 조잡한 심경들을 마구잡이로 띄워놓은 채였다.

졌군. 이로아는 이해했다. 시작부터, 아니 시작을 하기도 전에 그녀가 진 게임이었다. 한편 조팀장은 아주 쉬운 작전을 수행하는 똑똑한 신참 스파이처럼, 엄청나게 사납고 동시에 믿을 수 없이 게을러 보였다. 그는 이로아의 평소 살짝 모자라 보이는 4차원 이미지와 개처럼 충직한 데가 있다는 소문에 기대어 쉬운 승리를 손에 넣고 싶은 것이 분명했다. 솔직히 말해 그는 오늘 이로아의 옷차림에 약간의 적대감(그녀는 비스코스 소재의 무릎까지 오는 남색 민소매 원피스에 옅은 베이지색 버진 울 카디건을 입고 있었는데 그 의도된 수수함의 이면에는 한창 시골에서 바캉스를 즐기고 있는 도시 사람의 권태에 물든 평화로운 무드가 배어 있었다)을 느끼고 있었으며 지금 이 순간 유난히도 선명한 에어컨 바람 속 곰팡이 냄새가 역겨웠고, 무엇보다 자신이 이로아 따위의 시시한 상대를 제거하기 위해서 시간과 에너지를 소모해야 한다는 점이 굉장히 마음에 안 들었다. 하지만 그는 군말 없이 복종하기로 했다. 왜냐하면 그는 뤼카스 휘스먼의 충직한 심복이었기 때문이다. 그런데 뤼카스 휘스먼은 누구인가? 그는 FWIS Futures & World Information Services 서울 지사의 사장이었다.

FWIS. 초록색의 간결한 알파벳 대문자 네 개와 단순화된 노란색 튤립 꽃송이를 로고로 삼은 문제의 네덜란드계 회사 직원들은 주위 사람들에게 스스로를 플로리스트라거나 화원에 다닌다는 식으로 소개하는 겸손한 농담을 늘어놓는 것을 좋아했지만, 사실은 세계 최고 수준의 애사심으로 똘똘 뭉쳐 있었다.

업계 사람들 사이에서 소위 유럽의 매킨지라고 불리는 FWIS는 1930년대 초반 설립되었다. 런던에서 작은 보석상을 운영하던 창업주는 사업 수완보다는 준수한 외모와 자로 잰 듯한 매너로 유명했는데, 그 유명세를 통해 네덜란드 왕족의 방계 후손을 아내로 얻는 데 성공했다. 허울좋고 빚 많은, 도박을 좋아하고 세련된, 스타일 좋고 까탈스러운 여자였다. 첫째 아들을 낳고 그는 아내와 암스테르담으로 이주했다. 그리고 아내의 조언으로 보석상을 그만두고 왕족과 귀족들의 자산 관리 일을 시작했다. 일은 꽤 잘 풀렸다. 역시 외모와 매너 덕분이었다. 하지만 그가 한창나이에 심장마비로 급사하고 이후 가업을 이은 첫째 아들 또한 스위스의 스키장에서 추락사한 뒤, 몽상가 히피였던 둘째 아들이 회사를 떠맡게 되었다. 그는 마약과 파티와 연애 행각으로 소란스러웠던 젊은 시절을 청산한 뒤 미국으로 짧은 여행을 떠났다. 메스칼린에 취한 채 홀로 차를 몰아 네바다 사막을 가로지르던 그는 데이터 처리와 분석을 기반으로 한 세계적 금융 컨설팅 업체로서 FWIS의 비전을 보게 되었다.

그의 전략은 적중했다. 정교하고도 독창적인 데이터 처리 기술을 고안해낸 FWIS는 유럽의 대형 헤지 펀드, 다국적 제약회사, 중국과 미국의 대형 테크 회사들과 실리콘밸리의 유니콘 스타트업까지 광범위한 고객 리스트를 갖게 되었다. 대중적으로는 거의 알려지지 않은 회사지만 입사하려면 뛰어난 스펙이 필요했는데, 채용 절차가 엄청나게 난해한데다가, FWIS라는 네 글자가 이력서에 적혀 있으면 그 사람은 이후 글로벌 톱 회사로 향하는 프리 티켓을 거머쥐게 되는 것이나 마찬가지였다.

이렇게나 대단한 FWIS의 서울 지사는 그러나 설립된 지 고작 5년 남짓으로, 그 배경에는 아시아 지역을 담당하던 홍콩 지사가 정치적 불안정을 견디지 못하고 급작스럽게 이주하게 된 사정이 있었다. 여전히 절반 정도가 미완성 상태인, 지지부진한 개발 덕에 오히려 최첨단 사이버 게토의 매력을 지니게 된 용산 국제업무지구의 한복판에 위치한 초고층 비즈니스 빌딩의 최상단부에 자리잡은 FWIS 서울 지사는 어느 각도에서든 놀라운 전망을 자랑했다. 남산과 여의도, 북한산과 한강, 분당과 파주, 날씨가 좋은 날에는 휴전선 인근에서 평택 미군 기지까지, 광활한 수도권 일대가 손에 잡힐 듯 보였다.

FWIS 서울 지사가 문을 열던 해 치열한 경쟁을 뚫고 행운의 신입사원 중 한 명으로 선택된 이로아가 처음 회사에 발을 내디뎠던 5년 전 또한 오늘처럼 미세먼지가 극심하던 포근한 봄날의 아침이었다. 면접 때 잠깐 보았던 지사장 뤼카스 휘스먼이 직접 회사 곳곳을 안내했다. 네덜란드 국적으로, 한국인 어머니와 네덜란드인 아버지를 두었다는 40대 초반의 그는 190센티 가까이 되는 훤칠한 키에 슬림하지만 단단한 몸매를 타이트한 고급 정장에 숨기고 있어 한눈에도 성공적인 비즈니스맨의 아우라가 풍겼다.

—맑게 갠 날, 남산 팔각정에 올라 서울 시내를 내려다본 경험이 있으신지요?

그의 한국어는 이국적이지만 유창했다. 몇몇 신입사원들이 아리송한 표정으로 고개를 끄덕였고, 그러자 그가 크게 미소를 지어 보였는데, 평범해 보이던 그의 입술이 조커처럼 길게 쭉 찢어지는 모습에 이로아는 놀랐다. 그런데 그 흉한 미소에서 뭐라 꼬집어 말하기 힘든 자애로움이 느껴져서 한 번 더 놀랐다.

—Absolute clarity. 이것이 바로 우리 회사가 창립 이래 올곧게 추구해온 가치이죠. 나는 여러분들이 마혁과시馬革裹屍의 정신으로 이 가치를 위해 치열하게 싸워주기를 희망합니다.

포크로 스시를 찍어 먹듯이, 생경한 사자성어를 이국적인 톤으로 발음하며 뿌연 먼지로 가득한 서울의 풍경을 바라보는 뤼카스 휘스먼의 얼굴에서는 어느새 미소가 사라져 있었고, 민트빛이 살짝 섞인 초콜릿색 눈동자에서는 아무 감정도 느껴지지 않았다. 대신 감정을 넘어선 광폭한 에너지가, 다시 말해 조커의 광기와 눈물겨운 부정父情이 동시에 느껴졌다. 이로아는 혼란스러웠다. 그는 조커인가? 아버지인가? 아니면 조커-아버지? 혹시 이런 괴상한 모순이 글로벌 엘리트의 특성인 걸까? 그럴지도. 아무튼 그는 성공적인 글로벌 비즈니스맨이 맞으니까. 아직 순진했던 이로아는 그렇게 결론 내렸었다.

*

조영민 팀장과의 면담을 끝낸 이로아는 아쿠아 디 파르마의 본조르노 디퓨저 향으로 가득한 화장실 칸막이 안으로 들어가 문을 걸어 잠갔다. 들고 온 작은 가죽 파우치에서 오렌지색 약통을 꺼낸 그녀는 뚜껑을 열고 연보랏빛 알약을 두 알 꺼내 물도 없이 삼켰다. 그리고 깊은 한숨을 쉬며 칸막이 문을 응시했다. 심장이 이상스럽게도 빠르게 뛰고 있었다.

곧 괜찮아질 거야…… 그녀는 한 손에 약통을 꼭 쥔 채 벽에 살짝 기대어 눈을 감고는 상황을 정리하기 시작했다. 사실 정리할 것도 없이 명확한 상황이었다. 그녀는 조영민 팀장의 새로운 타깃으로 선택되었는데 그것은 100퍼센트 뤼카스 휘스먼의 의지였다.

뤼카스 휘스먼의 최측근인 조팀장은 마땅히 뽑아버려야 할 잡초 신세가 되어버린 정규직 사원들을 엄혹한 한국의 근로기준법에 맞서 깔끔하게 제거하는 일종의 제초제 역할을 담당하고 있었다. 간헐적으로 내려오는 초현실주의적인 프로젝트는 모두 그 청소 작업을 위한 매뉴얼이었다.

FWIS의 직원으로 채용되었다는 것은 무슨 의미인가요?
축하합니다!
당신은 초고연봉의 글로벌 노예가 되는 데 성공하였습니다!

적당한 성적과 지루한 포트폴리오, 인서울 중상위권 대학 소속에 고만고만한 영어 실력을 지닌 그녀가 FWIS에 지원하게 된 것은 순전히 우연이었다. 새내기 시절 의무적으로 들어야 하는 교양 수업에서 함께 조별 활동을 했던 경영학과의 L이 이 회사에 지원한다는 이야기를 전해듣고 홧김에 지원서를 냈던 것이다. 문제의 L은 이로아가 밤을 새워 홀로 작성한 리포트를 약간 각색해서 마치 자신이 작성한 듯 발표하여 대단한 스포트라이트를 받은 적이 있었다. 이로아는 주변 사람들에게 억울함을 호소했지만 아무도 믿어주지 않았다. L이 미모, 입학 성적, 영어 실력, 부모의 직업, 출신 고등학교 등 모든 면에서 이로아를 압도하는 스펙을 가지고 있었기 때문이다. 한마디로 여대생의 이데아라고 할 수 있었다. 사건 이후 저주의 마음을 품은 이로아는 수년에 걸쳐 남몰래 그녀의 일거수일투족을 좇았다. 하여 그녀가 FWIS에 지원한다는 사실도 쉽게 알아냈고, 그저 분한 심정에 허공을 향해 펀치를 날리듯 이로아 또한 지원서를 냈는데, 결과는 놀랍게도 L이 탈락하고 이로아의 최종 합격. 콧대 높은 FWIS에 변방의 불문과 출신 이로아가 합격했다는 소식은 아주 잠깐 학교를 술렁이게 했고, 그것은 이로아가 칙칙했던 대학 생활에서 맛본 거의 유일한 기쁨이었다.

루머에 따르면 변변찮은 스펙에도 불구하고 이로아가 뽑힐 수 있었던 건 그녀의 유창한 불어 실력을 지사장 뤼카스 휘스먼이 마음에 들어했기 때문이었다. 그녀는 입사한 뒤 3개월 만에 뤼카스 휘스먼의 개인 보조 분석가로 발탁되었다.

어느 날인가 그는 이로아에게 이렇게 말한 적이 있다.

—저는 불어를 언어가 아니라 유희이자 사치품으로서 애정합니다. 물론 애정에는 절제가 필요한 법이죠. 이로아씨는 쿠엔틴 타란티노의 영화 〈장고〉의 등장인물 캘빈 캔디에 대해서 어떻게 생각하시죠? Avez-vous vu le film?

—Non, monsieur.

—You must. You'll love it.

—Oui, monsieur.

—Let me tell you a little secret: Monsieur Calvin, alias DiCaprio, était un véritable virtuose du jeu de la vie. Il y excellait avec brio, c'est probablement pourquoi il en était dingue! Mais voici la touche humoristique: il aimait la vie à en être gaga, mais sans vraiment comprendre les règles! 인생이란 게임을 지나치게 사랑해서, 인생이 무엇인지에 대해 감을 잃었다 이 말이죠. 하지만 나 뤼카스 휘스먼은 다릅니다. How? I just know. I just SEE. 나의 인생은 Monsieur Calvin과 깊이 차별될 겁니다. 왜냐하면 저는 도광양회韜光養晦의 정신을 마음 깊이 받아들이고 있기 때문이죠. 하하하!

쿠엔틴 타란티노의 광팬이며 사자성어에 해박한, 옥스퍼드에서 학부를 마치고 하버드 비즈니스 스쿨을 나온, 4개 국어를 유창하게 하고 대단한 체력과 추진력을 겸비한, 즉 최고의 화이트칼라 엘리트인 뤼카스 휘스먼과 함께한 FWIS 서울 지사에서의 5년 남짓한 시간은 환상적이었다. 아니 환상과 현실의 경계가 점차로 사라지는 판타스틱한 경험이었다. 망상을 현실로, 현실을 다시 숫자로, 크고 작은 숫자들의 작은 축제를 거쳐 다시금 현실로…… 숫자들과 현실을 합치고, 망상을 숫자로 변환하고, 숫자를 다시 현실로, 현실을 다시 미래로, 자르고 묶어 부풀리고 물에 담가 퉁퉁 불려 가을 햇살에 말린 다음 빻고 또 빻은 후 남은 부스러기를 물에 타 꿀꺽 삼킨 다음 토하고 그 토사물을 그러모아……

그러는 사이 이로아는 미다졸람의 팬이 되었고, 애더럴을 친구 삼았으며 자낙스와 졸피뎀과 발륨을 거쳐 모든 종류의 정신과 약을 섭렵한 뒤, 마침내 쇼핑 중독의 세계에 도착하게 되었다. 그 이유는, 그녀가 약을 거부해서가 아니라 올해 초 FWIS의 전속 상담의였던 빅토리아 양 박사가 향정신성 의약품 밀반입과 불법 약물 처방으로 검찰에 의해 고발당했기 때문이었다. 이후 양박사는 모호한 이유로 무혐의 처리되었으나 결국 퇴사하게 되었다. 이후 부임한 상담의는 이로아에게 약 대신 파리 방돔광장을 빛내는 고풍스러운 보석상의 다이아몬드 귀걸이와 앙증맞은 스위스산 시계를 권했다. 하지만 다행히 이로아에게는 양박사가 작별 선물로 준 오렌지색 약통 두 개가 남아 있었다. 그녀는 아주 긴급한 상황에만 그 약통을 꺼냈다. 즉, 방금 전 조영민 팀장과의 면담 같은 상황 말이다. 그녀는 칸막이를 빠져나가기 전 약이 얼마 정도 남았는지 확인했다.

비틀거리며 사무실로 돌아 나오는 이로아를 다른 직원들이 걱정과 안타까움, 흥분과 기대가 뒤섞인 표정으로 훔쳐보았다. 희생자의 아우라에서 눈을 떼기는 어려운 법이니까.

숭고한 희생자 이로아는 자리에 앉아 혼 빠진 표정으로 꺼진 컴퓨터 화면을 바라보다가, 문득 출근 직후 책상에 내려놓은 뒤 전혀 손대지 못한 아이스 아메리카노를 떠올렸다. 얼음이 전부 녹아 없어져 흐리멍덩한 색을 내고 있는 커피를 울먹이는 표정으로 잠시 바라본 그녀는 그것을 쓰레기통에 던져 넣고 주위를 살폈다. 어느새 모두가 컴퓨터 화면에 고개를 박고 있었다. 오직 한 사람, 조영민 팀장만이 사악한 미소를 지은 채 그녀를 바라보았다. 그녀는 약기운이 퍼져나가는 것을 느끼며, 몽롱한 눈빛으로 그를 향해 미소 지었다.

2

그날 이로아는 혼자만의 점심시간을 보낸 뒤(어떤 직원도 그녀와 함께 밥을 먹으려 하지 않았다) 오후 본사와의 원격 회의에 불참하고 107층에 있는 드림파크를 찾아갔다.

드림파크는 FWIS 서울 지사의 자랑 중 하나로서 5성급 호텔식 서비스를 자랑하는 스파와 사우나, 프로페셔널한 정신건강센터, 낮잠이나 퀵 오피스 섹스가 가능한 철통 방음의 개별 침실을 보유하고 있었다. 이미 사내에 이로아의 수난에 대한 소식이 퍼졌는지, 그녀는 예약도 없이 가장 좋은 스파 룸을 이용할 수 있었다.

문을 열고 들어서자 검은색 자갈이 깔린 스파 룸 한가운데에 놓인 순백의 욕조가 보였다. 사방의 티 없이 새하얀 대리석 벽 위에는 프랑스 남부 지방의 라벤더 밭 풍경이 프로젝터로 비춰지고 있었다.

이로아는 물을 틀고 천천히 옷을 벗었다. 욕조 옆의 작은 테이블에는 유리병에 담긴 배스 오일 두 종류와 하트 모양 버블 바가 역시 두 종류 놓여 있었다. 그녀는 보라색 하트 모양 버블 바를 집어들고 욕조 안으로 들어갔다. 손에 꼭 쥔 버블 바가 녹아내리며 보랏빛 거품이 천천히 욕조를 채웠다. 짙은 라벤더 향 수증기 속에서 문득 졸음이 밀려왔고, 그녀는 감겨오는 눈꺼풀을 힘겹게 밀어올렸다.

벽을 가득 채운 라벤더 밭 너머로 해가 지고 있었다. 바람에 흔들리는 라벤더 가지들, 환상적인 노을의 빛깔, 점차 주위가 어둠에 물들어, 더욱 깊게, 물들어……

나는 죽는 걸까?

엉뚱한 생각에 이로아는 몸을 일으켰다. 죽는다고? 내가 왜?

왜냐하면, 네 인생은 실패했으니까.

설마. 나는 아직 젊은데?

아니, 네 젊음은 이제 돌이킬 수 없어. 뤼카스 휘스먼이 네 젊음을 쪽쪽 빨아먹었지. 아니, FWIS라는 거대 조직이 말이야. 알지, 회사는 매해 더욱 성공적이라는 걸? 한편, 네 미래는 조금씩 사라졌지. 이제 남은 건 없어.

이로아는 주위를 두리번거렸다. 꿈결 같은 라벤더 밭 위로 떠오르는 수천수만의 별빛들, 별빛 속에서 천천히 흔들리는 라벤더 가지들……

하지만, 밤에도 별은 빛나잖아?

그래서?

밤이 지나면 아침이 오잖아?

그걸 믿어?

그걸 안 믿으면 뭘 믿어?

넌 너 자신조차 믿지 않았잖아. 그 벌을 이제 받는 거야. 너는 네 삶에 대해 무책임했지. 스스로의 삶을 방치했어. 그저 노예처럼 끌려다녔지. 이제는 늦었어. 너는 끝난 거나 마찬가지야.

무책임? 방치? 뭐야, 그러니까, 내가 사춘기를 제대로 겪지 않아서 처벌하겠다는 거야?

(침묵)

하지만 나는 사춘기를 제대로 겪었어. 너무 제대로 정통으로 겪었고 그게 진짜 문제였다구!

(침묵)

그런데 이제는 문제들이 해결되었어! 아니 거의…… 그런 거나 마찬가지야, 왜냐하면…… 아무튼 난 아직 안 끝났어!

(침묵)

대답해! 난 아직 안 끝났다구!

그녀의 항변은 사실이었다. 특히 사춘기에 관해서 그랬는데, 그녀는 주변의 또래 가운데서 사춘기를 심각하게 겪은 편에 속했다. 물론 거기에는 어떤 징조도 없었다. 정반대였다. 어린 시절 이로아는 자폐아에 가까울 정도로 감정적으로 무심한 데가 있었고, 수학을 굉장히 잘했다. 초등학교와 중학교 시절 각종 경시대회를 휩쓴 그녀는 가족들과 지인들 사이에서 한국의 퀴리 부인으로 칭송되었다. 한국의 퀴리 부인, 여성판 〈뷰티풀 마인드〉, 치마를 두른 폰 노이만으로 성장할 수 있었던 그녀는 그러나 고등학교 1학년 여름방학 무렵 수학에 대한 흥미를 급격하게 잃었고, 다른 과목의 성적도 완만하게 하락하기 시작했다. 사춘기가 찾아온 것이다. 급기야 학년말에는 문과로 진로 변경을 함으로써 어머니의 기대를 완전히 아작내는 데 성공했다.

당시 그녀가 무슨 생각을 하고 있었는지는 아무도 모른다. 왜냐하면 현대사회의 구성원답게 주위의 모두가 그녀에게 무관심했기 때문이다. 혹은 모범생들이 일반적으로 갖는 약

점이라고 볼 수도 있겠다. 아주 어려서부터 스스로 모든 것을 완벽하게 처리하여, 할일이 없어진 부모를 포함하여 주위 사람들이 게으른 무관심의 습관을 기르게 되는 것이다. 진짜 관심이 필요한 순간, 주위 사람들은 일제히 딴 곳을 바라보고 있다. 가령, 주기적으로 속을 썩이는 막내라든지. 그렇게 사람들의 무관심 속에서 이로아는 새로운 인간으로 변화하고 있었다. 하지만 그 변화의 의미를 알기에 그녀는 너무 어렸고, 고립되어 있었다. 그녀에게는 진정한 친구도, 애인도 없었다.

다만 하나의 단서로서, 고등학교 시절 가까이에서 그녀를 목격한, 왠지는 모르지만 그녀에게 호감을 갖고 있던, 같은 아파트 단지에 살았던 B에 따르면, 이로아는 고등학교 1학년 1학기 기말고사 직전, 문제집을 구입하기 위해 방문한 강남 교보문고에서 우연히 발견한 프랑스 혁명사 책에 매료되어 프랑스 혁명사 덕후가 되었다고 한다. 하여 준비된 수학 영재의 미래를 버리고 불문과에 진학하여 스스로의 가능성을 반토막 내며 성년의 길로 들어선 이로아는 사실 굉장히 무자비한 데가 있는 인간이지 않을까 하는 것이 가장 가까이에서, 일말의 애정을 가지고 그녀의 변화를 지켜본 B의 정말이지 막연한 추측이었다.

하지만 애당초 엉뚱한 기대 속에서 시작된 이로아의 대학 시절은 상당 부분 말라르메를 증오하는 데 바쳐졌다. 전공 교수가 불문과 신입생 일동에게 「목신의 오후」를 외우도록 지시했기 때문이었다. 그 시를 외우기 위해서 백쉰여섯번째로 크게 소리 내어 읽어야 했을 때 그녀는 진짜 말이 전혀 안 되는 운율이라고, 말라르메 개자식은 언어에 대해서, 특히 불어에 대하여 전혀 이해하는 바가 없는 저능아라고, 즉 이 미친놈은 사실 미친놈도 아니고 정신병자 시인인 척 행세하는 소시오패스 사기꾼에 불과하다고, 그녀 어머니의 명의로 되어 있는 48평 서초구 반포동 아파트를 걸고 맹세했었다. 그리고 바로 지금, 보랏빛 거품 가득한 욕조 속에서 완벽하게 혼란에 빠진 채, 빌어먹게도 완전히 뇌에 각인되어버린 「목신의 오후」의 한 구절을 소리 내어 중얼거리던 이로아는 별안간 그가 탁월한 협잡꾼, 즉 세상에 대한 증오로 가득한 월 스트리트 증권 딜러에 가깝다는 생각이 들었고, 그러자 그가 이후에 쓴 주사위 어쩌구 하는 횡설수설 요설조차 단박에 이해가 되는 것이었다……

다시 원래의 이야기로 돌아와서, 뤼카스 휘스먼이 대단한 이유는 숨겨져 있던 이로아의 재능을 한눈에 간파해냈다는 것이었다. 이로아의 정신 상태를 벼랑 끝으로 몰고 가면 대단히 깜찍한 통찰력이 튀어나올 거라고 직감했다는 말이다. 하지만 말라르메에 대한 깨달음 따위를 어디에다가 쓴단 말인가? 물론 쓸데가 아주 많이 있다. 말라르메는 결국 숫자에 대해서 말했고, 이로아는 FWIS에서 숫자를 다루는 인간이 되지 않았는가?

이로아의 수학적 재능은 뤼카스 휘스먼의 지도하에 마침내 화려하게 꽃피게 되었다. 즉, 그녀는 여러 가지 가설을 숫자화하는 데 대단한 재능이 있었다. 가령, 지난겨울이었던가, 믿을 수 없이 따뜻했던 12월 말의 금요일, 이로아는 오랜만에 혼자만의 식사를 끝낸 뒤 고소한 크림을 얹은 태국식 밀크티라테를 마시기 위해 회사 건너편 빌딩에 새로 오픈한 카페에 들렀다. 오후 12시 40분, 카페는 직장인들로 꽉꽉 채워져 있었고, 곳곳에서 기묘한 웃음소리가 울려퍼졌다. 하하하, 호호호, 꺄하하, 우하하하, 끼야호, 그것이 해방의 웃음소리인지 저주의 웃음소리인지 혹은 그저 슬픈 노예의 한숨 소리인지 그 진실을 누가 알까? 울부짖는 자신들조차 모르겠지. 아무튼 직장인들이 하루 중 아주 잠깐 동안 수용소에서 풀려나는 점심시간, 그들이 어떤 미치광이 소리를 내며 울부짖든지 그것은 이해를 해줘야만 한다고 이로아는 생각했다. 왜냐하면, 이게 다 돈 때문이니까. 우리, 돈에 목줄 걸린 노예들…… 이 끔찍한 디지털 목화밭을 탈출하는 데 필요한 돈의 액수는 과연 얼마일까?

세븐티투 밀리언 달러.

그렇다. 그녀가 이 최첨단 정신병원에서 성공적으로 탈출하여 루소적인 의미에서 진정한 자유인으로 거듭나는 데 필요한 돈의 액수, 세븐티투 밀리언 달러라는 완벽한 숫자는 연말을 맞이하여 평소보다 더욱 짙은 광기로 물들어 있던 점심시간의 신상 카페에서 순간적으로 비전처럼 이로아의 머릿속에 떠올랐다. 원화로 환산하면 900억가량의 돈. 그녀의 연봉을 죄다 저축한다고 가정했을 때 대략 500……년 후에 그 돈을 마련할 수가 있었다. 다른 문제는 접어두고서라도, FWIS가 과연 앞으로 500여 년의 세월을 버틸 수 있을 것인가에 대해서 이로아는 회의적이었다. 그녀의 또다른 계산에 따르면 세계경제는 89퍼센트의 확률로 약 2년 7개월 뒤에 돌이킬 수 없는 쇠락의 길로 접어들 예정이었기 때문이다.

숫자들, 수많은 숫자들…… 똑똑하고, 다정한…… 천재 친구처럼 우리를 뿌듯하게 만드는 사랑스러운 숫자 친구들, 마침내 정신을 놓게 만드는, 믿음직한 친구인 척 다가와 파멸을 불러일으키는 음흉하고 비열한 사기꾼 같은!

이렇게 멋지고 사악하고 섹시하며 골치 아픈 숫자들이 하루에도 수천만 개씩 글로벌 마켓에 쏟아져나온다. 그 가운데 단 하나라도 진정 의미 있는 것이 있는가? 물론 이런 의문이야말로 무의미하다. 숫자들은 그 자체로서 완전하며, 즉 숫자는 오직 숫자로 존재하여 파워를 갖는다. 그리고 그 순수성을 조각해내는 데 있어 이로아는 탁월한 능력을 지니고 있었다.

매일 밤 잠들기 전 빅토리아 양 박사의 레시피로 만든 알약 칵테일을 한 움큼 삼키고 약효가 나타나기를 기다리며 가부좌를 틀고 짧은 명상에 몰입하다보면 일련의 숫자들이 소낙비 끝 무렵의 무지개처럼 이로아의 머릿속에 떠올랐다. 그러한 숫자들을 바탕으로 그녀는 글로벌 기업들의 아시안 에너지 마켓에 대한 대응 전략을 짤 때 고려할 만한 각종 예상수치들을 만들어냈다. 그리고 그 숫자들을 뒷받침하는 통계자료를 찾아내기 위해 회사가 구독중인 값비싼 영국계 금융회사의 기업용 프리미엄 데이터베이스에 접속했다. 그녀가 달밤에 '스피리추얼리티'의 힘으로 급조해낸 엉뚱한 숫자들은 트래펄가광장의 넬슨 제독 기념비처럼 위풍당당한 통계자료 속에서 언제나 든든한 지지자들을 찾아낼 수 있었다.

그렇게 그녀가 탄생시킨 숫자 친구들은 두툼한 보고서에서 〈캐치 미 이프 유 캔〉의 사기꾼 주인공 프랭크 애버그네일처럼 반짝반짝 폼나게 빛나며 사랑받았다. 어찌나 그럴듯하던지! 다행인 것은 그녀가 써내는 보고서들의 유통기한은 한두 달 남짓에 지나지 않았다는 것이다. 이후 아무도 그 숫자들에 대해서 관심 갖지 않았고, 그녀 또한 아무런 책임이 없었다. 프랭크 애버그네일도 한두 달만 사기쳤다면 절대로 걸리지 않았을 텐데! 덧붙여 그에게 사립학교 악센트로 무장한 영국 친구들이 있었다면 말이다. 그랬다면 절대로 아무런 문제도 벌어지지 않았을 것이며, 늘그막에 영국 여왕에게 무슨 작위 하나 받는 것은 일도 아니었을 것이라고 이로아는 시니컬하게 생각한 적도 있었다.

그렇다. 이로아는 사기가 뭔지 알았다. 프로 사기꾼이라고 할 수 있었다. 뤼카스 휘스먼이 아직 말랑말랑하던 그녀를 전문 사기꾼으로 빚어내었다. 도자기를 빚어내듯, 하나의 인간을 창조해낸 것이다. 신비롭지 않은가? 그녀가 야밤에 약에 취해 지어내는 숫자들의 적중률은 66퍼센트에 달했다. 혹시 그녀에게 신기가 있는 것일까?

하여튼. 중요한 것은 그녀가 노예 수용소 탈출을 위해 세븐티투 밀리언 달러를 마련하는 것이었고, 그것이 가능할지에 대해서 그녀는 딱 반반의 확률이라고 짐작했었다. 마련하거나, 마련하지 못하거나. 당연하다. 그 프로젝트의 기한은 대략 2년 7개월이 남아 있었고, 그런 그녀의 통장에는……

대략 이것이 FWIS에서 6년 차인 이로아가 장난처럼, 하지만 장난치고는 진지하게 몰입해보던 도피성 미래였다. 장밋빛 미래와 효과 좋은 수면제 한 알. 그것만 있다면 버틸 수 있어…… 그런데 이제 그녀는 완전히 다른 현실 속에 놓여 있었다. 환청 혹은 마음의 소리가 일갈했듯, 그녀는 끝난 건지도 몰랐다. 적어도 FWIS에 그녀의 자리는 더이상 남아 있지 않았다. 그리고 FWIS를 제외한 그녀의 삶은 없는 것이나 마찬가지였다. 그렇다면 이론상 그녀에게는 별다른 삶이 남아 있지 않은 것이었다. 그녀는 억울함을 느꼈다. 신기하지 않은가? 이렇게나 납작하게 눌려 마지막 한 방울까지 쥐어짜이고 난 뒤에도 남은 감정이 있다는 것이 말이다.

짙은 라벤더 향 거품 속에서 정신을 잃어가던 이로아는 가까스로 현실로 돌아왔다. 벽에 비친 라벤더 밭에 다시금 해가 떠오르고 있었다. 그래, 밤이 지나면 아침이 오는 거야. 그녀는 안도했고, 문득 천장을 바라보았다. 신기하게도 붉은 동아줄이 천장에서 내려와 있었다. 동아줄 끝에는 동그란 붉은색 버튼이 달려 있었다. 나를 잡아! 이 버튼을 눌러! 그 줄은 이로아를 향해 그렇게 외치고 있는 듯했다. 생각할 겨를도 없이, 그녀는 손을 뻗어 붉은 동아줄을 낚아챘다. 그리고 온 힘을 다해 버튼을 꾹 눌렀다. 그러자 환하게 불이 켜지며 시끄러운 경보음이 스파 룸을 가득 채웠다.

3

다음날 출근길, 이로아는 긴장된 표정으로 드림파크로 향했다. 입구에서 마주친 스파 직원은 이로아를 노골적으로 피하는 티를 냈다. 이로아는 조용히 복도로 향하여 왼쪽 끝에 있는 녹색 문을 열고 들어갔다. 창문 없는 직사각형의 좁은 대기실에는 작은 벽램프가 하나 밝혀져 있을 뿐이었다. 어디선가 진한 커피 냄새가 났다. 이로아는 벽 쪽에 놓인 노란색 플라스틱 의자에 앉았다. 이내 또다른 문이 열리고 커트 머리의 여자 상담의가 나타났다. 그녀는 한 손에 커다란 머그잔을 들고 있었다.

—안녕하세요.

이로아가 인사했다.

—들어오시죠.

상담의가 손짓했다. 이로아가 안으로 들어서자 등뒤에서 소리 없이 문이 닫혔다. 그곳도 역시 창문이 없고 좁은 직사각형의 방이었는데 대기실보다 더욱 어둡고 숨막히게 고요했다. 방의 양쪽 끝에 똑같이 생긴 베이지색 패브릭 소파가 놓여 있었다. 이로아가 방 깊숙이 놓인 소파에 앉고, 상담의가 문에 가까운 쪽 소파에 앉았다.

—몸은 좀 어떠세요?

상담의가 물었다.

—말씀드렸다시피 어제는 제가 자살하려고 한 것이 아니라요, 우연히 천장에서……

—요즘 많이 힘드시죠?

—다시금 말씀드리지만 어제는,

—우리 지난 일은 잊고, 미래에 대해서 이야기해봐요. 괜찮으시겠어요?

—무슨 미래요?

—무슨 미래겠어요, 이로아씨의 미래죠. 지금부터 우리 둘이서 함께 이로아씨의 미래에 대해서 이야기를 나눠보자구요. 괜찮으시겠어요?

이로아는 말없이 상담의를 바라보았다.

—이로아씨는 스스로의 미래에 대해서 긍정적인가요?

이로아가 고개를 끄덕이자 상담의가 묘한 미소를 지었다.

—걱정되는 점이 없으세요?

이로아가 대답 대신 고개를 흔들었다.

—미혼이시죠?

—저는요, 사실, 나쁘지 않아요. 선생님 덕분에 약도 끊었구요. 게다가……

—하시는 일은 어떠세요?

—제가 이 회사를 다니며 참 많이 성숙했어요.

—어떤 면에서요? 좀더 구체적으로 말씀해주시겠어요?

—전에도 말씀드렸었는데요, 제가 이곳에서 사회성을 많이 기른 것 같아요. 사람들과 소통하는 법도 배우고……

—가까운 동료가 있나요?

이로아는 대답 대신 상담의를 바라보았다. 상담의는 머그잔을 양손에 꼭 쥔 채 어딘지 모르게 나무라는 표정으로 이로아를 바라보았다. 이로아는 침묵했고, 정적 속에서 일 분의 시간이 지나갔다. 상담의가 마침내 입을 열었다.

—제가 봤을 때 이로아씨는 재충전이 필요한 시기인 것 같아요.

—회사의 입장인가요?

—아뇨, 전적으로 저의 견해입니다. 회사는 이로아씨의 자유의지를 존중합니다. 아시잖아요?

—하지만 저는 조영민 팀장님과 새로운 프로젝트에 참여하기로 예정되어 있는데요. 그리구 저도, 참여하고 싶거든요.

—진심이세요?

—네.

—다시 말씀드리지만, 회사는, 아니 전적으로 저의 입장에서……

오 분 뒤 이로아는 상담실을 나왔다. 완벽하게 형식적인 상담이었다. 그녀는 일주일간의 유급휴가를 얻었다. 복귀한 뒤 그녀는 조영민 팀장의 지도하에 카프카적인 프로젝트를 수행하며 미쳐갈 것이다. 아니, 그녀가 미쳐버릴 때까지 악몽 같은 프로젝트는 계속될 것이다. 입구를 향한 좁은 복도를 천천히 걸으며, 그녀는 왜 자신이 이렇게나 어정쩡한 태도로 스스로를 방어했는지에 대해서 약간 후회했다. 결과적으로 어제의 일로 큰 충격을 받았던 것일까?

그녀가 붉은 동아줄 끝에 붙은 버튼을 누른 지 오 분도 안 되어 출동한 구급차와 정체불명의 구급대원들은 옷을 입을 시간도 주지 않고 그녀를 타월로 돌돌 싸서 이동식 침대에 결박한 다음 구급차에 태웠다. 그녀가 저항하며 뭔가 말하려고 하자 그들 중 하나가 재빨리 진정제를 주사하여 그녀는 순식간에 의식을 잃었다. 깨어나보니 분당에 있는 대학병원이었다. 짧지만 호들갑스러웠던 쇼를 통해서 그녀의 자살 시도 루머는 회사를 넘어서 동종 업계로 퍼져나갔다.

이로아가 다시 드림파크의 로비로 나왔을 땐 아무도 없었고, 대신 탁자 위에 쇼핑백이 놓여 있었다. 안에는 어제 이로아가 스파 룸에 벗어놓았던 옷가지와 사무실에 놓아둔 가방이 들어 있었다. 그녀는 쇼핑백을 들고 주차장으로 향했다. 차들로 빽빽한 주차장의 오직 한 구역, 어제 아침 세워놓은 그녀의 차 주위만이 텅 비어 있었다. 차에 올라탄 순간 핸드폰이 울렸다. 조팀장이 쾌유를 기원하며 스타벅스 무료 음료권을 보낸 것이었다. 주차장을 빠져나가자 차창에 빗방울이 맺히기 시작했다. 차가 강변북로에 진입했을 때 비는 폭우로 바뀌어 있었다. 도로에 가득한 차들이 아주 느리게 움직였다. 이로아는 잠시 고민하다가 핸드폰을 꺼내들었다. 짧은 전화통화를 마친 그녀는 놀라운 솜씨로 강변북로를 빠져나와 용산으로 되돌아갔다.

그녀가 도착한 곳은 용산역 뒤편의 신축 주상복합건물이

었다. 한때 용산전자상가가 있었던 칙칙한 영화 세트장 분위기의 그 동네는 이제 멀끔한 고층 빌딩들로 빼곡했다. 하지만 지하주차장으로 향하는 어둠 속에서 그녀는 예전 특유의 서글프고 축축한 분위기를 느낄 수 있었다. 차에서 내린 그녀는 그 분위기에서 도망치듯 서둘러 아파트 입구로 들어섰다.

—펌을 하셨네요. 예뻐요!

이로아가 외치며 열린 문 안으로 들어섰다. 투명한 뿔테 안경에, 히피펌을 한 엄청난 머리숱의 늘씬한 여자가 환하게 웃으며 이로아를 향해 양팔을 뻗었다.

—로아씨, 오랜만이야! 반가워요!

그녀는 빅토리아 양 박사였다. FWIS 서울 지사의 악명 높은 상담의, 속칭 약통에 둘러싸인 마녀, 한국 이름 양은영. 그녀의 새로운 보금자리인 초현대식 주상복합 아파트의 33층 거실에서 내려다보이는 도시의 풍경은 몽환적이었다.

—집이 너무 예뻐요!

—이쪽에 앉아요. 외투는 나한테 주고, 응!

이로아가 외투를 벗어 양은영에게 주고, 소파에 앉았다.

—소파가 보라색이네요! 예뻐요!

—로아씨야말로 예뻐졌는데? 좋은 일 있어요?

이로아가 말없이 수줍게 웃어 보였다.

—비밀인가? 섭섭해…… 마실 거 뭐 줄까요?

—물 주세요.

양은영이 정수기에서 물을 받아 거실로 왔다.

—근데 진짜로, 이로아씨 되게 좋아 보이는데, 무슨 좋은 일 있어요?

—루머 들으셨어요?

—무슨 루머?

—제가 자살을 시도했다는 루머요.

—이렇게 얼굴이 좋은데 무슨 소리야!

—쨌든, 이제 제 커리어는 끝난 것 같아요.

—솔직히 말해봐. 뤼카스 휘스먼이랑…… 잤어?

—에이, 저는 그분 취향 아니에요. 양선생님이라면 몰라두……

이로아가 말끝을 흐리며 양은영을 슬쩍 바라보았는데 양은영의 얼굴에는 의외로 사악한 미소가 떠올라 있었다. 저 미소는 누군가랑 몹시 닮았는데…… 양은영이 이로아의 의혹에 찬 시선을 눈치채곤 서둘러 미소를 지우며 물었다.

—그럼 뭐야? 왜 찍혔어요, 그 무서운 사람한테?

—모르겠어요.

—분명 이유가 있을 거야.

—그럴까요?

—그럼요. 에이 씨, 작년에 싱가포르에서 오퍼 받았을 때 이직을 했어야 했는데.

—왜 안 하셨어요?

—살아보니까, 한국이 좋더라구요.

—우와, 그래요? 저는 싫은데.

—그럼 왜 이직을 안 했어? 오라는 데 꽤 있지 않아요?

—아시다시피, 제가 영어 울렁증이 있어서……

양은영이 그윽한 눈빛으로 이로아를 응시했다. 이로아 또한 말없이 그녀를 바라보았다.

—로아씨는…… 섬이 잘 어울릴 것 같아.

—네?

—아니야. 아무것도.

양은영이 생긋 웃으며 손을 저었다. 이로아는 잠시 혼란스러웠으나 곧 마음을 가다듬고 물었다.

—선생님은 요즘 뭐하고 지내세요?

—나는…… 요새 혼자 일해요. 원격상담을 싫어했잖아요, 내가? 근데 또 익숙해지니까 괜찮더라구. 관련 자격증도 몇 개 따려고.

—다시 돌아오실 순 없나요? 새로 온 상담의 솔직히 너무

별로예요.

—안 돼, 못 가. 아니, 오라 그래도 절대 안 갈 거예요.

—네……

이로아가 실망한 표정으로 고개를 끄덕이며 양은영의 얼굴을 살폈다.

—근데 혹시 그 약…… 좀더 있으세요?

—뭐? 안 돼! 말했잖아요?

양은영이 외쳤다.

—죄송해요.

이로아가 어두운 얼굴로 사과했다.

—그거 아무 정신과나 가면 주는 거 로아씨도 알지 않아? 공황장애 같다고 두근대는 표정 지으면 다들 무슨 말인지 알아듣는다구요.

—전 그런 게 좀 싫더라구요.

—나 다시 고발당하면 의사 면허 완전 박탈이거든?

—진짜 죄송해요.

양은영이 작게 한숨을 쉬었다.

—근데 로아씨는 가까운 사람이 누구예요?

—네?

—사적인 질문이었나요. 그렇담 미안한데, 근데 솔직히,

이로아씨를 보면 궁금할 때가 있어.

이로아가 양은영을 보았다. 양은영의 얼굴에는 아까처럼 사악한 미소가 떠올라 있었다. 이로아는 깨달았다. 저 미소와 닮은 주인공이 다름 아닌 영국의 여왕이었던 엘리자베스 2세라는 것을 말이다.

—로아씨?

—아…… 맞아요. 제가 그렇게 보이는 면이 있죠. 뭐랄까…… 그러니까 제 어머니도 그렇게 생각하시는 것 같아요. 저 사람의 탈을 쓴 허수아비 안에는 대체 뭐가 들어앉은 걸까? 뭐 그런 의문? 그런데 놀란 게 휘스먼 사장님께서는 저라는 사람의 실체를 단번에 간파하시더라구요.

—정말? 그 사이코가?

—아무래도 지능이 월등히 높으시다보니까…… 그래서 저는 그분의 노예가 되고 만 거죠. 하지만 필요 없어지니까 헌신짝처럼 내치시는 걸 보니 제 입장에서도 참…… 하지만 결국 좋은 것 같아요. 결과적으로, 저도 독립적인 개인이 되어서, 마침내, 자유롭게 저만의 길을 찾아, 살아가면 되는 걸 테니까……?

이로아가 말을 멈추고 물끄러미 양은영을 보았다. 양은영이 짠하다는 듯 코끝을 찡긋했다. 그런 그녀는 더이상 사악한 여왕처럼 보이지 않았고 오히려 회사에서 보던 때보다 훨씬 더 앳되어 보이기까지 했다. 정말이지 신비로운 여자야, 생각하던 이로아는 문득 양은영의 손이 소파 위에 놓인 자신의 손을 부드럽게 쓰다듬고 있는 것을 알아차렸다. 반사적으로 손을 빼며 이로아는 작게 외쳤다.

—우와.

그것을 신호로 양은영이 이로아를 덥석 껴안았다. 이로아는 커다란 가리비 같은 양은영의 품에 새침한 진주알처럼 쏙 안겼다. 이어 양은영이 폭격처럼 키스를 퍼붓기 시작했고, 이로아는 그녀의 열정에 놀라 뻣뻣하게 굳고 말았다.

—Désolée.

양은영이 이로아의 가슴에 손을 얹은 채로 장난스레 속삭였다. 이로아가 빨개진 얼굴로 고개를 끄덕였다. 두 사람은 어색하게 서로에게서 떨어져나왔다.

—선생님 쓰시는 향수가…… 좋아요.

—나는 향수를 안 쓰는데? 보디로션인가봐요. 장미 향이 나죠.

양은영이 자리에서 일어나 벽에 걸린 거울을 보며 흐트러진 머리를 정리했다.

—고마워요, 만나주셔서.

이로아가 몽롱한 표정으로 말했다. 양은영이 거울 속에 비친 이로아를 향해 윙크했다.

—그럼 저는 갈게요.

—그래요, 그럼.

양은영이 외투를 가져와 이로아에게 내밀었다. 이로아가 자리에서 일어났다.

—좋은 하루 보내세요.

—안녕. 건강하게 다시 만나요!

양은영이 떠나는 이로아를 향해 활짝 웃으며 손을 흔들었다.

4

집으로 돌아온 이로아는 샤워를 마치고 냉장고에서 기린 캔맥주를 꺼내 거실로 향했다. 거실 창 너머, 어둑한 하늘 아래 폭우가 쏟아지는 모습은 장관이었다. 이로아는 피곤한 눈으로 창밖을 한번 쓱 훑은 뒤 소파에 앉아 맥주 캔을 땄다. TV를 켜보니 폭우로 경기도 남부의 야산이 무너졌다는 속보가 방송되고 있었다.

1명 실족사, 3명 실종. 이로아는 맥주를 몇 모금 마신 뒤 내려놓고 소파에 누워 양은영에 대해서 생각하기 시작했다. 양은영…… 양박사, 빅토리아 양, 세상에서 제일 예쁜 양, 사악한 양, 엘리자베스 2세를 닮은 양, 신비한 양, 양은영, 양 선생님…… 유혹적인 눈매, 도도한 콧대, 탐스러운 입술, 우윗빛 가슴골에서 풍기던 서늘한 장미 향…… 왜 나는 막대기처럼 뻣뻣하게 굳어버린 걸까!

이로아는 양은영의 허스키한 저음의 목소리, 그리고 인공적인, 이국적인, 아니 외계적인, 약간은 뤼카스 휘스먼을 닮은 한국어 말투가 근사하다고 생각했다. 결국 그녀가 매력적인 이유는 이국적인 삶을 살아왔기 때문일까(양은영은 외교관이었던 아버지를 둔 덕분에 말레이시아에서 태어나 남아프리카공화국에서 어린 시절을 보냈고, 서울에서 중학교를 다니다가 보스턴에서 고등학교를, 뉴욕에서 의대를 졸업하고 서울로 돌아왔다)? 굉장히 와일드한 섹스 라이프를 누리고 있을 게 분명했다. 아무튼 그녀는 이로아가 태어나서 만나본 가장 멋진 여자였는데 그럼에도 사귈 수는 없다고 심각한 표정으로 결론을 내리는 이로아는 이런 면에서는 꽉 막힌 사람이었다.

허기를 느낀 그녀는 소파에서 내려가 엉금엉금 현관 쪽으로 기어갔다. 회사에서 들고 온 쇼핑백이 현관 앞에 넘어져 있었다. 그 안에서 핸드폰을 꺼낸 그녀는 그대로 바닥에 등을 대고 누워 배달 앱을 켰다. '미슐랭 맛집' 카테고리에 길 건너 새로 문을 연 프랑스 식당이 보였다. 양파수프와 샤르퀴트리를 주문한 그녀는 예상 소요 시간(85분)을 확인하고 누운 채 거실 쪽으로 몸을 돌려 창을 바라보았다. 오후 2시 반, 이미 세상 끝처럼 깜깜한 하늘, 쏟아지는 폭우를 응시하던 그녀는 혹시 지금 기적의 순간이 다가오고 있는 게 아닐까 하고 생각했다. 그녀가 오랫동안 은밀히 꿈꿔온, 가령……

지금 내리는 이 폭우는 세상의 종말을 알리는 신호가 아닐까?

물론 그런 게 아니라는 것은 명백했다. 세상은 멸망할 리가 없다. 폭우라는 것은 꽤 끔찍한 데가 있지만 특별한 사건은 아니다. 물론 특별한 폭우도 있겠지만, 오늘의 폭우는 전혀 그런 데가 없다. 그런데 특별한 폭우라는 게 별건가. 누군가 역사적 사건들에 대해서 그것들에 정녕 특별한 데가 있는지 진지하게 묻는다면, 이로아는 단호히 고개를 저을 것이다. 어린 시절, 잠깐이지만 순수한 열정으로 프랑스 혁명사를 연구한 끝에 그녀가 도달한 깨달음은 간단했다. 가장 인상적인 역사적 사건들은 칼같이 일정한 주기를 두고, 높은 형식적 완성도를 갖춘 채로 발생되었다는 것. 다시 말해, 그것들은 죄다 가짜일지도 모른다.

짧지만 깊었던 덕질의 끝, 그녀는 역사를 믿지 않게 되었다. 그녀가 만들어내는 숫자들처럼 전부 다 사기에 불과할지 모른다는 과격한 결론에 이른 것이다. 역사도, 과학도, 민주주의도, 자본주의도, 공산주의도, 심지어 돈도 인생도 사랑도 그녀는 믿지 않았다. 쉽게 말해, 허세가 극에 달한 인간이었다. 하지만 자기 삶의 매 순간에는 대단히 진심을 다해, 누구보다도 진정성 있게 임하며 하루하루를 살아가는 평범한 서울의 화이트칼라 인간이기도 했다. 이 말을 뒤집으면 평균적인 서울의 화이트칼라 인간의 내면을 깊숙이 들여다보면 허세가 극에 달한 미치광이처럼 느껴진다 할 수 있겠다. 왜냐하면 이들의 세계는 믿을 수 없이 독아론적이기 때문이다.

즉, 이로아의 세계에는 오직 이로아만이 존재한다. 그런데 그 존재는 매사에 매우 진지하다는 점에서 스스로를 굉장히 높게 평가한다. 나아가 진지함을 갖추고만 있다면, 모든 것은 가능하다 믿는다. 어떤 광기도, 어떤 이론도 말이다. 그렇게 프랑스혁명이 통째로 사기였다는 가설은 현실과 아무 차이가 없어진다. 나아가, 자신이 태어나 살아가는 세계 자체가 스스로 창조한 것이나 다름없다고 믿을 수도 있다. 사실 이것은 이로아가 사춘기 이후 마음 깊이 유지하고 있는 믿음이었다. 그러니까 이 모든 것, 그녀를 포함한 세계 전체가 그녀가 스스로를 위해 창조해낸 맞춤형 고문실인 것은 아닐까?

그녀가 아끼는 이 (어머니 명의의) 26평 면적의 수용소 독방과 지금 텅 빈 하늘에서 퍼부어지는 폭우까지도 죄다, 누군가의 계획에 의거한 것이 아닐까 느껴지고 그런데 그 누군가가 대체 누구일까 생각해보면 신이 존재한다는 결론에 이르고 그런데 아무래도 그 신이 이로아 자신인 듯이 생각된다는 얘기다.

나, 이로아=신

폭우=신이 흘리는 눈물

무정한 폭우를 스스로의 신적인 눈물이라고 간주하고 나자 별안간 끈적한 감상주의 무드에 빠져들게 된 이로아는 당장 뭐라도 해야 할 것 같은 기분에 자리에서 일어나 거실 창을 빼꼼히 열고, 신선한 공기를 무정한 콘크리트 독방에 초대했다. 하지만 이내 후덥지근한 습기가 독방의 삭막한 정취를 흩뜨리는 것을 느낀 그녀는 재빨리 창문을 닫았고, 더욱 음침해져가는 창밖 풍경을 응시하다가 멀리서 새까만 헬리콥터, 아니 거대한 독수리, 아아니 매끈하게 잘빠진 커다란 드론 한 대가 그녀의 거실 창을 향해 돌진하고 있는 것을 발견했다. 거기에는 양은영이 타고 있었다, 사악한 여왕의 미소를 지으며……

이로아는 눈을 꼭 감았다. 양은영이 탄 드론이 그녀의 보금자리를 관통하여 모든 것을 박살내는 바로 그 순간을 고대하며. 하지만 이어지는 것은 길고 긴 정적뿐이었고, 다시 눈을 뜨자 창밖은 사납게 내리치는 빗방울뿐. 안타깝게도 그녀의 망상은 망상에 그칠 뿐, 절대로 실현되지 못했다. 그리고 그것이 그녀가 여러 가지 망상들을 거리낌없이 부풀릴 수 있는 이유이기도 했다.

나무 그늘 아래 자라난 독버섯들처럼 무자비하게 부풀어 오른 채로 방치되어온 망상의 거대한 숲이 그녀의 삶을 위험한 곳으로 끌고 가는 것은 아닐까 하는 걱정이 들지 않는 것은 아니었다. 망상이 먼저냐 현실이 먼저냐, 점점 더 결론을 내리는 것이 불가능한 혼란스러운 상황 속에서, 그녀의 인생은 급조된 할리우드 SF 영화 속 끔찍한 사건이 벌어지기 직전의 인공미 넘치게 평화로운 잔디밭의 풍경 혹은, 어떤 진부한 악당의 진부한 광기가 빚어낸 으스스한 고문실처럼 되어버리고 말았다. 그리고 이렇게 된 가장 큰 원인은 역시 FWIS 서울 지사에서의 지난 5년일 것이었다. 그 기묘한 시간은 이로아가 가진 일말의 현실감각, 삶에 대한 의지, 사회성조차 제거해버렸다.

한마디로 그녀는 완벽하게 노예화되었다.

완벽하게 산뜻하고 깨끗한, 모든 것이 고해상도로 이루어진, 그림자도 무게도 없는 도시의 완벽한 유령이 되는 경험을 FWIS는 그녀에게 선사했고 그것은 솔직히 마약보다 황홀했다. 끝없는 회의와 세미나, 느닷없이 찾아오는 재택근무 시즌, 주기적인 상담과 건강검진, 깜짝 선물처럼 받는 수면제와 신경안정제, 매주 탄생하는 개념들, 평가들, 바이러스처럼 증식하는 숫자들, 바다처럼 광대한 데이터, 해저산맥처럼 신비로운 그래프, 패턴 인식, 처리, 오류 감지, 삭제, 조정, 테스트, 설정, 재설정, 미세 감지, 테스트, 최적화, 라벤더 향 가득한 마사지와 최면 치료, 또다른 테스트와 인터뷰, 원격회의, 원격 테스트. 회의와 인터뷰와 평가 외의 커뮤니케이션은 전무했다.

—저는 요즘 스스로가 딱정벌레처럼 느껴져요.

이로아가 크루아상을 잘게 찢어 입에 쑤셔넣으며 말했다. 그녀의 앞에는 양은영이 앉아 있었다. 노란 나비가 수놓아진 보라색 롱 드레스를 입은 그녀는 한 손에는 담배를, 매끈한 장밋빛 뺨에는 사악한 미소를 얹은 채로 이로아를 바라보고 있었다.

—아니면 사마귀라든지. 아무튼 곤충이요. 그런데 꿀벌은

아니에요.

이로아의 입술과 허벅지에는 크루아상 가루가 잔뜩 묻어 있었다. 그녀는 도무지 손쓸 수 없다는 표정으로 양은영의 허리에 채워진 에르메스 벨트의 황금빛 H 로고를 바라보았다. 양은영은 대답 대신 탁자 위에 놓여 있던 에스프레소 잔을 들었다.

—완벽하게 무력해요. 5월 5일 어린이날 반포한강공원에 혼자 앉아 있는 듯한 기분이에요. 모두가 자식 부모 할머니 할아버지 강아지와 함께인데, 저는 완전히 혼자예요.

이로아가 망연자실한 표정으로 양은영을 바라보았다. 양은영이 담배를 깊게 한 모금 빤 뒤 흰 연기를 내뿜었다. 좁은 방 가득 흰 연기가 차올랐고, 이로아는 생각했다. 혹시 나는 꿈속에 있는 걸까?

이제는 익숙해질 법도 한데 도무지 그래지지가 않는 온갖 혼란들, 현실과 꿈 사이에서 도무지 갈피를 잡을 수가 없게 만드는 이 망할 놈의 회사의 뻔하고 얄팍한 수법은 그러나 매번 확실하게 통했다.

달콤한 거짓말과 다채로운 알약들로 풍성했던 양은영과의 상담 시간은 매 순간이 황홀했다. 이로아는 스스로가 양은영과 사랑에 빠졌다고 반쯤 믿고 있었는데, 한편으로는 그 믿음이 양은영이 주는 약에 중독되어가고 있는 납작한 현상에 불과하다는 것을 인지했다. 이건 이로아에게 전적으로 불리하게 설계된 게임이었다. 그리고 이 게임의 설계자는 뤼카스 휘스먼. 그는 왜 그녀를 이런 사악한 게임에 연루시킨 걸까? 왜 이런 악몽 같은 반복을, 매일 밤 졌다는 패배감으로 질어지는 불면의 밤을 선사하는 걸까?

이로아는 갈수록 망상과 현실이 구분되지 않음을 느끼며 불면과 발작 같은 잠 사이에서 온갖 미스터리한 숫자들을 만들어냈고, 그것들은 거의 숭고한 빛깔을 지니게 되었다. 어느 날인가, 그녀가 유령 같은 몰골로 원격회의에 나타나 3분기 동북아시아 에너지 마켓에 대한 예상 수치들을 시처럼 읊다가 실수로 빅토르 위고의 시 한 구절을 끼워넣은 적이 있었는데 그녀의 예상치 못한 퍼포먼스에 본사의 부사장도 굉장한 인상을 받은 듯했고, 뤼카스 휘스먼은 그 어느 때보다도 자애로운 눈빛으로 모니터 속 그녀를 응시했다. 뤼카스 휘스먼의 눈빛은 이렇게 외치고 있는 듯했다.

보십시오, 나의 작품을! 나 뤼카스 휘스먼의 위대한 실험의 성과를! 나의 노예를!

프랑스 혁명사에 대한 집착적인 덕질 끝에 이로아가 도달한 깨달음을 다시금 정리하자면 이렇다. 자유란 없다. 원래도 없었고, 발명된 적도 없었고, 단 한 번도 누군가 그것을 소유했던 적도 없다. 자유란 완벽한 불가능성, 막다른 길의 다른 이름에 불과하다. 즉, 인간은 전부 노예다. 나도 노예, 뤼카스 휘스먼도 노예, 양은영도 노예. 그리고 노예해방은 없다. 그러니까 나 이로아는 노예로서, 동시에 신으로서, 신이자 노예로서, 신-노예 아니 노예-신으로서 앞으로 어떻게 살아가야 하는 걸까?

이런저런 복잡한 생각 속에서 이로아는 뭔가에 이끌리듯이 자리에서 일어나 침실로 향했다. 그리고 침실 옷장 속 깊숙이 숨겨둔 최후의 오렌지색 약통을 꺼내들었고, 뚜껑을 열자 또다른 생각이 그녀의 머리에 떠올랐다. 혹시 아까 내 환상 속을 날아오던 양은영의 드론이야말로 진짜 현실이 아니었을까? 그렇다면 그 현실은 어디로 간 거지? 아니 아니, 현실 따위 존재하지 않아. 전부 다 거짓과 사기. 그래, 그렇지. 오직 나, 이로아가 존재할 뿐. 그녀는 어떻게든 다시금 자신만의 독아론적 세계로 돌아가기 위해 애썼다. 신이자 노예인 자신만이 존재하는, 어떤 자유의지도 불가능한…… 오직 자신을 닮은, 클론처럼 똑 닮은 노예들로 가득한…… 하지만 그녀는 오늘만큼은 돌아가고 싶지 않았다. 적어도 오늘만큼은 무의미한 반항을 해보고 싶어졌다.

이 완벽한 콘크리트 관짝 너머에 뭔가 존재할지도 모른다는 망상을, 그녀가 잃어버린 진짜 현실에서는 양은영이 그녀를 구원하기 위해서 날아오고 있을지도 모른다는 억측을, 그녀를 이 대책 없는 악몽에서 꺼내어주기 위해 현실의 양은영이 매일매일 그녀를 향해 날아오고 있다는, 왜 하필 양은영이 그녀의 구원자인지는 모르겠지만, 아무튼 그러한 현실이 폭우 너머에 존재할지도 모른다는 그야말로 대책 없이 로맨틱한 가설을 실험해보고 싶어진 그녀는 약통 대신 노트북을 들고 침실에서 나왔다. 그녀는 노트북을 식탁에 올려놓고 냉장고에서 새 맥주를 꺼내 자리에 앉았다.

5

시작은 사소했다. 앞서 적었듯이, 양은영이 떠난 자리를 채운 새로운 상담의는 약을 처방하는 대신 새로운 스트레스 대처법으로 쇼핑 중독을 제시했다. 그것은 생각보다 효과적이었다. 돈을 너무 많이 쓰게 된다는 단점을 제외하면 말이다. 물론 단점이 너무 컸다. 동시에 두 백화점의 VIP 고객이 된 이로아는 자신의 경제 사정을 걱정하게 되었고, 해결책으로 소비를 축소하는 대신 돈벌이를 확대하기로 결정했다. 그녀는 통장에 남은 돈을 긁어모아 매일 점심시간에 삼십 분씩 주식 초단타를 치는 습관을 만들었다. 소소한 용돈벌이는 기대보다 성공적이었고, 투자 방식은 점차로 대담해졌다. 곧 알게 된 바, 그녀는 쇼핑보다 투자에 재능이 있었다. 보석과 시계의 카탈로그를 들여다보는 것보다 선물 차트를 들여다보는 것이 훨씬 적성에 맞았던 것이다.

이 신나는 세계를 왜 이제야 알게 되었단 말인가? 무엇보다도 부동산 투자의 대가였던 어머니의 영향이 컸다. 그녀는 부동산 투자 외의 다른 모든 자산 증식 방식을 혐오했다. 반면에 이로아는 집을 소유한다는 개념에 본능적인 거부감을 갖고 있었다. 발이 묶이는 느낌이랄까? 아무튼 그녀는 삐죽삐죽 흉하게 치솟은 고층 아파트 단지를 임장하는 것보다도, 다이아몬드의 투명도를 탐구하는 것보다도, 미국 10년물 국채의 움직임을 추적하는 것이 훨씬 체질에 맞았다.

그렇게 시작된 소박한 취미생활은 그녀의 쇼핑 중독을 해결했고, 자연스럽게 상담의에게로 향하는 발길 또한 뜸해졌다. 그것은 자연스럽게 뤼카스 휘스먼에 대한 충성심의 감소로 이어졌고, 그녀가 만들어내는 숫자들이 빈약해지는 결과를 낳았다. 마침내 그녀는 회사가 종용하는 SF적인 라이프스타일에서 아주 약간의 거리를 둘 수 있게 된 것이다. 심지어 연애도 했다(짧게 끝나고 말았지만). 즉, 그녀의 삶은 정상화되었다. 그 정도로 안정된 기분을 그녀는 어린 시절 이후 느껴본 적이 없었다.

곧 뤼카스 휘스먼이 상황을 간파했다. 비참한 노예의 삶을 살기에 그녀는 너무나도 행복하고 건강해져 있었다. 그녀는 노예 수용소에 어울리지 않는 생기 넘치는 기운을 뿜어내기 시작했고 그것이 동료들을 흔들어놓고 있었다. 그러한 상황은 즉시 중단되어야 했다. 뤼카스 휘스먼은 기민하게 움직였다. 곧 진행된 인사이동에서 이로아는 조영민 팀장 소속 인재전략팀의 대리로 승진되어 자리를 옮겼다. 그것은 겉으로는 기뻐할 만한 성취였지만, 감춰진 뜻은 정반대라는 것을 이로아는 눈치챘다. 그리고 같은 시기, 뤼카스 휘스먼이 조 팀장을 통해 이로아를 처리하기 위한 대책을 마련하던 시점, 그녀는 인터넷에서 짤막한 해외 기사를 접했다.

흔히들 주식 투자를 할 때 미디어를 멀리하라고 말한다. 시장이 만들어내는 노이즈에 흔들리면 안 된다는 것이다. 하지만 그 충고는 하수들을 위한 것이다. 성공적인 개인 투자자들은 뉴스 중독자들이다. 그들은 마켓이 전방위로 퍼붓는 노이즈를 죄다 씹어 삼켜 소화시킨다. 그것이 감춰진 시그널과 트렌드를 읽을 수 있는 유일한 방법이기 때문이다. 메시지는 쏟아지는 쓰레기들 속에 랜덤하게 감추어져 있다. 고수라면 타고난 망상증과 편집증을 총동원하여 메시지를 해독해내야 한다…… 적어도 이로아는 그렇게 믿었다. 그녀는 쓰레깃더미로 가득한 더러운 호수에 낚싯대를 드리운 정신 나간 낚시

꾼처럼, 뭔가 괴물 같은 것이 걸려들기를 기다렸다.

그리고 지루한 기다림 끝에 뭔가가 걸려든 것이다. 수에즈 운하에서 일어난 작은 사고에 대한 기사였다. 인도에서 그리스로 향하던 화물선이 엔진 결함으로 멈춰 섰다. 사고는 일곱 시간 만에 수습되었다. 드물지 않은 사소한 사고였다. 다음날 조지아와 터키의 국경에서 작은 유혈 충돌이 있었다. 다음날은 벨라루스와 우크라이나 국경에서 유혈 충돌이 일어났고, 다시 이틀 뒤에는 카이로 국제공항에서 폭탄이 발견되었다는 기사가 떴다. 같은 시간 이스라엘 웨스트 뱅크에 있는 한 호텔이 테러 공격을 받았다. 다음날 러시아 정부가 영국 대사관의 1등 서기관에게 추방 명령을 내렸다. 사흘 뒤 이라크 총리와 이스라엘 총리가 키프로스섬의 리조트에서 만나 회담을 했다.

그리고 한동안 뉴스는 소강상태였다. 위의 사건들은 서로 간에 아무 관련이 없는 것처럼 뉴스에 올랐다 사라졌고, 이어 모든 것이 망각 속으로 멀어져가는 듯했다. 그리고 뜬금없이 평화와 화해의 무드가 국제 뉴스를 가득 채웠다. 마치 지금까지 존재한 적이 없던 수준의 황금기적 평화가 지구에 도래할 것이라는 식의 초현실적인 희망이 글로벌 리더들을 통해서 주장되기 시작했다. 분명 뭔가가 있었다.

이로아는 뉴스 사이트를 헤집고 다녔다. 하지만 결정적인 증거가 없었다. 그러던 어느 날 아침, 습관처럼 회사의 1층 로비에 있는 커피빈에서 트리플 샷 아이스 아메리카노를 주문하고 기다리는 동안 핸드폰을 들여다보던 이로아는 네이버 뉴스 서비스의 메인 화면에서 이라크 총리와 이스라엘 총리가 회담 자리에서 악수하며 환하게 웃고 있는 사진을 발견했다. 일주일도 더 지난 오래된 뉴스가 왜 메인 화면에 떠 있는 걸까. 무엇보다 그녀의 눈길을 끈 것은 두 총리가 배경으로 선 키프로스섬 리조트 호텔의 그림 같은 풍광이었다. 늘어선 집채만한 야자수들과 그 너머 펼쳐진 보석같이 반짝이는 지중해의 풍광에 그녀의 마음이 흔들렸다.

커피를 받아든 뒤 그녀는 엘리베이터를 향해 걸으며 구글에 접속하여 'cyprus 5-star resorts'를 검색했다. 멋진 풍광을 자랑하는 고급 리조트들의 이미지가 핸드폰 화면을 가득 채웠다. 엘리베이터의 문이 열렸고, 엘리베이터 안을 가득 채운 사람들 사이에 꼭 끼인 채로 그녀는 키프로스 호텔 한 곳의 가격과 위치, 그리고 리뷰들을 재빨리 훑어보았다. 그리고 또다른 호텔을 선택하여 검색하려는 찰나, 뭔가를 깨달은 그녀는 네이버 뉴스 화면으로 돌아가 두 총리의 사진을 확인했다. 활짝 웃고 있는 두 총리의 표정은 정치가들답지 않게 너무나도 진솔해 보였다. 정치인이 진솔한 미소를 짓는 것은 불길한 징조다. 엘리베이터가 멈추고, 문이 열리고, 그녀는 커피를 들이켜며 급하게 자리로 향했다. 그녀는 동료들의 인공미 넘치는 눈인사를 무시한 채 자리에 앉아 컴퓨터 화면을 켜고 이스라엘을 검색했다. 제일 먼저 뜬 이미지는 폭격으로 파괴된 웨스트 뱅크의 호텔 사진이었다. 관련 뉴스로 백악관 부대변인이 중동의 평화 정착을 희망한다는 메시지를 내어놓고 있었다. '이스라엘 총리의 용기 있는 결단, 중동의 지속 가능한 평화, 지연된 OPEC 회의의 빠른 개최를 바라며……'

이로아는 구글 맵을 켜고 이스라엘과 이라크 그리고 키프로스섬의 위치를 확인했다. 그러고는 다시금 웃고 있는 두 총리의 사진, 마지막으로 WTI원유 차트를 확인했다. 몇 달째 지루하게 50달러 안팎을 오가며 완만한 기울기를 유지하던 차트가 최근 열흘 사이 급격히 치솟고 있었다. 이로아는 마지막으로 네이버 웹사이트로 돌아가 두 총리의 사진을 살펴보았다. 사진 아래 이런 설명이 쓰여 있었다. '드물게 진솔하고 해맑은 두 총리의 미소에서 중동의 희망찬 미래를 가늠해볼 수 있다.' 이로아는 직감했다. 곧 드물게 화려한 쇼가 펼쳐질 것임을.

*

그날 점심, 사무실에서 샌드위치로 끼니를 때운 이로아는 증권사 웹사이트에 접속하여 가지고 있던 주식을 모두 현금화하고 적금을 해지했다. 이틀 뒤, 현금화한 주식과 적금, 마이너스 통장과 신용 대출금을 포함하여 5억 9천만원으로 원유 3배 레버리지 ETF를 구입했다. 주문이 체결되고 고작 한 시간 뒤 이라크가 이란의 미사일 기지를 폭격했다. 다음날 이란이 반격하여 쏜 미사일이 이라크 수도에 있는 호텔에 떨어져 160여 명의 사상자가 나왔다. 하루 뒤로 예정되어 있던 OPEC 회의가 결렬되었다. 같은 날, 지난번 행해진 웨스트 뱅크 호텔 테러에 대한 보복으로 이스라엘 또한 팔레스타인을 공격했다. 민간인 100여 명이 희생되었고, 뉴욕타임스 웹사이트에는 길가에 쓰레깃더미처럼 널브러진 시체들의 사진이 올라왔다. 원유 가격이 하루 만에 38퍼센트 치솟았다. 이튿날 프랑스의 원자력발전소가 원전 반대주의자들의 공격으로 멈춰 섰다. 발전소에서 일하던 직원 둘이 사망했고, 시스템 파괴와 냉각수 유출을 시도하던 다섯 명의 원전 반대주의자들은 그 자리에서 모두 사살되었다. 그날, 모든 에너지 관련주의 가격이 폭등했다. 이틀간 원유 가격은 71퍼센트 상승했다.

*

이란이 이라크에 전쟁을 선포했다.

*

이란의 국방부 장관이 이라크의 미사일 공격으로 사망했다. 바그다드 국제공항이 이란의 폭격으로 파괴되었다. 폭격의 여파로 런던을 향해 이륙하던 비행기가 엔진이 파손되어 추락했고, 탑승자 전원이 사망했다. 영국 총리가 이란을 비난하며 참전 의사를 내비쳤다. NATO와 EU가 이란을 규탄했고, UN 또한 이란 규탄 성명서를 채택했다. 미국이 이란의 해외 자산을 동결하겠다고 선언했다. 영국의 항공모함 두 대가 지중해로 향했다. 다음날, 공식 석상에 나타난 이란의 대통령이 핵 공격 의사를 천명했다. 미국 증시가 폭락했다. 원·달러 환율이 45퍼센트 치솟았다.

*

그리고 바로 오늘, 이라크-이란 전쟁 발발 11일째, 전 세계는 핵전쟁에 대한 공포로 흉흉했다. 하지만 그 흉흉하다는 꼴은 약간 거리를 두고 보면 아이러니한 데가 있었다. 넷플릭스의 인기 순위에 스탠리 큐브릭의 〈닥터 스트레인지러브 또는: 어떻게 나는 걱정을 멈추고 (핵)폭탄을 사랑하는 법을 배우게 되었는가〉가 올랐고, 뉴욕타임스는 문화면에서 리처드 파인먼에 대한 새로운 연구서를 리뷰했다. 한편 일본의 천황은 뜬금없이 히로시마를 방문하여 평화에 대한 연설을 길게 늘어놓았고, 『은하수를 여행하는 히치하이커를 위한 안내서』 시리즈가 교보문고의 베스트셀러 톱 10에 리스트되었다. 유튜브에는 세계적으로 유명세를 떨치는 K팝 아이돌 그룹이 제발 전쟁을 멈춰달라고 울면서 호소하는 영상이 올라와 높은 조회수를 기록했다. 파리, 도쿄, 뉴욕, 런던 등의 중심가에서 대규모 반전시위가 벌어졌다. 그리고 방금 전, 배달 음식을 기다리면서 식탁에 앉아 맥주를 들이켜며 노트북을 켠 이로아는 뉴스를 훑어보다가 10대 시절 잠깐 좋아했던 영국 출신의 나이든 록 밴드 리더가 어린 아들을 껴안은 채로 울먹이며 전쟁을 멈출 것을 호소하는 유튜브 동영상을 발견했다. 배가 불룩하게 나온, 중년의 때깔 좋은 영국 남자가 그렇게 애처롭고 '진솔하게' 우는 장면은 꽤 그로테스크했다. 스스로도 약간 울 것 같은 심정이 된 이로아는 남은 맥주를 비우고 증권사 웹사이트에 접속했다. 이로아가 구입한 원유 3배 레버리지 ETF의 평가액은 1733.03퍼센트 증가해 있었다. 빈 맥주 캔을 쥔 이로아의 손에 힘이 들어갔고, 맥주 캔이 힘없이 구겨졌다. 이로아는 양손으로 구겨진 맥주 캔을 더욱 납작하게 만들어 반으로 접어 식탁 위에 올려놓고는 모니터로 시선을 돌렸다. 그녀가 쥔 마우스의 커서가 거래 버튼으로 다가갔다.

클릭.

'매도' '시장가' '전부' '거래를 승인하시겠습니까?' '예' '주문이 체결되었습니다.' 핸드폰에 새로운 메시지가 떴다. '주문하신 음식의 배달이 시작되었습니다.' 그녀는 냉장고에서 새 맥주를 꺼냈다.

6

—엄마, 전 항상 기분이 공허해요.

지난 주말, 이로아는 용기를 내어 어머니에게 고백했다. 아버지의 생일을 맞이하여 오랜만에 온 가족이 모인 자리였다. 어머니가 손수 끓인 간이 전혀 맞지 않는데다 마늘이 과다하게 들어간 소고기미역국과 떡갈비를 먹고, 남동생이 사온 어딘지 모르게 흉측한 인상의 호텔 케이크를 소품 삼아 아버지가 선물을 뜯어보는 장면을 몇 장의 사진으로 남겼다.

식사가 끝나고 이로아가 쟁반 가득 사과를 담아서 거실로 왔다. 말릴 새도 없이 아버지가 익숙한 솜씨로 사과를 깎기 시작했고, 어머니는 그 어느 때보다도 혈색 좋은 얼굴로 소파에 다리를 꼬고 앉아 TV를 켰다. 바로 그 순간 이로아가 그렇게 말한 것이다.

예상치 못한 이로아의 고백에 어머니는 소파 아래에서 귀여운 고슴도치 새끼를 발견한 듯 기분좋게 놀란 표정으로 자신의 딸을 들여다보았다.

—신기하네. 지난달인가, 로한이도 똑같은 얘기를 하던데. 그치, 이로한?

어머니가 동생을 향해 물었다. 하지만 그는 어느새 자신의 방으로 들어가고 없었다.

—그치, 여보?

어머니가 이번에는 아버지를 향해 물었다. 하지만 그는 말없이 사과를 깎는 데 몰두하여 있을 뿐이었다.

—정말? 왜요?

이로아가 물었다.

—지도 모르겠대.

어머니가 과장된 포즈로 어깨를 으쓱하며 TV 리모컨을 꾹꾹 눌렀다.

—그래서? 엄마는 뭐라고 말씀하셨어요?

—지도 모르는 걸 엄마가 어떻게 아니?

—하지만 엄마는 엄마니까 알 수도 있지 않아요?

—엄마가 신이니?

어머니는 고개를 들어 허공을 향해 물은 뒤, 잠시 자신의 질문을 음미했다. 이로아는 '응, 엄마는 신이잖아요'라는 확실한 모범 답안을 내어놓는 대신 새로운 질문을 꺼내들었다.

—그렇다면 엄마는 엄마의 두 자식이 항상 기분이 공허하다는 것에 대해서 어떻게 생각하세요?

어머니의 입술이 살짝 일그러졌다. 잠시 뜸을 들인 어머니는 또박또박, 가능한 한 작위적으로 답했다.

—월급쟁이 생활이 너희 둘을 지치고 각박하게 만든 거겠지. 혹시 너희들, 유학 가고 싶니?

물으며 이로아를 바라보는 어머니의 냉혹한 눈빛은 이렇게 말하고 있는 듯했다. 너희들은 나의 드물지만 실패한 투자들 중 하나이고, 미안하지만 그에 대한 죄책감은 없어.

그게 대체 무슨 의미인가. 어머니가 전달하려는 메시지에 대해서 이로아는 집으로 돌아가는 길에 깊이 고민해보았다. 고민 끝에 내린 결론은 어머니가 오래전부터 일관된 메시지를 자신과 동생에게, 어쩌면 아버지에게도 보내고 있었고, 어쩌면 그게 자신이 느끼는 공허감의 원인이 아닐까 하는 것이었다. 그녀의 생각에, 어머니가 보내고 싶어하는 메시지는 단순화하자면 이런 것이었다.

나는 부자고, 너희는 아니다. (미안하지만 앞으로도 나는 부자일 것이고, 너희는 아닐 텐데, 그에 대한 죄책감은 없어.)

독실한 기독교 집안에서 태어난 이로아의 어머니는 고등학교 졸업과 함께 신을 버렸고 대신 부동산의 세계에 입문했다. 그녀는 자신의 재능을 이용해서 맏딸인 이로아가 초등학교에 입학하던 시점에 강남의 노른자 구역에 아파트를 사놓았다. 그리고 저기 한 채, 여기 또 한 채…… 그녀는 객관적으로 성공한 인생을 살았다. 잘생긴 남편(그는 모 사립 고등학교의 수학 선생으로 한창 잘나갈 때는 멋진 외모로 장동건 수학 선생님으로 불렸는데 그 외형을 왜 두 자식 가운데 한 명도 물려받지 못했는지는 온 가족의 수수께끼), 나란히 인서울 대학을 졸업하여 번듯한 직장에 정규직으로 취업한 딸과 아들, 그리고 일주일에 한두 번꼴의 수영과 사우나, 한 달에 서너 번꼴의 등산으로 유지중인 건강과 맑은 낯빛. 분기별로 백화점에서 계절 옷을 구입하는 루틴. 동창 모임과 여행. 미술관 산책. 기타 등등. 이 모든 것이 그녀의 프라이드였다. 그녀는 건강하며 교양 있고, 부자이며 친구도 많았다. 문제는, 그녀를 제외한 그녀의 가족, 이로아와 이로아의 동생, 그리고 남편까지 그녀와 대비되는 칙칙한 실패자로 스스로를 규정하며 살아가게 되었다는 것이었다.

그녀가 어머니에게 진짜 묻고 싶은 (유치한) 질문은 이것이었다.

엄마, 엄마는 왜 나를 낳으셨나요?

물론 영원히 알 수 없겠지. 탄생이란 수상한 일, 혹은 저주. 적어도 치욕스러운…… 다 잊고 이젠 나도 나만의 삶을 살아가야겠지? 가족으로부터, 회사로부터 벗어난……

진정한 자유……?

증권 계좌에 찍힌 형이상학적인 숫자들을 바라보며 그녀는 다시금 생각했다. 자유란 없다. 모든 것은 정해져 있다. 아침이면 밀려들어오고 저녁이면 밀려나가는 바닷물처럼, 세상은 완벽하게 정해진 법칙에 따라 움직인다. 그 위에서 이리저리 흔들리는 나룻배처럼, 나 이로아는 태어났고, 또 살아왔고, 앞으로도 살아갈 예정이다. 한 척의 고독한 나룻배 같은 삶. 절대로 난파될 위험은 없는, 하지만 어딘가에 이르지도 못하는, 그런 삶을 살게 될 것이라고 그녀는 결론 내렸다. 부자가 된다고 해도 똑같아. 그녀는 확신했다. 자유란 허상에 불과하다고. 폭우는 계획대로 멈추고, 거짓말같이 맑은 하늘이 내일 아침 펼쳐질 것이다. (양은영은 절대 그녀를 구하러 오지 않을 것이다.) 누군가에게는 배신감을 느끼게 할 만큼 따사롭고 온화한 내일의 햇살을 예감하며 그녀는 잠 속으로 빠져들었다.

*

질문: 한강에 몸을 던지고 싶다는 생각이 들 땐 어떻게 외면하죠?

답변: 음, 저는 어서 해가 지기를 기다려요. 알록달록한 불빛이 강을 물들이고, 잿빛 하늘은 사악한 꿈의 실현을 약속해요. 모든 게 비현실적으로 느껴져요. 너무 비현실적이라서 오히려 현실 같은 그런 혼란의 찰나? 저는 바로 그 순간을 기다려요. 현실과 비현실의 경계가 무너지는 순간, 바로 그 순간을 기다려 창을 활짝 열고 돌진해오는 드론을 향해 뛰어내리는 거예요. 그 수상한 비행물체가 저를 태양으로 데

려다줄 거예요. 저를 태운 드론은 거대한 극락조로 탈바꿈해요. 저 자신도 마찬가지구요. 태양을 향해 날아가는 두 마리의 극락조. 완벽한 해피 엔딩이에요. 나 자신 극락조로 탈바꿈하게 되면 인간들에 대해서도 완전히 잊게 되겠죠? 그렇게, 신과 노예에 관한 진부한 망상이 사라져요. 그리고 그렇게, 진정한 자유를 얻게 되는 거죠.

*

다음날. 구름 한 점 없는 하늘. 맑은 파란색 한강. 쏟아져 내리는 눈부신 햇살. 거실 한편에 권태로운 듯 축 늘어져 있는 극락조 잎사귀. 프로그래밍된 대로 정시에 깨어나 집요한 몸짓으로 식탁을 공격하는 로봇청소기. 완벽한 한순간, 그녀가 자신을 둘러싼 세계가 영원할 것이라 확신한 바로 그 순간, 암전. 암흑. 새까만 밤. 끝나지 않은 폭우. 아무것도 종결되지 않은 어제. 영원한 고독. 적막.

암흑 속에서 그녀는 아직 밤이 끝나지 않았다는 것을 깨달았다.

찬란한 내일 정오의 꿈을 꾼 것이다.

*

마침내 잠에서 깨어난 이로아는 조작한 듯 단정하고 깨끗한 풍경이 창 너머 펼쳐져 있는 것을 확인했다. 그녀는 자면서도 한 손에 꼭 쥐고 있던 핸드폰을 켜고 증권사 앱에 접속했다. '총자산 현황 102억 2487만 7천……' 그녀는 부자가 되었다. 그것은 꿈이 아니었다.

이어 그녀를 덮친 것은 자신의 삶이 그 어느 때보다 희미해졌다는 느낌이었다. 그것은 정말이지 특이하고도 생경한 느낌으로서…… 혹시 이것이 자유의 기분인가?

결국 그녀가 원한 것은 자유였다. 누구보다 절절히, 그녀는 자유를 원했다. 하지만 그녀는 자유를 얻는 대신 부자가 되었다. 그녀는 누구보다도 자신의 운명에서 벗어나고 싶어 했고, 그 대가로 엄청난 돈을 손에 쥐게 되었다. 다시 말해 그녀는 부자가 되었으며, 그 대가로 삶이 그림자처럼 희미해졌으며, 그 어느 때보다 자유로부터 멀어졌다. 그리하여 그녀가 도달하게 된 곳은……

II

Infinite Summer

1

창을 열자 소금기를 머금은 습한 바닷바람이 밀려들었다. 태풍이 지나간 자리, 여전히 사나운 바람이 산책로의 나무들을 흔들고 있었다. 길을 따라 점점이 박힌 LED 조명만이 빛나는 가운데, 컴컴한 창가에 서서 어둠을 응시하고 있는 이로아는 얼핏 유령처럼 보였다.

깊은 새벽, 창밖의 칠흑 같은 어둠 속 부산하게 흔들리는 수풀 너머, 인적 끊긴 모래사장을 가로질러, 어둠 속 하나로 꿰매어진 듯한 하늘과 바다의 경계를 더듬으며, 빠르게 밀려가는 구름 뒤에서 하나둘씩 모습을 드러내는 희미한 별들을 세어보던 그녀는 문득 무거운 잠이 눈꺼풀 위로 내려앉는 것을 느끼고는 창을 닫고 침대로 돌아와 몸을 웅크렸다.

하지만 잠시 뒤, 깊은 잠에 빠져든 듯 보이던 그녀의 눈이 번쩍 뜨였다. 순간 그녀는 세계가 정지한 듯한 느낌을 받았다. 자신을 제외한 온 세계가, 삶과 죽음이 동시에 멈춰 선 듯한 느낌. 물론 느낌에 불과할 테지만, 현란하게 펼쳐진 세계 속에서 의지할 것은 그 느낌뿐인 게 아닐까. 그녀는 이 섬에 도착한 뒤로 종종 전에 느껴본 적 없는 낯선 종류의 기분에 사로잡혔다. 그것은 단지 공간의 문제일까, 혹은 날씨 탓일까?

답이 뭐든, 그녀가 3주 전 도착한 이 영원한 여름의 세계는 이로아에게 이렇게 명령하는 듯했다. 오직 느낄 것. 느낌만을 따르고 그것에 복종할 것. 그것은 그녀가 머물고 있는 리조트 타운 시타 델 마레Città del Mare에서 전적으로 말이 되는 명령으로 느껴졌다.

지난해 문을 연 시타 델 마레는 첫눈에는 지극히 평범해 보인다. 하지만 그 안을 들여다보면 너무나도 몸에 잘 맞아 입은 것조차 느껴지지 않는 이상적인 슈트처럼 완벽하게 작동하고 있다는 것을 알 수 있다.

이 최신식 리조트 타운의 탄생은 국제 자본이 최근 10년 사이 동아시아의 기후변화에 기민하게 주목한 결과였다. 제주도와 남해, 부산 등 한국의 최남단은 2020년대의 극적인 기후변화의 결과로 2년 전부터 공식적으로 열대기후 지역으로 분류되었다. 그곳에는 이제 더이상 겨울이 존재하지 않았다. 오직 끝없는 여름뿐. 그리고 그 변화의 한가운데서 각광받는 지역으로 떠오른 제주도의 남서쪽 끝, 한때 조그마한 개울이었으나 이제는 열대식물이 무성한 늪지대로 탈바꿈한 오름천이 태평양과 맞닿는 J포구 일대의 땅을 스위스계 헤지 펀드가 사들였다. 그리고 프리츠커상을 수상한 사우디아라비아 출신 건축가에게 설계를, 미국계 호텔 체인에 운영을 맡겨 시타 델 마레를 세상에 선보였다.

그곳은 정글처럼 수풀이 우거진 산책로와 거미줄처럼 연결된 수영장 사이사이 몸을 숨긴 풀 빌라들, 가득 쌓인 택배상자처럼 불규칙한 패턴으로 세워진 서비스 아파트 단지, 산책로 너머 포복하듯 낮게 깔린, 불시착한 외계 탐사선을 연상시키는 매끈한 은빛의 쇼핑몰을 갖춘 초대형 리조트였다. 뿐만 아니라 덩굴식물에 뒤덮인 길고 긴 회랑의 끝에 나타나는 유리로 지어진 미술관은 어느 은둔 부자의 광활한 개인 정원 한편에 지어진 유리온실을 연상케 했다. 미술관 앞 펼쳐진 원형 광장에는 늪지대를 옮겨온 듯 이국적인 식물들로 채워진 인공 연못이 있었고, 연못을 따라 늘어선 값비싼 조각품들은 제국의 몰락 후 정원 한구석에 버려진 채 우아하게 녹슬어가는 보물 같아 보였다.

한편 리조트의 동쪽을 따라 흐르는 오름천은 깔끔하게 정비되어 관광객들이 배를 타고 내륙 안쪽에 새롭게 형성된 석호들을 탐방할 수 있었다. 서쪽의 완만한 구릉에는 국제 규격의 골프 코스 두 개와 세 개의 테니스 코트가 마련되었다. 결과적으로, 총 55개의 수영장과 인공적으로 조성된 2킬로미터에 달하는 금빛 모래 해변을 끼고 있는 영원한 여름의 도시 시타 델 마레는 새로운 미래, 즉 완벽한 통제 속 소시민적 행복이라는 21세기적 이상이 완전하게 현실화된 장소였다.

로아씨는…… 섬이 잘 어울릴 것 같아.

이로아는 비행기 창 너머로 다가오는 거대한 섬을 바라보며, 마지막으로 양은영을 만났을 때 그녀가 했던 말을 떠올렸다. 그 말이 주문이 되었던 것일까. 이로아는 정말로 섬에 와버렸다.

그녀가 마지막으로 제주도를 방문한 것은 대학 시절. 그러니까 햇수로 7년 만이었다. 섬은 소문대로 많은 것이 달라져 있었다. 착륙 직전 눈에 들어온 것은 활주로 너머 광활하게 펼쳐진 바나나 농장이었다. 이어 한 시간여 섬을 가로질러 리조트에 도착할 때까지 이로아가 목격한 것은 기억 속의 제주도가 전혀 아니었다. 그곳은 전혀 한국 같지 않았고, 차라리 동남아의 어느 휴양 섬을 닮아 있었다. 서귀포시로 들어서자, 좁은 국도가 오토바이로 빼곡했다. 대부분이 백인으로 남자들은 맨몸에 반바지 차림이었고, 여자들은 아슬아슬한 비키니 상의에 핫팬츠 차림이었다. 유럽에서 온 관광객들로 섬이 가득하다고, 창에서 눈을 떼지 못하는 이로아를 향해 택시 기사가 말했다. 그의 말투는 한편으로는 자랑스러우면서도 한편으로는 꽤 부담이 된다는 투였다.

택시가 리조트 입구로 들어서기 직전, 건너편 언덕 위로 햇살을 받아 요란하게 번쩍이는 은빛 건물이 보였다. 2층짜리 목조건물에 통째로 은빛 페인트를 입힌 듯했다. 입구 주위에는 서핑 보드가 늘어서 있었고, 그 옆에는 테라스가 있었는데 역시 은빛이었다. 테라스 가득 헐벗은 백인 남녀가 시끄러운 음악을 배경으로 술을 마시고 있었다. 음악은 도어스의 〈Love Me Two Times〉. 활짝 열린 2층 창문 뒤에서 동양 여자 하나가 턱을 괸 채 담배를 피우고 있었다. 그녀는 어깨까지 닿는 푸들처럼 복슬복슬한 은빛 가발에 커다란 선글라스를 쓰고 있었다. 여자는 이로아가 탄 택시를 바라보고 있는 것이 분명했다. 테라스의 한 남자 또한 이로아가 탄 택시를 보고 있었다. 허리까지 오는 밝은 금발의 드레드 머리에, 올리브빛으로 잘 그을린 상체, 오렌지색의 반바지 수영복, 그리고 맨발의 백인 남자였다.

이로아가 은빛 건물에 시선을 빼앗긴 사이 택시는 리조트로 들어섰다. 지극히 평범하게 생긴 검은색 철문이 천천히 열렸다. 주위에는 아무도 없었다. 입구의 초소 또한 텅 비어 있었다. 대신 철문 주위로 자객처럼 자리잡은 감시카메라들이 지능이 있는 생명체처럼 렌즈의 방향과 각도를 미세하게 바꾸며 이로아가 탄 택시를 관찰했다. 이로아는 잠시 오싹함을 느꼈으나 곧 펼쳐진 풍경을 보는 순간 모든 것을 잊었다. 파란 태평양을 배경으로 꿈같은 여름의 세계가 그녀의 눈앞에 놓여 있었다.

*

리조트의 서비스 아파트에서 지내기 시작한 뒤로 이로아는 매번 한밤중에 잠에서 깼다. 그리고 오늘도 다시금 같은 시간에 깨어나고 말았다. 햇빛이 부족한가? 그럴 리가 없다. 이곳에 온 뒤로 매일 아침 해변가를 산책한 다음 블루 라군 카페에 가고 있다. 리조트의 서쪽 게이트 근처에 있는 블루 라군 카페는 리조트 안에서 가장 맛있는 커피를 판다. 샌드위치도 먹을 만하다. 그곳에서 대충 점심을 해결한 뒤에는 쇼핑몰로 향한다. 장을 보고, 미술관을 둘러보거나, 서점에 들러 새로 나온 잡지들을 구경한 뒤 집으로 돌아오는 것이 요즘의 낮 일과이다. 그러는 사이 합성되는 비타민D의 총량은 평범한 잠을 이루기에 결코 부족한 양이 아니라고 이로아는 확신했다. 그렇다면 뭐가 문제일까? 운동 부족? 하지만 그녀는 거의 매일 저녁 아파트에 딸린 실외 수영장에서 한 시간 남짓 수영을 했다. 도대체 이 일상 어디에 불면증이 끼어들 틈이 있지? 시차 적응인가? 하지만 알다시피 제주도와 서울의 시차는 없다.

—여우……

낯선 속삭임에 이로아는 눈을 떴다. 어느새 깜빡 잠들었던 것이었다. 하지만 낯선 소리에 잠이 확 달아난 그녀는 몸을 일으켜 주위를 두리번거렸다.

—여우…… 은여우……

다시금 속삭임이 들려왔고, 두려운 눈으로 주위를 살피던 그녀는 창가에서 뭔가를 발견하고는 떨리는 손으로 침대맡의 램프를 켰다.

—으악!

비명을 지르는 이로아의 눈이 고정된 자리, 창가에 한 여자아이가 앉아 있었다. 열 살가량, 긴 생머리에 마른 몸의 아이는 핑크색 티셔츠와 같은 색의 반바지 차림이었다. 이로아를 바라보는 아이의 눈빛은 꿈을 꾸는 듯했고, 동시에 뭔가를 강하게 저주하는 것 같기도 했다. 그녀는 기이하게 빛나는 두 눈을 이로아에게 고정한 채, 늘씬하게 뻗은 두 다리를 흔들며 멈추지 않고 나직하게 중얼거렸다. 자장가를 읊조리듯.

—여우…… 은여우…… 여우…… 은…… 은……여우……

이윽고 아이가 손을 뻗어 창밖을 가리켰다.

2

꿈에서 이로아는 드림파크의 스파 룸, 보랏빛 거품 가득한 욕조 속에 있었다. 그녀의 앞에는 태양왕 루이 14세 차림을 한 뤼카스 휘스먼이 서 있었다. 이로아는 욕조를 빠져나왔다. 보랏빛 거품에 감싸인 나체로 황금빛 태양왕에게 대적하는 그녀는 로베스피에르였다.

—내가 당신 손자의 목을 자를 거요.

이로아가 뤼카스 휘스먼을 향해, 아니, 로베스피에르가 루이 14세에게 말했다.

—미친년!

태양왕이 웃음을 터뜨렸다.

태양왕이 체통에 맞지 않게 껄껄대며 웃는 소리를 들으며 잠에서 깨어난 이로아는 시간을 확인했다. 아침 8시가 조금 넘은 시간이었다. 핸드폰에 익명의 메시지가 도착해 있었다.

'다음 타깃이 조영민으로 정해졌다는 루머.'

조영민이 누구더라? 아직 잠에서 덜 깬 이로아는 지금 자신이 어디에 있는 누구인지 약간 혼란스러웠다. 나는 로베스피에르인가? 그렇다면 여기는 프랑스? 하지만 이건 프랑스어가 아닌데? 다음 타깃은 뭐지? 루이 16세를 말하는 건가? 그녀는 여전히 모든 것에 대해서 확신하지 못한 채로, 침대를 빠져나와 창가를 향해 다가갔다. 그리고 마치 굉장한 발견을 눈앞에 둔 어둠 속의 철학자처럼 창에 쳐진 두꺼운 커튼을 힘껏 열어젖혔다. 그러자 햇살이 사정없이 쏟아져내렸고, 그녀는 비로소 현실로 돌아왔다.

—아, 아, 아, 조영민 팀장님!

이로아는 안도하며 창문을 열었다. 어제와 전혀 다를 것 없는, 그림 같은 바닷가 휴양지의 풍경이 창밖에 펼쳐져 있었다. 파란 바다와 구름 한 점 없는 하늘은 삶에 지친 도시 사람들을 유혹하기에 완벽한 이미지였다. 매일 아침 그 풍경을 접하는 이 순간이 여전히 감동적이라는 사실에 이로아는 다시금 안도했다.

잠시 뒤, 이로아는 냉장고에서 요거트를 꺼낸 뒤 거실 소파에 앉아 TV를 켰다. 아침 뉴스 시간이었다. 이런저런 국내 소식 끝에 화면이 낯익은 두 사람을 비추었다. 이란과 이라크의 대통령이었다. 둘은 한 달 전 휴전협정에 사인했다. 이로아가 주식을 모두 현금화하고 닷새 뒤였다. 짧지만 참혹했던 전쟁의 희생자는 총 1만 2천여 명이라고 뉴스는 전했다. 두 대통령은 희생자들을 기리는 탑을 서로의 수도에 세우기로 합의했다.

요거트를 다 먹은 그녀는 TV를 끄고 눈을 감은 다음 두 팔을 쭉 펴고 스트레칭을 했다. 짧은 스트레칭을 끝내고 눈을 뜬 후에는 탁자 위에 놓여 있던 커다란 연보라색 리조트 안내 팸플릿을 집어들었다. 그것은 내내 그 자리에 있었지만 그녀는 마치 처음 발견한 듯 호기심어린 얼굴로 그것을 살펴보았다. 아무 장식 없는 표지에는 모던한 폰트로 'Mindfulness Journey'라고 쓰여 있었다. 책장을 열자 리조트에서 제공하는 여러 가지 체험 프로그램의 목록이 적혀 있었다. 요가, 명상 요가, 채식 요리 만들기, 마사지와 스파, 나만의 영화 만들기, 제주도 둘레길 걷기, 오감 만족 밤바다 여행…… 그녀는 팸플릿을 내려놓고 발코니로 향했다.

나무로 된 발코니 바닥은 햇살에 뜨끈하게 데워져 있었다.

그녀는 바닥에 쪼그려앉아, 두꺼운 강화유리로 된 난간에 어깨를 기댄 채 바다를 바라보았다. 강한 햇살 속, 다시금 졸음이 밀려드는 것을 느끼며 몽롱한 눈으로 풍경을 훑던 그녀는 아래쪽 야외 수영장에서 한 남자가 수영을 하고 있는 것을 발견했다. 오렌지색 반바지 수영복 차림이었다. 이로아는 그 오렌지색이 어딘가 낯익다고 생각하며 실내로 돌아와 욕실로 향했다.

한 시간 뒤 집을 나선 그녀는 짙은 남색의 리넨 드레스 차림이었다. 고동색 가죽 플립플롭과 짙은 갈색 라탄 숄더백, 그리고 검은색 프라다 선글라스를 걸친 그녀는 특별할 데 없는 표준적인 1인의 휴양객으로 보였다. 그녀는 도어스의 〈Unhappy Girl〉을 흥얼거리며 엘리베이터를 지나쳐 비상문을 열고 계단을 걸어내려가기 시작했다.

Unhappy girl
Left all alone
Playing solitaire……

1층에 도착한 그녀는 로비를 가로질러 아파트를 빠져나갔다. 자동문이 열리는 순간 숨막히는 열기가 덮쳐왔고, 그 반작용으로 발걸음이 느려진 사이, 그녀는 문 옆에 매달린 작은 도마뱀을 발견했다.

You are locked in a prison
Of your own device……

그녀는 계속해서 노래를 흥얼거리며 천천히 발걸음을 옮겼다. 시선은 도마뱀에 고정된 채였다. 아주 느리게 건물을 기어올라가던 도마뱀 역시 이로아의 시선을 느끼고 잠깐 멈추어 섰다가, 재빠르게 건물 옆면으로 사라졌다.

산책로에는 심란한 광경이 펼쳐져 있었다. 나무들이 온통 뽑히거나 꺾여 나뒹굴고 있었다. 낫으로 쳐낸 듯 날카롭게 찢겨나간 여인초 잎사귀들이 사방에 흩어져 있었고, 늘어선 레몬나무 또한 머리카락이 다 뜯겨나간 듯 흉한 몰골로 바람에 흔들리고 있었다. 바닥 여기저기에 터진 채 뒹구는 레몬에서 나는 시큼한 향이 흙냄새와 섞여 사방에 진동했다.

산책로가 두 갈래로 갈라지는 길목에서 이로아는 믿을 수 없을 정도로 길고 굵은 지렁이 한 마리를 발견했다. 지렁이는 사나운 햇살 아래에서 꿈틀대고 있었다. 그녀는 신글라스를 벗고 지렁이를 들여다보았다. 지렁이라기보다는…… 뱀인가? 생각하는 사이 다가온 직원이 기다란 쇠 집게를 이용해 문제의 생명체를 쓰레기봉투에 쏙 집어넣었다.

—앗!

이로아는 작게 외치며 한 발자국 물러섰다.

—어이쿠 죄송. 놀라셨죠?

직원이 능글맞게 사과하며 지렁이의 잔해가 있는지 바닥을 살폈다. 이로아가 의혹에 찬 눈길로 직원이 들고 있는 쓰레기봉투를 바라보며 물었다.

—근데 지렁이 맞아요?

—지렁이 맞죠.

직원이 능글맞은 미소를 지으며 말했다.

—기후가 달라지다보니까 좌우지간 엄청 커졌어요.

이로아는 말없이 고개를 끄덕이며 다시 선글라스를 쓰고 걷기 시작했다.

—즐거운 하루 보내십쇼!

직원이 등뒤에서 외쳤다.

또다른 거대 지렁이를 마주치지 않을까 하는 걱정에 빠른 속도로 산책로를 빠져나온 이로아는 땡볕의 해변가 모래사장을 가로질러 땀에 흠뻑 젖은 채 헉헉대며 블루 라군 카페에 들어섰다.

그곳에서 이로아는 아까 아침에 발코니에서 목격했던 오렌지색 반바지 남자를 발견했다. 그는 똑같은 반바지에 검정색 AC/DC 티셔츠를 입고 있었다. 그는 주문대 왼편에 앉아 있었는데, 주문을 마친 이로아는 남자의 정반대 쪽인 주문대 오른편에 앉았다. 주문한 음식을 기다리며 그녀는 핸드폰을 꺼내 뉴스 사이트에 접속하여 이란-이라크 휴전협정의 구체적인 내용을 들여다보았다.

식사를 끝내고 남은 커피를 홀짝이며 이로아는 오늘 하루를 어떻게 보낼까 생각하다가 간밤에 나타난 여자아이 귀신에 생각이 미쳤다. 꿈인가? 그래, 꿈일 거야. 하지만 꿈이 아니라는 것을 이로아는 알았다. 그렇다면 혹시…… 다른 사람들도 봤을까? 조심스레 주위를 두리번거리던 이로아는 샌드위치를 향해 입을 쩍 벌린 오렌지색 반바지 남자와 눈이 마주치고 말았다.

블루 라군 카페를 나선 이로아는 간밤에 겪은 일에 대한 어떤 유의미한 해석을 얻을 수 있을까 하는 막연한 기대를 가지고 쇼핑몰 1층의 서점으로 향했다. 일단 오컬트 관련 코너를 돌아보았다. 유령, 꿈, 점성술, 외계인, UFO, 초자연현상, 귀신 들림, 신내림, 한국의 무속신앙…… 탐탁잖은 표정으로 그녀는 세계문학 코너로 발걸음을 옮겼다.

귀신이라…… 귀신이라…… 그녀는 기억을 더듬어 올라가다가 대학 시절의 바보 같았던 짧은 연애, 흑역사로 남아 있는(왜 그딴 남자에게 잠시라도 호감을 가졌던 걸까), 절대 누구에게도 발설하지 않았던, 백 일짜리 부조리극의 마지막 장면을 떠올렸다. 그날 이로아는 남자와 함께 〈트윈 픽스〉 극장판의 리마스터링 버전을 보러 극장에 갔었는데, 그 영화가 처녀귀신에 대한 이야기였다는 데 생각이 이른 것이다. 하필이면 주인공의 이름이 로라여서 오랫동안 기억에 남았다. 이로아 자신도 유치원 시절 로라라는 영어 이름을 지은 뒤 필요할 때마다 써왔기 때문이었다. 정말이지 찝찝하고 끔찍한 영화였다. 이로아는 여전히 그 찝찝함이 느껴진다는 듯 고개를 가로저으며 에드거 앨런 포의 벽돌처럼 무거운 단편 모음집을 꺼내어 품에 안고 계산대로 향하다가 다시금 문제의 오렌지색 반바지 남자를 발견했다.

그가 계산대에 올려놓은 책은 『제주도 자전거 여행 루트 120』과 『손자병법을 통해 이해하는 미국 주식의 세계』였다. 이로아는 살짝 비웃음을 지어 보였는데, 그것을 느꼈는지 남자가 뒤를 돌아보았고 이로아는 재빨리 계산대 왼쪽에 있는 '이달의 베스트셀러' 매대로 눈길을 돌렸다. 신기하게도 2위를 차지한 책의 제목은 "유령과 외계인—'존재'와 '실재', 그리고 실체 현상"이었다. 이로아가 그 책을 살피는 사이, 남자는 떠났다. 이로아는 에드거 앨런 포의 책을 원래 자리에 가져다놓고는 빈손으로 서점을 나섰다.

이어 지하 슈퍼마켓에서 간단히 장을 본 다음 쇼핑몰을 빠져나가던 그녀는 출입구 근처를 서성이며 전화 통화를 하고 있는 오렌지색 반바지 남자를 발견했다.

3

이로아가 출입구를 통과하기 직전, 남자가 손을 흔들었다.

—헤이, 잠깐만요!

이로아는 반응 없이 자동문을 통과했다. 남자가 한번 더 손을 흔들며 이번에는 핸드폰에 대고 말했다.

—그래 형, 이따 통화해. 좋다니까! 그래, 끊어!

급하게 통화를 끝낸 남자가 이로아의 등에 대고 외쳤다.

—잠깐만요!

이로아는 말없이 걸음을 좀더 빨리했다.

—한국 분이시죠?

남자가 물었고, 마침내 이로아가 멈춰 섰다. 그녀는 짜증스러운 표정으로 남자를 돌아본 다음 말했다.

—Vous êtes coréen?

—예?

예상치 못한 외국어에 남자가 당황했고, 이로아가 되물었다.

—Vous êtes coréen? Ou……

—어…… Non…… Je suis…… anglais, ah non, je…… peux? I mean……

이로아는 더듬거리는 남자를 가엾다는 듯 바라보다가 다시금 걷기 시작했다. 남자 또한 이로아의 뒤를 좇았다. 삼 분 남짓, 두 사람은 적당한 거리를 둔 채 산책로를 걸었다. 두 차례 갈림길을 지나도 여전히 남자가 자신을 따라오고 있는 것을 확인한 이로아가 멈춰 섰다.

—경찰을 부를까요?

—왜요?

—계속 따라오실 건가요?

—저는 제 숙소로 향하는 중인데요.

—숙소가 저랑 같은 방향이세요?

남자가 고개를 끄덕였다.

—그걸 어떻게 확신하세요?

남자가 뭔가 말하려다 말고 픽, 웃었다. 하지만 이로아는 남자를 죽일 듯이 노려볼 뿐이었다.

—마주쳤거든요. 기억 못하세요?

이로아는 대답 대신 남자를 머리끝에서 발끝까지 훑었다. 남자가 빙긋이 웃으며 물었다.

—이런 게 우연일까요?

—뭐가요?

—이렇게 짧은 시간 동안 우리가 여러 번 마주친……

—그건요, 우리 사이에 초자연적인 현상이 일어난 것이 아니라 그냥 이 리조트가 좁아서 그런 거예요.

—하지만 그렇다면 왜 그쪽하고만 이렇게 여러 번 마주치는 걸까요?

—여기 얼마나 계셨어요?

—어…… 일요일 날 왔으니까…… 사흘?

남자의 말에 이로아가 큰 비밀이 풀렸다는 듯한 표정으로 고개를 끄덕였다.

—여기 사람들은 낮에 안 돌아다녀요. 그러니까 다른 사람하고 마주칠 일이 없었던 거예요.

—그런가? 근데 그쪽은 여기에 계신지 얼마나 되셨죠?

—왜 그걸 알고 싶으신 건데요?

—알고 싶다기보다는……

—네?

—그냥 말을 건 건데? 사람한테 말을 거는 게 불법인가?

—왜 아무 이유도 없이 모르는 사람한테 말을 거세요? 강간이라도 하시려구요?

—모르는 사람한테 말을 거는 거랑 강간이 무슨 관계가 있나요?

—지금 본인의 행동이 상대방한테 폭력적으로 느껴질 것이라는 생각이 들지는 않으세요?

—혹시 인간의 자연스러운 사회적 욕구라는 게 결국 타인에 대한 폭력에 불과하다는 환원주의적 주장을 하시는 건가요?

—논쟁을 원하시나요? 그렇다면, 여기서 이럴 게 아니라 인터넷에……

—왜요, 인터넷 세계는 차갑고 외로운걸요. 난 리얼 월드를 원해요.

남자가 그렇게 말하며 스스로의 표현이 마음에 꼭 드는 듯 의기양양한 미소를 지었다.

—여기가 리얼 월드라고 생각하세요?

뚱딴지같은 이로아의 질문에 남자가 말문이 막힌 표정이 되었다. 이번에는 이로아가 의기양양한 미소를 지으며 그를 바라보았다. 두 사람의 발치는 비바람에 떨어진 주홍빛 능소화들로 가득했다. 어디선가 희미하게 정오를 알리는 교회의 종소리가 들려왔고, 하루 중 가장 높이 떠오른 태양이 지상을 뜨겁게 달구었다. 신선한 열기가 엄청난 농도의 습기와 합쳐져 풀과 흙, 바다의 냄새를 증폭시켜 사방으로 확산시키고 있었다. 남자는 자신의 이마가 땀으로 흥건히 젖어 있는 것을 느꼈고, 이로아가 가엾다는 표정으로 자신을 바라보고 있는 것을 감지했으며, 온통 주홍빛으로 흥건한 산책로의 색감에 자극된 덕분인지 약간의 현기증을 느꼈고, 문득 현실감각이 사라지는 듯한 느낌을 받았다. 설마 꿈인가……?

잠시 뒤 정신을 차린 그는 이로아가 저만치 멀어져버린 것을 알아차렸다. 그는 다시금 그녀를 환각 속 오아시스라도 되는 양 쫓기 시작했다.

남자가 다시금 자신에게 따라붙은 것을 느낀 이로아가 멈춰 섰다.

—저쪽을 봐요.

이로아가 손으로 어딘가를 가리켰다. 리조트 서쪽 게이트로 향하는 좁은 도로에 차들이 길게 늘어서 있었다.

—리조트는 사람들로 가득차 있어요. 그런데 다들……어디로 가는 걸까요?

그때 소리 없이 다가온 전동 카트가 두 사람 앞에 멈춰 섰다. 운전석에 앉은 직원이 두 사람을 향해 말했다.

—덥지 않으세요? 숙소까지 태워다 드릴까요?

땀에 흠뻑 젖은 두 사람과 달리 뽀송뽀송한 얼굴의 직원이 로봇 같은 미소를 지은 채 물었다.

—아뇨, 괜찮아요.

이로아가 거절했다.

—진짜? 난 너무 더운데……

남자가 말했다.

—진짜 괜찮아요. 그쪽이나……

—그러지 말고 타죠.

남자가 전동 카트에 올라탄 뒤 한결 밝아진 표정으로 이로아를 향해 손짓했다. 직원 또한 이로아를 향해 손짓했다. 이로아는 곤란한 표정으로 두 사람을 바라보다가 졌다는 듯 한숨을 쉰 뒤 전동 카트에 올랐다.

전동 카트가 조용히 산책로를 달려나가는 동안에도 마주치는 사람 한 명 없었다. 한낮의 열기 속에서, 달구어진 오븐 속처럼 후끈한 바람결에 커다란 잎사귀들이 정신을 놓은 듯 흔들리고 있었다. 그 움직임을 응시하고 있자니 잎사귀들의 흔들림이 간밤의 활짝 열린 창가 커튼의 흔들림과 겹쳐졌고, 창가에 앉아 있던 여자아이의 힐난하는 듯한 눈빛이 떠올랐으며, 그러자 이로아의 귀에 대고 누군가 '은여우……' 하고 속삭이는 듯했다. 그녀는 놀라 두 눈을 크게 뜨고 주위를 두리번거렸다. 전동 카트가 아파트 앞에 멈춰 섰다. 먼저 내린 남자가 이로아를 향해 손을 내밀었다. 이로아는 엉겁결에 그의 손에 자신의 손을 올려놓았다.

로비로 향하는 문이 열렸고, 그녀는 손을 잡은 남자와 나란히 안으로 들어섰다. 순식간에 냉기가 온몸을 감싸안았다. 문득 이로아는 꿈에서 깨어나는 듯한 느낌을 받았는데, 하지만 꿈의 바깥에 펼쳐진 것의 정체가 뭔지 전혀 알 수 없었다. 그녀는 주위를 돌아보았다. 닫힌 자동문 너머 새파란 하늘이 눈에 들어왔고, 이어 자신 옆에 선 남자가 보였다. 그의 얼굴을 찬찬히 뜯어보던 이로아가 말했다.

—당신은 유령이 아니네요.

—네?

—저하고 어디 좀 같이 가실래요?

*

—차가 멋있네요.

이로아가 남자의 터쿼이즈 블루 색 BMW X5에 올라타며 말했다.

—하하, 괜찮나요? 렌트한 건데.

남자가 얼굴 가득 환한 미소를 지었다.

각자 외출할 준비를 마치고 다시 조우한 남자는 매우 달라져 있었다. 170센티 중반 정도의 키에, 보기 좋게 그을린 피부, 속쌍꺼풀이 있는 크지 않은 눈과 오뚝한 코, 단단한 턱, 멋부린 데 없이 짧게 쳐올린 헤어스타일을 한 그는 시트러스와 머스크가 섞인 은은한 향수 냄새를 풍겼다. 거기에 질 좋은 흰색 코튼 셔츠와 랄프 로렌 풍의 카키색 반바지, 반바지와 꼭 같은 색깔의 가죽 샌들 차림은 그를 꽤 부유한 리조트 건달, 즉 실력 좋은 사기꾼처럼 보이게 했다.

—음악 틀까요? 어떤 노래 좋아하세요?

—원하시는 걸로요.

남자가 잠시 고민한 뒤 음악을 틀고 스피커 볼륨을 높였다. 도어스의 〈Love Me Two Times〉였다. 이로아는 재밌다는 표정으로 남자를 봤다.

—내 취향은 아니거든? 근데 얼마 전에 아는 형이 추천해줘서 들어봤는데 괜찮더라구요.

—그런데요, 몇 가지 좀 물어봐도 돼요?

—Sure!

—이름이 뭐예요?

—신해남. 그쪽은요?

—이로아요.

—이로…… 뭐요?

—이, 로, 아요. 이, 로, 아아아아……

—아, 미안. 너무 시끄러워서……

신해남이 스피커의 음량을 줄였다.

—괜찮아요. 제 이름이 난해한 데가 있어요. 그런데 혹시 하시는 일이 뭔지 물어봐도 돼요?

—뭘 것 같아요?

신해남이 씩 웃으며 이로아를 봤다. 이로아는 멀뚱하게 그를 보았다.

—프로그래머예요. 그렇게 안 보이죠? 하하하……

—여기 리조트에서 일하시는 거예요?

—아니, 회사는 서울에 있는데, 그게…… 최근에 회사에서 심리 상담을 받았거든요? 그 결과 마일드한 디프레션이 뭐 어쩌구…… 날씨 좋은 곳에서 원격근무하며 심신의 안정을 회복하라나. 아무튼 반강제로 여기에 보내졌어요.

—직원 복지가 좋은 곳이네요.

—네, 약간, 아니 꽤? 근데 그쪽은, 뭐하시는지? 물어봐도

될까요?

—백수예요.

—진짜?

—얼마 전에 그만뒀어요.

신해남이 잘 알겠다는 듯이 고개를 끄덕였다.

—그렇구나. 지금은 잠시 재충전중인 거네? 어, 근데 말씀하신 위치에 방금 우리가 도착했거든요? 저 앞에 교차로만 지나면……

신호가 바뀌고 차가 멈춰 섰다. 이로아는 말없이 교차로를 뚫어져라 응시하다가 양손을 기도하듯 맞잡은 채 눈을 감았다.

은여우……

간밤의 그 목소리가 다시금 들려왔다.

은여우……

그녀는 다시 간밤의 침실에 있다.

아이가 손을 들어 창밖을 가리킨다.

새까만 허공이 밝아지며 한 장소가 나타난다. 그녀가 아는 곳이다. 리조트 서쪽 게이트를 빠져나가면 나오는 첫번째 교차로 앞 슈퍼마켓.

흰 개와 어린 남자아이가 길가에서 놀고 있다.

이어 허공 속 장면은 교차로에서 오른쪽으로 꺾어 깊은 숲 속으로 이어진다. 그리고 그 숲을 빠져나와……

—이로아씨!

이로아는 자신의 어깨를 흔드는 손길에 놀라 눈을 떴다. 신호가 다시 파란불로 바뀌어 있고, 신해남이 심각한 얼굴로 그녀를 바라보고 있었다. 잠시 혼란스러워하던 이로아는 상황을 파악하고 재빨리 외쳤다.

—직진이요!

하지만 신해남은 뭔가 꺼림칙한지 양손을 핸들에 얹은 채 움직이지 않았다. 뒤차가 경적을 울렸다.

—저, 신해남씨……?

신해남은 못마땅한 얼굴로 거칠게 액셀을 밟았다.

—저 앞에서 우회전이요!

이로아가 손을 뻗어 길 끝의 슈퍼마켓을 가리켰다. 간판에는 'JEJU Mart & Korean Snack Bar'라고 쓰여 있었다. 슈퍼마켓 앞 길가에서 새하얀 진돗개와 장난치고 있는 남자아이가 보였다.

—다시 직진이요.

—진짜 궁금해서 그러는데, 우리가 지금 어디로 가는 거죠?

마침내 신해남이 물었다. 이로아는 대답 없이 앞을 응시했다. 왜냐하면…… 귀신이 알려준 장소로 향하고 있다고 말할 수는 없지 않은가? 이로아는 흘끔 신해남을 보았다. 그의 표정은 어두웠다. 이로아를 따라나선 것을 후회하고 있는 듯했다. 하지만 그와 별개로 그는 이로아가 가리키는 방향으로 열심히 차를 몰았다.

두 사람을 태운 차는 가파른 비탈길을 통과해 숲의 가장 내밀한 곳으로 향했다. 곳곳에 태풍이 할퀴고 간 흔적이 가득했다. 산길을 따라 한참을 어지럽게 달리던 차는 들어설 때처럼 좁고 긴 비탈길을 지나 숲을 빠져나왔다. 별안간 탁 트인 풍경이 펼쳐졌다. 거무스름한 돌무더기로 가득한, 인적 없는 황무지였다. 갈매기들이 잔뜩 날아다니는 것을 보아, 끝은 바다와 맞닿은 절벽임이 분명했다.

차가 멈추자 이로아가 급하게 차에서 내렸다. 홀로 남은 신해남은 기가 빨린 표정으로 룸미러를 들여다보며 중얼거렸다.

—She's so weird.

한편 거울에 비친 자신의 모습은 생각보다 훨씬 정상적이었다. 저런 이상한 여자와 시간을 보내기에는 아깝지 않나? 뭐…… 별일이나 있겠냐만.

그는 특유의 긍정주의로 스스로를 다독이며 차에서 내려 주위를 돌아보았다. 처음 느껴보는 오싹한 한기가 엄습했다. 이로아는 어느새 저만치 멀어져 있었다. 도대체 어디를 가는 거야. 그는 자신의 차를 돌아보았다. 그리고 다시금 이로아를 본 다음, 순간적으로, 그냥 도망칠까 생각했다. 하지만 그건 좀…… 너무한가? 그는 지금 처한 짜증스러운 상황을 납득해보려 애썼다. 먼저 말을 건 것은 자신이니 약간의 책임감을 느끼기도 했다. 그는 조금 더 인내심을 발휘해보기로 했다.

하지만 그는 이내 차 주변을 알짱거리는 수상한 도마뱀을 발견하고 다시금 차에 올라탔다. 믿을 수 없이 새하얀 피부를 가진, 약 30센티미터 길이의 호리호리한 도마뱀이 차 주변을 배회하고 있었다. 굉장히 불길한 일이 벌어질 것이라는 예감이 들었고, 특유의 긍정주의조차 지금 이 순간에는 경고음을 울리는 듯했다. 다시 말해 그는 즉시 도망쳐야 한다고 느꼈다. 하지만 저 여자를 버리고 갈 수는…… 없잖아?

난감하네. 그는 초조한 표정으로 차창 너머 이로아를 응시했다. 그녀는 음침한 인상의 건물을 향해 다가가고 있었다. 불에 그을린 듯 짙은 잿빛의, 영화에서나 볼 법한 귀신 들린 집의 포스를 뿜어내고 있는 자그마한 1층짜리 목조건물이었다. 마침내 건물 앞에 도착한 이로아가 잠깐 고민하다가 안으로 들어섰고…… 이어 들려온 것은 찢어질 듯한 비명소리였다.

—괜찮아요?

신해남이 도착했을 때 이로아는 건물 앞에 주저앉은 채, 양손에 고개를 푹 파묻고 있었다.

—괜찮아요?

신해남이 한번 더 물었고, 그제야 이로아가 얼굴에서 손을 떼고 손가락으로 문제의 건물을 가리켰다. 반쯤 열린 문 안으로 커다란 황금빛 형체가 눈에 들어왔다. 불상이었다. 불상은 오랜 기간 방치된 듯 심하게 더러워져 있었다. 신해남은 몸을 좀더 안쪽으로 기울이는 동시에 시선을 위로 향했고, 그러자 고요하게 미소 짓고 있는 불상의 얼굴께에 드리워진 창백하고 조그마한 두 발이 눈에 들어왔다. 신해남의 얼굴이 경악으로 굳었다. 핑크빛 옷을 입은 어린 여자아이가 대들보에 동여매어진 밧줄에 목을 매단 채 죽어 있었다. 신해남은 기이한 소리를 내며 주저앉았다. 마치 커다란 고깃덩어리를 한입에 삼켜 목이 턱 막힌 듯한 소리였다.

4

죽은 아이의 이름은 은소라였다. 발견된 불당에서 2킬로미터 남짓 떨어진 서귀포시의 작은 마을에 살고 있던 아이는 만 10세, 초등학교 4학년생이었다. 단순 자살로 결론 내려지는 듯했던 사건조사는 이웃 주민의 제보로 방향이 바뀌었다. 한 달 전 어머니가 아이를 심하게 구타하는 소리를 들었다는 것이었다. 이어 드러난 젊은 부모의 서툰 결혼생활상과, 잦은 방치를 의심하는 초등학교 담임교사의 증언, TV 인터뷰를 통해 폭로된(혹은 편집된) 주 양육자였던 외할머니의 아이에 대한 묘한 적대감 등이 합쳐진 결과 아이의 자살은 아버지의 방치와 어머니의 학대에 의한 것이라는 강력한 내러티브가 만들어졌다. 인터넷은 부모에 대한 비난으로 가득찼고, 최초 목격자인 이로아와 신해남에게도 인터뷰 요청이 쇄도하기 시작했다. 두 사람은 모든 인터뷰를 거절했는데, 딱 한 번 리조트 투숙객으로 위장한 방송국 기자가 로비로 들어서는 신해남에게 따라붙어 말을 붙이는 데 성공했다. 하지만 그가 기자임을 눈치챈 신해남은 놀라운 순발력을 발휘하여 기자를 따돌리고 엘리베이터로 뛰어들었다.

그날 밤 신해남은 점잖지만 집요한 필치로 오늘 자신이 겪은 문제, 즉 최첨단 보안 시스템을 갖춘 미래형 리조트라는 시타 델 마레의 보안상의 어이없는 허점에 대해서 조목조목 따지고 개탄하는 메일을 보냈다. 그러자 다음날 아침 9시경, 신해남이 원격근무를 막 시작했을 때 리조트 직원이 그를 방문했다. 직원은 리조트 총괄 책임자인 인도인 V씨가 손수 사인한 편지와 함께 작은 꽃다발과 시타 델 마레의 로고가 새겨진 나무 바구니를 내밀었다. 바구니 안에는 제주산 망고와 바나나, 유자 향 초콜릿 쿠키 한 묶음과 캘리포니아의 내파밸리산 고급 샴페인이 들어 있었다. 편지에는 리조트의 보안 시스템을 즉시 총체적으로 재검토하겠다고 쓰여 있었다. 하지만 한편 이미 시타 델 마레의 보안 시스템은 미국 실리콘밸리에 본사를 둔 최고의 보안 전문 기업이 고안해낸 최첨단 인공지능 시스템에 의해 운용되고 있으며, 따라서 이번 사건을 통해 시스템이 자기학습을 통한 업그레이드를 이룰 것이니 이것은 위기이기보다는 기회에 가까운 것이라는 헛소리가 덧붙여져 있기도 했다. 끝으로 리조트 쇼핑몰 내 모든 상점에서 사용 가능한 50퍼센트 할인 쿠폰과 미술관의 전시회 초대권이 동봉되어 있었다.

신해남은 리조트 측의 빠른 일처리와 소소하고 따뜻한 배려에 내심 감동했다. 그는 이 일련의 상황에 대해서 누구보다도 이로아에게 이야기하고 싶었는데, 경찰 조사 뒤로 눈에 띄게 냉담해진 그녀는 완고하게 그를 피하고 있었다. 전화도, 문자도 답이 없었다. 너무 커다란 충격을 받은 탓이라고 볼 수도 있었지만, 이로아의 부정적인 감정이 다름 아닌 자신을 향해 있다는 것을 신해남은 본능적으로 느꼈다.

한편, 이로아는 신해남이 경찰 조사에서 은소라의 시체를 목격한 경위를 이로아의 이해할 수 없는 4차원적 행각 때문이라고 진술한 데 대해, 즉 불미스러운 사태에서 발을 빼는 지나치게 냉정한 주장에 대해 서운함과 배신감을 느끼고 있었다. 물론 그의 말은 전부 사실이었다. 하지만 조사받는 내내 이로아는 경찰서 안의 모두가 자신을 또라이, 미친년, 한심한 백수, 나아가 범죄자나 사이코패스로 취급하고 있다고 느꼈고, 신해남 또한 그들과 한패인 것처럼 생각되었다. 하여 조사를 마치고 함께 돌아가는 차 안에서 신해남이 자신을 걱정하는 듯한 말을 했을 때 그것이 확실한 가스라이팅의 증거로 여겨졌고, 혹시 다름 아닌 신해남이 은소라를 자살하게 만든 어떤 악마 같은 존재와 관련된 것은 아닐까 하는 편집증적 의심조차 드는 것이었다.

관광지도 아닌 황량한 절벽에 굳이 찾아간 이유를 대라는 경찰의 집요한 추궁에 이로아는 그냥, 기분전환하려고, 글쎄, 나도 모르겠다, 등의 얼버무림으로 일관했다. 그 진술은 꽤 작위적으로 느껴졌지만 의심할 만한 부분은 없었다. 관광객들은 언제나 예상치 못한 곳까지 쳐들어가서 길을 잃고, 이따금 황당하게 죽기도 한다는 것을 제주도의 경찰들은 잘 알았다. 그저 현실을 제대로 겪어본 적 없어서 무모하고 겁이 없는 한심한 젊은 여행객일 뿐이다. 아마도 남자의 환심을 사려고 일부러 음습한 곳을 찾아 헤맨 것이겠지…… 경찰서장은 이로아를 한번 흘끗 보고는 그렇게 결론 내렸다.

긴긴 조사가 끝난 뒤 집으로 돌아온 이로아는 기자들과 신해남의 접근을 완벽하게 봉쇄한 채 아파트에 틀어박혔다. 그녀는 죽은 아이가 그날 밤 자신의 침실로 찾아온 귀신과 똑같은 아이였으며 심지어 옷차림도 똑같았다는 사실을 어떻게 해석해야 할지 알 수 없었다. 엄청난 혼란 속에서 그녀는 끝없이 뉴스를 업데이트하며, 유출된 아이의 생전 사진을 보고 또 보았다.

뉴스에 따르면, 아이의 부모는 둘 다 제주도 출신으로, 친구의 소개로 만나 연애를 하다가 혼전 임신으로 급하게 결혼식을 올렸다. 남편이 경기도의 중소기업에 근무중이었기 때문에 두 사람은 남편의 회사 근처에 있는 신도시의 작은 아파트에 월세로 입주했다. 둘은 6년 가까이 그곳에서 아이를 키우며 생활했다. 아이가 초등학교에 들어갈 나이가 되자, 아내가 제주도로 돌아가 친정의 도움을 받으며 아이를 키우고 싶다고 남편에게 말했다. 남편은 흔쾌히 동의했고 아내가 먼저 아이를 데리고 친정어머니 집으로 들어갔다. 그들은 2년 남짓 주말부부 생활을 지속했다. 그리고 최근 들어 남편이 회사를 그만두고 그간 모은 돈과 퇴직금으로 제주 시내에 식당을 열기로 결심했다. 아내는 서귀포시 근교에 새로 들어선 작은 아파트에 양가의 도움을 받아 전세로 들어갔다. 남편이 돌아왔고, 그러나 식당 계약이 마지막에 틀어졌고, 백수가 된 남편은 급작스럽게 의욕을 잃었다. 그리고 몇 달을 빈둥거리다가 최근에 택배 일을 시작했다. 아내는 불면증에 시달리기 시작했고, 아이는 많은 시간 친정집에 맡겨졌다……

최근 사진 속 아이는 웃고 있음에도 어딘가 슬퍼 보였다.

그 슬픈 얼굴이 이로아의 머릿속을 떠나지 않았다. 이로아는 극심한 불면증에 시달렸다. 하지만 밤새 깨어 있어도 아이의 유령은 다시 찾아오지 않았다. 이로아는 에어컨 바람에 싸늘하게 식은 아파트를, 보송보송한 이불 속을 떠나지 않았다. 그녀는 어머니의 전화를 받지 않았고, 동생의 메시지에 답하지 않았다. 그리고 신해남에게서 연락이 오면 핸드폰을 던져버렸다.

마지막 경찰 조사를 받고 돌아온 저녁, 이로아는 욕조에서 거대한 바퀴벌레를 발견했다. 그녀는 괴성을 지른 뒤, 욕실 문을 닫고, 관리실에 전화를 걸었다. 도착한 직원은 순식간에 능숙한 솜씨로 벌레를 처리했는데 돌아가면서 말하길 그 정도 크기의 바퀴벌레는 그도 처음 봤다고 했다. 직원이 떠난 뒤 이로아는 욕조를 꼼꼼히 세 번 닦았다. 그리고 기진맥진해진 채로 침대에 누워 눈을 감자 눈물이 흘러나왔다. 그녀는 침대를 뒹굴며 큰 소리로 엉엉 울었다. 한참을 울고 나자 기분이 한결 나아진 것을 느낀 그녀는 침실을 나와 냉장고에서 캔맥주를 꺼냈다. 캔맥주의 뚜껑을 따며 그녀는 생각했다. 나는 대체 여기서 뭘 하고 있는 걸까?

로아씨는…… 섬이 잘 어울릴 것 같아.

아니 아니, 틀렸어. 난 정말로 섬하고 안 맞는 사람이야.

아니야, 로아씨는 정말……

양선생님은 거짓말쟁이야! 난 완전 속은 거야! 어떡하지!

이로아는 생각했다. 완전 속았다. 정말로 멍청한 실수를 하고 말았다. 이게 다 양선생님…… 아니 솔직히 양선생님이 무슨 잘못이야. 다 내가 멍청한 탓이지. 뭐가 문제일까? 난 어떻게 이렇게까지 최악인 걸까! 난 도대체 왜 이렇게 생겨먹은 걸까!

문득, 그녀는 회사가 그리웠다. 하지만 나는 더이상 휘스먼 사장님의 노예가 아닌걸. 그렇다면 대체 무엇이며 누구인가, 나는? 나 이로아는 도대체 무엇인가? 나의 미래는 어떻게 되는 걸까? 그녀는 한숨을 쉬곤 허공을 응시했다. 그러자 아까 욕조에서 보았던 거대한 바퀴벌레가, 이어서 은소라의 시체 이미지가 떠올랐고 그녀는 다시금 공황 상태에 빠져들었다. 그녀는 끔찍한 이미지들로부터, 그 사건으로부터, 무엇보다도 그날 밤 창가에 나타난 은소라의 유령으로부터 도망치고 싶었다. 그런데 이어 떠오른 것은 엉뚱하게도 이곳에 온 첫날 리조트 근처에서 본 은빛 건물이었다. 울려퍼지던 도어스의 노래. 젊음을 즐기던 근사한 사람들. 2층의 담배 피우던 여자는 굉장한 미인이었다……

왜, 나는, 그런 삶을, 그런 멋진 삶을 누리지 못하는 걸까!

이로아는 자리에서 일어나 핸드폰을 블루투스 스피커에 연결하여 도어스의 〈Unhappy Girl〉을 틀고 볼륨을 높였다. 그리고 큰 소리로 노래를 따라 부르며 해괴한 막춤을 추며 거실을 몇 바퀴 돌아 발코니로 향했다. 발코니 문을 열자 바다 냄새가 밀려들었고, 그것은 도어스의 노래와 뒤섞여 낭만적인 분위기로 거실을 가득 채웠다. 그녀는 크게 숨을 들이쉬었다. 근사한 바닷내음이 그녀의 폐를 가득 채웠다.

—하지만 이게 다 무슨 소용이야! 내 삶은! 내 젊음은! 왜 다 끝나버린 거야! 돌려줘! 돌려달라구!

이로아는 소리치며 바닥에 주저앉아 다시금 서럽게 울기 시작했다. 하지만 곧 기진맥진하여 쓰러졌고, 다크초콜릿 같은 짐 모리슨의 목소리를 자장가 삼아 천천히 잠 속으로 빠져들었다.

*

다음날 새벽 아주 일찍 깨어난 이로아는 바닷가로 향했다. 여전히 온 세상이 어둠에 잠겨 있는 시간. 죽음도, 범죄도, 말 못할 비밀도, 사악한 마음과 증오, 원한과 질투, 거짓말…… 모든 나쁜 것들 또한 어둠 속에 곤히 잠든 암흑의 시간. 이로아는 시야 가득 펼쳐진 어둠을 응시하며 저 거대한 잠을 깨우리라 결심했다. 저 크고 더러운 잠을 깨우리라. 내가 은소라의 죽음에 얽힌 비밀을 밝혀내리라. 그것은 정말이지 엉뚱한 결심이었다. 하지만 언제나처럼, 아니 그 어느 때보다 이로아는 진지했다. 그녀에게는 삶의 의미가 절실히 필요했다. 이 영원한 여름의 섬으로 도망쳐온 뒤, 반대로 그녀의 삶은 급속도로 냉각되고 있었다. 얼어죽고 싶지 않아. 이로아는 생각했다. 그녀는 생존을 위해 모르는 타인의 죽음을 붙잡아보기로 했다. 이기적인 동기였지만, 이로아라는 사람이 이타적인 결정을 내린 적이 생애 한 번이라도 있었던가? 그녀는 스스로에게 물었고, 답은 명확했다.

5

한 달 뒤, 미술관 로비로 들어서던 신해남은 전시장을 빠져나오는 이로아를 발견하고는 놀랐다. 짙은 갈색의 중단발이던 그녀의 머리가 턱선 길이로 짧아져 있었고 색은 백금에 가까운 밝은 노랑이었다. 얼굴을 덮은 커다란 샤넬 선글라스, 발목까지 내려오는 길이에 어깨가 훤히 드러나는 무지개색 실크 슬립 드레스 차림의 그녀가 걸음을 뗄 때마다 큐빅이 촘촘하게 박힌 금빛 샌들이 눈부시게 반짝거렸다.

신해남이 감동한 표정으로 자신을 향해 다가오는 것을 발견한 이로아는 반사적으로 메고 있던 숄더백을 감싸쥐었다. 도망치고 싶었지만 신해남이 유능한 골키퍼처럼 출입구로 향하는 동선을 치밀하게 차단하고 있었다. 이로아는 마침내 결심한 듯, 숄더백을 양팔로 꼬옥 안은 채 출입구 쪽으로 상체를 낮추었다. 그런 그녀는 홀로 적진을 돌파하여 엔드 존에 착지하려는 미식축구 선수처럼 보였다. 이어 두 사람 사이가 1미터가량으로 좁아진 순간, 무슨 이유에서인지 신해남이 갑자기 왼팔을 뻗으며 오른쪽으로 비켜섰는데, 그 제스처는 능숙한 투우사의 그것이었고, 한편 출입구를 향해 돌진하려는 이로아는 무지갯빛 성난 황소처럼 보였다.

—하이, 오랜만!

신해남이 뻗은 왼팔을 인사하듯 부드럽게 흔들며 말했다. 이로아가 분한 얼굴로 신해남을 노려보았다. 신해남이 아무렇지도 않은 듯이 말을 이었다.

—전시 보러 왔나봐요? 저도……

—잘됐네요. 마침 저는 다 보고 나가는 중이거든요.

이로아가 말을 끝내곤 재빨리 출입구로 향했다. 하지만 어느새 나란히 걷고 있는 신해남을 발견하고는 휴우, 한숨을 쉬었다.

—혹시 제가 로아씨한테 잘못한 게 있나요?

이로아는 말없이 계단을 밟고 내려가 미술관 앞뜰 연못가에 늘어선 조각품들을 바라보았다. 한낮인데도 날씨는 생각보다 쾌적했다. 한 시간쯤 전에 내린 소나기의 영향으로 더

위가 한풀 꺾인 듯했다.

—제가 로아씨한테 잘못한 게 있나요?

신해남이 다시 물었고 이로아는 말없이 그를 바라보았다.

—왜 저한테 화가 나셨어요?

—짜증나요.

—뭐가요?

—몰라요.

신해남이 잠시 생각했다.

—혹시 아무 이유 없이 짜증나서 화내는 거라는 얘기?

이로아가 고개를 끄덕였다.

—그렇다면 할말이 없네. 안녕히 가세요.

신해남이 과장되게 차가운 말투로 인사를 던지고 돌아서려는 찰나 이로아가 물었다.

—혹시 유령을 믿으세요?

신해남이 멈춰 선 채 이로아를 보았다.

—귀신에 대해서 어떻게 생각하세요? 존재한다고 여기시나요?

—궁금해요? 그럼 먼저 사과해요.

—왜요?

—저한테 아무 이유 없이 짜증내셨잖아요.

이로아는 대답 대신 짜증 가득한 표정으로 신해남을 바라보았다.

—됐어요, 꺼지세요.

—와 진짜 이상한 여자다. 본인이 화내놓고, 짜증낼 거 다 내더니 꺼지래. 이게 무슨…… 알겠어. 진짜 갈게요.

신해남이 휙 돌아서더니 빠른 걸음으로 미술관 쪽으로 향했다. 이로아가 역시 빠른 걸음으로 따라붙으며 물었다.

—싫다는데 굳이 그쪽에서 나를 졸졸 따라온 거잖아요?

—내가 오리 새끼인가, 졸졸 따라다니게?

—그럼 뭔데요?

—오리 새끼처럼 졸졸 따라간 게 아니고요, 반가워서 말을 건 거지. 사람 대 사람으로서 소통을……

—근데 전 하나도 반갑지가 않아요.

—알았다구요. 나도 포기했다고! 그러니까 댁도 갈 길 가요.

—재수없어.

신해남이 멈춰 섰다.

—댁은 본인이 굉장히 안티소셜한 거 알아요?

—그쪽은 그쪽이 굉장히 크리미널한 거 아세요?

—아니, 나처럼 범죄와 거리가 먼 사람도……

—됐어, 꺼져!

—이로아씨 친구 없죠? 한 명도 없지? 그죠? 내 말이 맞죠? 단 한 명도 없죠? 그러니까 반사회……

순간 이로아가 굉장한 속도로 신해남을 향해 다가가 그의 목을 조르더니 있는 힘껏 뒤로 밀었다. 갑작스러운 공격에 신해남은 그대로 바닥에 고꾸라지고 말았다.

*

이로아는 괜찮다는 신해남을 굳이 쇼핑몰 안에 있는 종합클리닉센터로 끌고 갔다. 엑스레이를 찍었는데 예상대로 아무 문제가 없었다. 의사가 쓰러지면서 긁힌 상처를 소독하고 커다란 반창고를 붙여준 뒤 항생제를 처방했다. 신해남은 치료받는 내내 이럴 필요가 없으며 자신은 매우 멀쩡하다고 말했다. 그런 그를 이로아는 다시금 억지로 블루 라군 카페로 끌고 갔다. 상처를 빨리 아물게 하는 데는 풍부한 비타민 섭취가 중요하다는 것이 그녀의 주장이었다. 그녀는 자신의 이론에 입각하여 블루베리 주스와 과일 샐러드를 주문했다. 그러고는 은소라가 죽은 새벽 그녀의 유령이 자신을 찾아왔었다고 털어놓기 시작했다.

마지막으로 은소라의 죽음에 대한 미스터리를 파헤치기로

결심했다고 선언한 뒤 수사적인 질문을 던지며 그녀는 고백을 마쳤다.

—맞아요, 저는 이기적인 사람이에요. 하지만 인간은 본질적으로 이기적인 존재 아닌가요?

그녀는 빈 주스 잔을 쥐었다 놓으며 신해남의 눈치를 살폈다. 이야기 내내 그의 표정에는 별다른 변화가 없었다. 그게 무슨 의미일까 고민하던 그녀는 아차, 자신의 속내를 타인에게 스스럼없이 털어놓는 바보 같은 실수를 저질렀다는 것을 깨달았다. 완전 루저 같군, 생각하며 신해남을 바라보니, 그는 과연 승자의 오만한 눈빛으로 그녀를 내려다보는 듯했다.

—왜 은소라의 유령이, 죽던 날 새벽에, 하필이면, 로아씨를 찾아왔을까.

신해남이 작위적으로 물으며 샐러드 접시에 든 블루베리 한 알을 손으로 집어 입에 넣었다.

—분명히 음모가 있어요.

—조작된 사건이라는 뜻?

—음……

—이건 딴 얘긴데, 제가 조사받을 때 한 말이나 태도 때문에 서운했다면 진짜 미안해요. 근데 저는 로아씨를 절대로 추궁하려거나 의심하려는, 혹은 비웃거나 뭔가를 뒤집어씌

우려는 의도가 없었어요. 절대. 맹세할 수 있어요.

이로아가 진지하게 변명하는 신해남을 빤히 쳐다보며 중얼거렸다.

—분명히 의심스러운 데가 있어……

—혹시 음모론 같은 거 믿어요? 일루미나티라든지……

대답하는 대신 신해남을 빤히 바라보는 이로아의 눈빛은 어느새 신해남이 처음 보는 종류의 진지함으로 물들어 있었다. 그런 식의 진지함이란, 그런 밀도의 진지함이라는 것이 세상에 통용된다면, 그것은 분명 광기라고 불릴 것이다. 신해남은 문득 깨달았다. 눈앞에 자신이 처음 보는 차원의 광기가 놓여 있다는 것을.

언뜻 멀쩡해 보이는 여자였다. 심지어 꽤 매력적이라 볼 수도 있었다. 무엇보다도 저 커다란 눈과 작지만 오뚝한 콧날, 유난히 얇은 입술, 동그란 얼굴의 만화영화 같은 조합이 귀엽다고 간주될 법도 했다. 적당히 아담한 키와 매끄러운 중간 톤의 살결, 너무 크지 않은 가슴, 너무 잘록하지 않은 허리, 너무 빈약하지 않은 엉덩이, 아주 평범한 허벅지와 그에 비해 날렵해 보이는 종아리에서 이어지는 튼튼한 느낌의 발목 또한 마음에 들었다. 사실 이로아는 신해남의 취향에 완벽하게 부합하는 여성이었다. 다시 말해 신해남은 극히 평범해 보이고, 꽤 똑똑한데다가, 말을 나누어보면 약간 너디한 매력이 있으며, 본질적으로는 완전히 돌아버린 타입의 여자를 선호했다. 그 결과 이 멋진 섬으로 유배되기까지 한 것이었다.

그의 마지막 연애를 요약하자면 처음에는 환상적이었고, 중반부터는 끔찍했으며, 마지막은 약간 코미디 같았다. 잦은 싸움에 넌덜머리가 난 두 사람은 헤어지기로 합의를 이뤘는데, 진탕 술에 취한 채 마지막 섹스를 나누고 침대에 나란히 널브러져 있다가 여자 쪽에서 흥미로운 아이디어를 냈다. 이렇게 허무하게 헤어짐을 맞이하느니 차라리 동반자살을 하자는 것이었다. 술에 취한 신해남은 그 아이디어가 그렇게까지 이상하게 느껴지지 않았다. 마침 여자가 그간 차곡차곡 모아온 수면제를 내밀었다(그것은 물론 초등학생 한 명이 자살하기에도 충분하지 않은 양이었다). 두 사람은 수면제를 나누어 먹고, 통곡 속에서, 함께 비틀스의 〈All You Need Is Love〉를 합창하며 화학적인 잠 속으로 빠져들었다. 먼저 깨어난 여자친구는 잔뜩 토한 뒤, 여전히 깊이 잠든 신해남이 죽어간다고 생각하여 119에 전화를 걸었고, 두 사람은 나란히 병원으로 실려가게 되었다.

어쨌든 이별이라는 목표를 이뤄낸 신해남은 안도했다. 너무 안도한 나머지 주기적으로 갖는 회사의 심리 상담 시간에 위의 에피소드를 몽땅 털어놓았고, 상담사는 사태를 굉장히 심각하게 받아들여 그에게 스트레스성 우울증과 공황장애 진단을 내렸다. 진단은 즉각 상부에 보고되었고 회사는 신속하게 조치를 내렸다. 회사에서 가장 우려하는 타입의 인간형, 즉 평소 주위 사람들에게 두루두루 평판이 좋았지만 종국에는 미스터리한 묻지 마 총기난사를 일으키게 되는 지극히 평범해 보이는 사원, 에 그가 딱 들어맞는다고 결론 내린 뒤 그를 재빨리 제주도로 쫓아낸 것이다. 그리고 이곳에서 그는 마음의 평화를 얻는 대신 유령을 봤다고 주장하는 음모론자 여자에게 관심을 갖기 시작했다. 그가 여전히 자신을 응시하는 이로아를 사랑스러운 눈빛으로 바라보며 물었다.

—주말에 시간 있어요?

이로아가 두 번 눈을 깜빡이더니 호기심어린 표정으로 신해남을 보았다. 신해남은 자신에게 새로운 사랑이 찾아왔음을 직감했다.

6

돌아오는 토요일은 신해남의 서른번째 생일이었다. 이로아와 신해남은 제주시에 있는 한식당 네로Nero에서 만났다. 이름처럼 온통 검은빛으로 치장된 식당은 최근 제주 시내에 들어선 123층짜리 호텔의 꼭대기에 위치하여 통창 너머로 제주도의 전경이 한눈에 들어왔다. 먼저 도착한 신해남은 식당 가장 안쪽, 우윳빛깔의 대리석 식탁 앞에 앉아 있었다. 석양처럼 짙은 주홍빛의 조명이 식탁을 붉게 물들였다. 곧 나타난 이로아는 새빨간 발레리나 롱 드레스를 입고 있었다. 허리 아래로 풍성하게 퍼지는 스커트 밑에 역시 빨갛게 페디큐어를 칠한 발가락이 보였다.

―생일 축하해요.

이로아가 쇼핑백을 내밀며 말했다.

—어…… 이런 거 안 주셔도……

말과 다르게 신해남은 입술이 귀에 걸린 채로 쇼핑백을 열었다. 쇼핑백에 든 상자 안에는 페도라 스타일의 왕골로 짠 밀짚모자가 들어 있었다.

—와우!

—마음에 드세요?

—제가 이런 모자는 처음 써보는데요. 이게 과연 나한테……

신해남이 머리를 약간 정돈한 뒤 모자를 썼다. 이로아가 심각한 얼굴로 신해남을 살폈다.

—괜찮아요?

—음……

어느새 다가온 직원이 신해남을 보며 확신에 찬 투로 말했다.

—모자가 너-무 잘 어울리시는데요?

—그래요?

직원이 강하게 두 번 고개를 끄덕였다. 그것이 진심인지 대단한 연기인지 모르지만 아무튼 기분이 좋아진 신해남은 가장 비싼 한우 오마카세 코스를 주문했고, 고급 빈티지 와

인도 한 병 시켰다. 직원이 식탁 상판 밑에 달린 버튼을 누르자 상판 중앙 3분의 1가량이 열리며 동그란 구멍이 생겨났다. 그러자 그 안에 있던 황금빛 화로가 드러났다.

—고기 좋아하세요?

신해남이 물었다.

—네. 근데 의외다.

이로아가 말했다.

—뭐가요?

—괜찮은 횟집도 많은데. 제 말은, 굳이 제주도까지 와서……

—해산물 알레르기가 있어요.

—진짜? 아예 못 드세요?

신해남이 고개를 끄덕였다.

—전복도?

—전복은 해산물 아닌가?

—안타깝다. 전복 진짜 맛있잖아요.

—저야 안 먹어봐서 모르죠…… 근데 로아씨는 혹시…… 연애하세요? 너무 단도직입적인 질문인가……

신해남이 물으며 이로아의 눈치를 살폈고, 이로아가 되물었다.

—그쪽은요? 연애하세요?

—얼마 전에 헤어졌어요.

직원이 뜨겁게 달구어진 불판 위에 눈꽃 같은 마블링이 촘촘히 새겨진 새우살 여섯 점을 올려놓았다. 이로아가 와인을 한 모금 삼키고는 설레는 표정으로 익어가는 고깃덩이를 바라보았다.

—로아씨는요?

—헤어졌어요. 한참 된 얘기지만……

신해남이 말없이 호기심어린 표정으로 이로아를 바라보았다.

—바람을 피웠어요.

—남자분이?

—아니, 둘 다요. 근데 제가 먼저 시작했죠.

이로아가 씨익 웃었다. 신해남은 목이 탔는지 와인을 원샷했다. 직원이 빈 와인 잔을 채웠고, 이로아는 군침 도는 표정으로 화로 위 익어가는 고기를 바라보았다. 잠시 뒤, 직원이 잘 구워진 새우살을 날렵하게 조각내어 두 사람의 접시에 올려놓았다.

이로아가 고기를 소스에 찍어 입에 넣었다. 오물오물 씹는 그녀의 표정에 미소가 번져나갔다.

—맛있네요.

신해남이 석연찮은 표정으로 고기를 집어들었다.

—전 사실 고기가 정말 좋아요.

이로아가 얼른 고기 한 점을 더 집으며 신이 난 표정으로 신해남을 바라보았다.

—왜 바람을 피웠어요?

신해남이 물었다.

—다들 피우지 않나요?

이로아가 되물었다.

—난 그런 적 없는데.

—그렇구나.

—로아씨는 나쁜 여자 스타일인가봐?

—아닌데……

—그런데 왜 바람을 피웠어요?

—제대로 연애를 해보니까 알겠더라구요. 전 얽매이는 게 싫어요. 저는 자유가 좋아요.

—아하, 그래서 백수시구나?

—네?

—난 이렇게 생각해요. 인간에게 자유란 사치다.

—저는 사치가 좋아요. 이렇게 좋은 와인, 고기, 다 사치

잖아요? 저는 굉장히…… 그런 게 좋아요.

—인간에게 자유란 뭐랄까…… 약간 오버인 것 같아. 무슨 얘기냐면, 인간에게 자유란 초등학생이 공부하는 상대성원리 같은 거지. 감당할 수 없는 수준의 고도로 지적인……

—어떤 초등학생은 천재여서 상대성원리를 이해할 수도 있잖아요.

—하하, 그쵸…… 근데 이로아씨는 본인이 특별하다고 생각해요?

—아니요.

—99.99퍼센트의 초등학생이 상대성원리를 이해할 수 없어요.

—저는 지금도 이해 못해요.

—맞아요. 즉, 자유라는 가치는……

—왜 자유가 상대성원리와 동일하게 고도의 지적 수준을 요구하는 가치라고 생각하세요?

—왜냐면 자유야말로 상대성원리보다 더욱 고도로 응집된……

—아니, 자유는……

—아뇨, 왜냐면……

—하지만……

—아……

—왜 저한테 그쪽 생각을 강요하세요? 저는 자유롭고 싶다니까요. 그게 가능하든 불가능하든 그걸 원한다고요. 그게 특별하든 사치스럽든 불가능하든 어렵든 모르겠고 나는 그게 좋다구요.

이로아가 마지막 남은 고기 한 점을 입에 넣고 오물오물 씹으며 도전적으로 신해남을 응시했다. 때맞춰 직원이 다가와 새로운 고기를 불판에 올려놓았다.

—하지만 좋아하는 걸 다 가질 수는 없지.

신해남이 나무라는, 혹은 지지 않겠다는 표정으로 이로아를 보며 말했다.

—그래도 저는 가지는 방향으로 할래요.

—뭘 가지고 싶은데요? 로아씨가 원하는 게 뭔데? 아, 자유.

—있잖아요, 우리는 정말로 대화가 안 통하는 것 같아요.

—정말로 자유롭고 싶어요?

이로아는 대답 대신 신해남을 노려보았다.

—노려보지 말고, 원하는 걸 솔직하게……

—솔직하게 지금은 약간 신해남씨를 죽이고 싶네요.

이로아의 말에 놀란 직원이 집게로 들어올렸던 고기를 놓쳤다. 고기는 화로 한쪽의 자연산 송이버섯 위에 떨어졌다. 죄송합니다, 직원이 읊조린 뒤 다시 고기를 집어들자 핏빛으로 물든 송이버섯이 모습을 드러냈다. 다시금 이로아가 시선을 주었을 때, 신해남은 신기하게도 유쾌한 표정을 짓고 있었다.

—로아씨.

—네?

—자유가 좋다고 했죠? 그럼 자유로운 분위기도 좋아하시겠어요.

이로아가 말없이 신해남을 보았다.

—식사 마치고 나랑 좀더 자유로운 데로 갈래요?

물으며 신해남이 장난기 섞인 미소를 지어 보였다. 때맞춰 치솟은 작은 불길 너머, 미소 띤 그의 얼굴은 작은 악마처럼 보였다.

7

술잔 가득 테킬라가 채워졌다. 이로아는 손등에 뿌려진 소금을 핥으며 뭐가 웃긴지 연신 낄낄거렸다. 치렁치렁한 드레드 머리를 한 금발의 백인 남자가 테킬라 잔을 집어드는 이로아를 막아서며 라임 조각을 내밀었다. 이로아가 살짝 달아오른 얼굴로 라임을 두 번 빨았다.

—Mulțumesc!

남자가 만족한 듯 웃으며 루마니아어로 말했다. 그러자 이로아 또한 미소 지은 채 테킬라를 원샷했다. 곁에 선 두 동양인 남녀가 박수를 쳤다. 한편, 화장실을 나서며 이 광경을 목격한 신해남은 이로아가 선물로 준 페도라 밀짚모자를 고쳐 쓰며 재빨리 그들을 향해 다가갔다. 이로아가 빈 잔을 탁자에 내려놓자 백인 남자가 다시금 테킬라를 가득 채웠다.

—블라드, 그만해. She's already drunk.

신해남이 말하며 백인 남자의 팔을 잡았고, 남자는 깜짝 놀란 표정으로 신해남을 보았다. 하지만 다음 순간 팔을 활짝 벌려 신해남을 껴안으며 말했다.

—해남아, 생일 정말 축하해!

그의 한국어에는 루마니아 악센트가 섞여 있었다.

—땡큐! 땡큐!

신해남이 블라드에게서 몸을 떼며 말했다.

—그렇다면 생일이니까 해남이가 대신 마시자.

그가 테킬라 잔을 신해남에게 내밀었고, 신해남은 망설임 없이 원샷했다. 이로아가 빨개진 얼굴로 자신이 빨아먹었던 라임 조각을 신해남에게 내밀었다. 신해남이 라임 조각을 탐욕스럽게 핥았다. 나머지 사람들이 하하 웃으며 박수를 쳤다.

—이제 정석 형 차례야.

신해남이 블라드 곁에 서 있던 동양인 남자에게 빈 잔을 내밀었다.

—그럴까? 오늘은 사랑하는 해남이의 생일이니까!

남자가 테킬라 잔을 받아들자, 옆에 선 동양인 여자가 소금이 든 조그마한 접시를 내밀었다.

—해남아, 이 소금이 루마니아산 특제 암염. 블라드 어머님께서 손수 보내주신. 알지?

정석이 말했다.

—알어, 알어. 알았으니까 마셔.

신해남이 재촉했다. 남자가 술잔을 비운 뒤 빈 잔을 옆에서 있는 여자에게 내밀었다.

—이제 소라씨 차례야.

—어머, 내 차례도 있는 거였어?

—소라 누님 차례가 당연히 있죠!

신해남이 외쳤고, 여자가 싱긋 웃으며 잔을 받아들었다. 그런 그녀를 이로아는 뚫어져라 바라보았다. 대단한 미인이었다. 이로아가 리조트에 온 첫날 목격한 은빛 건물 2층에서 은빛 가발을 쓰고 담배를 피우던 여자. 잡티 하나 없이 실리콘처럼 탄탄한 피부, 이마에서 턱끝까지 컴퓨터그래픽으로 빚어낸 듯 완벽한 라인, 진짜 말 그대로 아름다운 여자, 미인. 구소라라고 했던가?

그런데 왜 이렇게 근사한 여자가 이런 정체불명의 장소에서 이런 건달 같은 남자들에게 둘러싸여……

이로아는 여자에게서 시선을 떼고 주위를 돌아보았다. 그곳은 실버 샌드라는 이름의 술집으로, 처음 구소라를 목격했던 바로 그 은빛 건물이었다. 이름처럼 술집의 모든 것이 은빛으로 빛나고 있었다. 벽과 바닥, 탁자와 의자, 심지어 스피커와 TV의 프레임까지. 그녀의 호기심어린 시선은 마지막으로 은빛으로 번쩍거리는 테라스에 닿았다. 젊은 남녀들이 헐벗은 채 춤에 열중해 있었다.

그러니까 이런 정체불명의……?

이로아는 다시금 구소라를 바라보았다. 그녀는 세상 행복한 미소를 지은 채 블라드가 루마니아어와 영어, 한국어를 섞어 늘어놓는 장광설에 귀를 기울이고 있었다. 정석과 신해남도 싱글거리며 그를 보고 있었다.

이로아는 조심스럽게 그들로부터 떨어져나와 테라스 쪽으로 향했다. 마침 음악이 바뀌어 AC/DC의 〈Back in Black〉이 흘러나오기 시작했다.

—로아씨, 어디 가요?

신해남이 물으며 손을 뻗었으나 이로아는 이미 멀어진 뒤였다.

인파를 헤치고 테라스에 도착한 이로아는 샌들을 벗어 테라스 한구석에 치워놓고 춤을 추기 시작했다. 빨간 발레리나 롱 드레스에 맨발, 눈을 감은 채 꿈에 취한 듯 몸을 흔드는 이로아의 모습은 눈길을 끄는 구경거리였다. 내림굿에 돌입한 신참내기 무당 같다고 해야 하나, 아니면 저주의 의식을 시작하는 마녀 같다고 해야 하나. 그런 그녀를 바라보던 신해남 또한 테라스로 향했다.

—해남아 어디 가? 벌써 도망가는 거야? 술 아직 많이 남았는데……

정석이 빈 잔을 흔들며 멀어져가는 신해남을 향해 말했다.

문득, 이로아는 자신의 허리를 감싸안는 손길을 느끼고 눈을 떴다. 신해남이었다. 그녀는 미소 지으며 물었다.

—내가 모를 줄 알아요? 신해남씨가 무슨 생각 하는지?

신해남이 웃음을 터뜨렸다. 이로아가 다시금 물었다.

—나는 무슨 생각 할 것 같아요?

신해남은 잠시 골똘히 생각하는 듯한 표정을 짓더니 대답했다.

—전혀 모르겠는데?

이로아가 웃음을 터뜨렸다. 그녀는 큰 소리로 웃으며 춤을 추기 시작했다. 새빨간 드레스를 너풀거리며 추는 그녀의 정신 나간 듯한 춤이 오로지 자신을 향해 있다는 느낌에 사로잡힌 신해남 또한 격렬하게 몸을 움직이기 시작했다. 이로아가 폴짝 뛰며 외쳤다.

—여기정말좋아진짜완전발리같아!

신해남은 그런 이로아를 강렬하게 응시하며 허리를 흔들었다. 이로아도 지지 않겠다는 듯이 선정적으로 몸을 비비꼬았다. 급기야 신해남이 이로아의 허리를 안아 들고 빙글빙글 돌기 시작했고, 이로아가 깔깔거리며 머리를 흔들었고, 상황이 이쯤 되자 주위에서 춤을 추던 사람들이 하나둘 물러선 채 두 남녀의 기이한 몸부림을 구경하기 시작했다. 블라드가 굉장하다는 듯 휘파람을 불며 두 사람 쪽으로 향했다.

—해남씨는 지인짜 취향이 한결같아.

구소라가 바에 기댄 채 두 사람을 바라보며 말했다. 정석이 씁쓸한 미소를 지으며 커피포트를 확인했다. 그가 물었다.

—커피 마실래?

구소라가 고개를 끄덕이며 물었다.

—도대체 저런 여자는 어디서 구해오는 거야?

—관심 가니?

정석이 머그잔 가득 커피를 채워 구소라에게 내밀며 물었다.

—아니, 내 타입 아냐.

—딱 니 타입 같은데?

—알잖아, 나한텐 너밖에 없어.

구소라가 장난스럽게 대답했다.

—거짓말.

정석 또한 장난스럽게 말하며 구소라의 허리를 감싸안았다. 구소라는 그 손길을 거부하지도 그에 반응하지도 않은 채로 격렬한 춤에 빠져 있는 이로아와 신해남을 바라보았다. 비웃듯 혹은 감탄하듯, 혹은 질투하듯 모호한 표정으로 물끄러미.

II

블랙 서커스

1

꿈에서 이로아는 은빛 방에 있었다. 방 중앙에는 붉은 단두대가 놓여 있었는데, 이로아가 다가가자 단두대가 사라지더니 (태양왕) 뤼카스 휘스먼이 나타났다. 그는 시종과 함께였다. 시종은 뚜껑이 덮인 커다란 은쟁반을 들고 있었다. 뤼카스 휘스먼이 시종에게 명령하여 뚜껑을 열었다. 그러자 여자의 잘린 머리가 나타났는데 그것은 양은영의 머리였다! 이로아는 비명을 질렀다. 양은영의 머리는 잘려 있지만 살아 있는 듯했고 또 피도 전혀 흐르지 않았다. AI인가? 이로아는 생각했다. 맞아, 양은영은 인공지능 로봇이었던 거야. 그렇게 생각하자 양은영을 둘러싼 신비와 미스터리가 사라지는 듯한 느낌을 받았는데, 그 순간 양은영의 머리가 큰 소리로 외쳤다.

도망쳐, 로아씨!

깜짝 놀라 잠에서 깨어난 이로아는 그러나 온몸이 마비된 듯 움직일 수 없었다. 머리끝부터 발끝까지 땀으로 흥건히 젖어 있었다. 다시금 눈을 감자 양은영의 얼굴이 떠올랐고 그것은 다행히 몸통에 제대로 붙어 있었으며 한 여자와 열정적으로 키스를 나누고 있었다. 상대 여자는 굉장한 미인으로서……

구소라!

근데 구소라가 누구지……?

생각해내려 했지만 알코올에 푹 절여진 이로아의 뇌는 작동을 거부했다. 그녀는 신음소리를 내며 꿈틀대다가 자신이 나체라는 사실을 발견하고는 눈을 번쩍 떴다. 신기한 일이었다. 그녀는 태어나서 단 한 번도 나체로 잠을 잔 적이 없었다. 왠지 모를 부끄러움에 이불에서 목만 빼꼼히 내민 채로 주위를 돌아보았다. 더욱 신기하게도 전날 입었던 옷가지가 침대 옆 라탄 의자 위에 가지런히 개어져 있었다. 뭐지? 새로운 술버릇인가? 이로아는 어리둥절해진 채로 이불에서 팔만 빼어내 옷가지를 집어들었다. 진한 향수 냄새와 담배 냄새, 땀냄새, 알 수 없는 음식 냄새까지 섞여 고약한 악취가 풍겼다. 마침내 침대를 빠져나온 그녀는 방의 입구에 널브러져 있는 또다른 옷가지를 발견했다. 그 옷에서도 진한 향수 냄새, 담배 냄새, 땀냄새, 그리고 아주 희미하게 삼나무 냄새가 났다. 그녀는 잠시 고민하다가 그 옷을 입어보았다. 스판 재질로 된 타이트한 핫핑크색 미니 드레스였다. 언젠가 술김에 인터넷에서 구입한 것으로 한 번도 입어본 적이 없던 옷이었다. 그녀는 침대 맞은편 거울에 비친 자신을 보았다. 성에 안 차는 결혼을 앞두고 어린 시절에 못 놀아본 한을 어떻게든 풀어보려는 예비 신부 같아 보였다. 설마 이런 차림을 하고 밖에 나간 건 아니겠지?

커져가는 의문을 품은 채 방을 빠져나가려던 그녀는 협탁 위에 놓인 물잔을 발견했다. 물잔에는 레몬 슬라이스가 들어 있었다. 도대체! 무슨 소동이 일어난 거지!

아아, 생각나! 구소라는 정석의 부인이고 정석은 신해남의 아는 형이다. 그런데 왜 구소라가 양은영과 키스를? 그녀는 지끈거리는 이마를 한 손으로 감싸쥐고 다시 침대에 앉아 눈을 감았다. 그러자 떠오른 것은 신해남의 얼굴이었다.

—컥…… 헉……

신해남이 이상한 소리를 내는 이유는 이로아가 그의 목을 조르고 있기 때문이었다. 이어 다시금 양은영과 구소라가 키스를 나누는 장면, 그리고 그것을 바라보는 정석의 모호한 미소가 떠올랐다. 정석의 주위는 사람들로 붐볐다. 사람들로 가득찬, 사방이 검은 천막으로 가려진 그 거대한 원형 공간은 서커스장이었다.

검은색과 흰색의 줄무늬 천장은 중앙이 뾰족하게 높았으며, 넓게 펼쳐진 원형 스테이지 주위로 보라색 패브릭 소파들이 여기저기 놓여 있었다. 귀가 먹먹해지도록 시끄러운 음악이 울려퍼지는 가운데, 수많은 사람들이 춤을 추거나 흐느적대거나 여기저기 나체로 엉겨붙어 있었다. 원형 스테이지의 가장 안쪽으로 들어서자 에메랄드빛의 페르시안 카펫 위에 앉아 있는 회색 코끼리가 보였다. 아직 덜 자란 티가 나는, 약 2미터 남짓한 키의 귀여운 아기 코끼리는 기다란 코를 이리저리 휘두르며 사람들이 건네주는 과일 조각을 받아먹었다. 나체로 코끼리를 껴안고 몸을 비비는 사람들도 보였다. 예상치 못한 광경에 이로아가 멈춰 섰을 때, 누군가의 부드러운 팔이 그녀의 허리에 닿았다. 구소라였다.

완전히 취한 듯해 보이는 구소라는 또다른 취한 여자와 함께였는데 그 사람은 놀랍게도 양은영이었다. 양은영은 웃는 얼굴로 이로아를 향해 담배 연기를 뿜었는데, 이로아를 전혀 모른다는 듯한 태도였다. 이로아가 뭐라 말을 붙일 새도 없이 두 사람은 팔짱을 낀 채 코끼리 쪽으로 향했다. 그리고 코끼리 옆에 나란히 앉아 키스를 나누기 시작했다. 이로아는 그저 두 사람을 바라볼 뿐이었다. 양은영이 구소라의 티셔츠를 벗기기 시작했다. 구소라의 머리가 티셔츠를 빠져나오는 순간 양은영이 이로아 쪽으로 고개를 돌리고는 윙크했다.

—우와.

이로아는 중얼거리며 믿기지 않는다는 표정으로 물러서다가 누군가와 부딪혔다. 그녀는 반사적으로 사과하며 뒤를 돌아보았다. 블라드였다.

—괜찮아요.

블라드가 미소 지으며 이로아의 어깨를 두드렸고, 이어 누군가의 팔이 대담하게 이로아의 허리를 휘감았다. 정석이었다. 그는 이로아의 허리를 꽉 감싸안은 채로 양은영과 구소라를 바라보았다.

—어머나.

그가 작게, 작위적으로 속삭였다.

하지만 거기서 이로아의 기억은 다시 신해남에게로 돌아왔다. 기억 속에서 이로아는 신해남의 허벅지 위에 앉아 있었는데, 드레스의 상의가 벗겨져 가슴이 훤히 드러나 있었다. 설마. 이로아는 눈을 뜨고 한 손으로 가랑이 사이를, 다른 한 손으로 가슴을 더듬으며 지난밤의 흔적을 찾았다. 설마, 신해남이랑?

이로아는 살짝 낙담한 눈빛으로 천장을 바라보았다. 혼란스러웠고, 모든 것이 꿈속, 혹은 기억 속 이미지들처럼 비현실적으로 느껴졌다. 저 새하얀 천장, 두꺼운 커튼 사이로 새어들어오는 햇살, 기분좋은 에어컨의 냉기까지도. 어떤 게 꿈이고 어떤 것이 진짜 벌어진 일인지 분별해낼 수가 없었다. 그녀는 자포자기한 심정으로 다시 침대 속으로 기어들어가 눈을 감고, 신해남의 페니스가 자신의 질 속으로 규칙적으로 밀려들어오는 것을, 매번 더욱 크고 뜨거워지는 것을 상상하며 자위를 하기 시작했다.

자위를 끝낸 그녀는 한동안 죽은 듯 늘어져 있었다. 스스로가 약간 쓰레기처럼 느껴졌는데, 그녀의 몸에서 느껴지는 체취 또한 그랬다. 핸드폰에서 메시지 도착 알림이 울렸다. 그녀는 움직이지 않았다. 핸드폰 벨이 울리기 시작했다. 그녀는 벨이 멈출 때까지 그대로 있었다. 그리고 소리가 멈추자 비로소 침대를 빠져나와 의자 아래 떨어져 있던 핸드폰을 집어들었다. 메시지와 전화 모두 신해남에게서 온 것이었다.

그녀는 거실로 나가 커튼을 걷었다. 발코니 너머 선명한 에메랄드 빛깔의 바다가 눈에 들어왔다. 하늘에는 구름 한 점 없었다. 이로아는 오늘부터 제주도에 우기가 시작된다는 뉴스를 보았던 것을 떠올렸다.

소파에 앉아 TV를 켜자 흙탕물에 잠긴 도시의 모습이 나타났다. 놀랍게도 서울이었다. 군인들이 탄 고무보트 여러 대가 거대한 빌딩 주위를 천천히 돌고 있었다. 이어 낡은 아파트의 옥상에 헬기가 내려앉는 장면.

—저게 서울이라고?

때맞춰 핸드폰이 울렸다.

—엄마?

—거긴 날씨가 그렇게 좋다며? 뉴스 봤니? 서울에 대홍수가 났다.

—혹시 다친……

—천 년 만의 대홍수란다. 기후변화의 참혹한 결과가 마침내 서울에도 찾아온 거라나. 웃겨! 다행히 도시가스가 재가동이 돼서 너희 아빠가 김치볶음밥을 만드신다. 배터리 아껴야 되니까 이만 끊자.

그렇게 전화가 끊기고 이로아는 한 손에 핸드폰을 든 채 벙찐 표정으로 TV 화면을 응시했다. 군인들이 탄 보트가 물에 잠긴 빌라의 꼭대기 층 발코니에서 필사적으로 손을 흔드는 남자에게로 다가가고 있었다. 남자의 팔에는 커다란 은빛 푸들이 안겨 있었다. 푸들은 물에 젖어 떨고 있었다. 카메라가 겁먹은 푸들의 표정을 클로즈업했다.

*

한 시간 뒤 이로아는 리조트 메인 수영장에 딸린 식당에서 치즈버거를 먹고 있었다. 곧 신해남이 식당 안으로 들어섰는데 그는 어제 이로아가 선물로 준 밀짚모자를 쓰고 있었다. 이로아를 발견한 그는 세상 행복한 표정을 지으며 다가와 그녀 앞에 앉았다.

—왜 연락 안 받아요? 혹시 날 피하는 거?

이로아가 대꾸 없이 치즈버거를 씹으며 그를 보았다.

—아닌가? 그럼 됐고.

신해남이 모자를 벗어 테이블에 올려놓은 뒤 주문을 하러 갔다. 이로아는 물티슈로 손을 닦고 모자를 빈 의자 위로 옮겨놓았다. 가게 벽에 설치된 TV에서는 여전히 물에 잠긴 서울의 모습이 비춰지고 있었다.

—와, 저런 건 난생처음 보네! 인류 멸망인가……

주문을 마치고 돌아온 신해남이 TV에 시선을 고정한 채 주문을 외우듯 중얼거렸다. 이로아는 조심스럽게 물었다.

—근데…… 우리가 어젯밤에 잤나요?

신해남이 대답 없이 당혹스러운 표정으로 그녀를 보았다.

—기억이 잘 안 나서……

—기억이 안 난다고?

—왜요, 무슨 문제라도……?

—지하주차장에 갇혔던 거 기억 안 나요?

—주차장에 갇혔어요?

—로아씨가 완전히 취해가지고 출입문 버튼을 마구잡이로 누르는 바람에 보안 시스템이 우리를 침입자로 인식해서 사이렌 울리고 막…… 경찰도 왔었는데?

—진짜? 경찰이?

—아니, 그건 거짓말이고. 아무튼 보안실 직원이 연락을 안 받아서 내가 진짜……

—그후에는요? 각자 집에 갔나요?

—진짜로 기억이 없나보네?

—됐어요. 보아하니 별일도 없었던 것 같은데.

—아니, 별일 있었지. 댁이 내 목을…… 이거 봐봐. 여기 긁힌 거……

신해남이 이로아를 향해 목을 내밀자 붉은 손톱자국이 선명히 보였다. 이로아는 애써 외면하며 TV 쪽으로 시선을 돌렸다.

—기억 다 나는데 안 난다고 뻥치는 거죠?

—응? 아니, 저는요…… 진짜 기억이…… 어제 거기 술집에서 춤추던 기억은 나거든요……?

—그다음 기억이 없다?

—살짝은 떠올라요. 혹시 코끼리가 있었나요?

신해남이 황당하다는 표정을 지었다.

—아니에요? 그럼 우리가 어딜 간 거지?

—어딜 가다니? 계속 거기 있었는데.

—아니, 분명히 다른 데를 갔었는데. 서커스장 같은……

—아니, 우리는 곧장 집으로 돌아왔지.

—진짜? 우리가 계속 그 술집에 있었다구요?

신해남이 고개를 끄덕였다.

—우리가 계속 거기서 그럼 뭘 했어요?

—계속 술 먹고, 춤추고, 술 먹고, 춤추고, 술 먹고…… 나중에 로아씨가 너무 취해서…… 같이 집에 돌아오는 길에 주차장에 갇혔다가……

—그게 몇시쯤이에요?

—1시…… 반?

순간 이로아의 머리에 한 장면이 떠올랐다. 달빛을 받아 빛나던 은빛 빈티지 재규어. 사랑스러운 미소를 지은 채 손짓하던 구소라. 차창 너머로 멀어지던 리조트. 이로아는 핸드폰을 열고 통화 목록을 확인했다. 새벽 3시 7분, 모르는 번호로 전화가 걸려온 기록이 있었다. 그녀는 신해남에게 번호를 보여주며 물었다.

—혹시 아는 번호예요?

신해남이 고개를 저었고, 이로아가 통화 버튼을 눌렀다. 핸드폰이 꺼져 있다는 안내 음성이 나왔다.

—저는 아마도 해남씨와 헤어진 다음에 다른 일이 있었던 것 같아요.

—다른 일?

2

둘의 대화는 거기에서 중단될 수밖에 없었는데, 신해남의 회사에서 급한 연락이 왔기 때문이었다. 그가 돌아간 뒤 이로아는 동생 이로한과 짧은 전화 통화를 나누었고, 이어 수영장으로 향했다.

한 손에 망고 주스를 들고 커다란 도넛 모양의 튜브 위에 누운 채로 이로아는 선글라스 너머 천천히 멀어지는 실구름들을 멍하니 바라보았다. 햇살이 내리쬐는 한낮의 수영장은 한산했다. 오직 규칙적인 물소리와 헝클어진 야자수의 머리카락을 쓰다듬는 바람소리뿐. 천국이군. 이로아는 자신도 모르게 생각했다. 모든 골치 아픈 소식들은, 그녀의 머리를 채운 이런저런 고민들까지도, 찬란한 햇살 아래 시답잖은 칭얼거림처럼 느껴질 뿐이었다.

그녀는 동생과의 전화 통화에 대해 생각했다. 놀랍게도 그는 2주 전에 회사를 그만두었다고 했다. 하지만 이 사실은 부모님에게는 비밀로, 여전히 회사에 다니는 척하고 있다는 것이었다. 도대체 무슨 계획, 아니 생각인 거냐고 훈계하기 직전, 이로아는 그 훈계가 정확히 자신이 어머니로부터 들어왔던 것이라는 데 생각이 미쳤고, 몇 달 사이에 두 자식이 모두 백수가 되어버린 어머니의 심정이란 어떤 걸까 궁금해졌다.

—로한이 걔는 말이야, 너를 따라 하는 버릇이 있어. 알지?

언젠가 어머니는 그렇게 말한 적이 있었다. 진짤까? 그렇다면 회사를 그만둔 남동생도 곧 제주도로 오게 되는 건가? 하지만 그는 그러는 대신 홍수 구호 활동을 시작한 모양이었다.

—누나, 내가 탄 보트가 지금 출발하려구 하거든? 나중에 다시 전화하자.

전화는 그렇게 끊겼다.

이로아는 눈을 감고 보트에 탄 채 물에 잠긴 거대한 쇼핑몰로 진입하는 동생을 상상해보았다. 바나나와 수박, TV와 냉장고, 장난감과 소파 따위가 둥둥 떠다니는 어둠에 잠긴 쇼핑몰을 항해하는 동생의 모습은 근사할 듯싶었다. 나아가 그녀는 자신이 지금 홍수에 잠긴 쇼핑몰에 떠 있다고 상상해 보았다. 찰랑찰랑 기분좋은 물소리, 축축한 어둠, 하지만 갑자기 어디선가 들려오는 날카로운 비명소리?

까아악!

집으로 돌아온 그녀는 거실 소파 위에 사진 액자가 걸려 있는 것을 발견했다. 원래 저기 저런 게 있었나? 교외에서 열린 서커스단의 공연에 사람들이 몰려든 모습을 공중에서 찍은 사진이었다. 어느 시대 어느 나라의 광경인지 모호한 사진 속에서 검정과 흰색 줄무늬의 원형 서커스장은 그녀의 신경을 건드렸다. 그녀는 잠시 그 사진을 골똘히 들여다보다가 침실로 들어가 옷을 갈아입고 집을 빠져나왔다.

지하주차장의 가장 구석, 먼지를 잔뜩 뒤집어쓴 채 웅크리고 있는, 연속 다섯 번쯤 먹잇감 사냥에 실패한 흑표범처럼 풀죽어 보이는 검은색 포르셰 911 카레라 컨버터블이 그녀가 다가오는 것을 감지하고 귀를 쫑긋 세우듯 사이드미러를 폈다. 리조트에 도착한 다음날, 이로아는 리조트와 제휴한 렌터카 업체에서 그 차를 빌린 뒤 주차장에 박아놓고는 전혀 건드리지 않고 있었다. 다행히 무리 없이 시동이 걸렸다. 주차장을 빠져나온 그녀는 차의 루프를 개방했고, 열기로 가득한 바람이 그녀의 머리카락을 부드럽게 쓰다듬었다.

리조트의 서쪽 게이트를 빠져나온 이로아는 속도를 높였다. 직진하여 사거리. 이내 나타난 것은 전에 거기서 보았던 슈퍼마켓이 아니라 대단히 낯익은 건물이었다. 검은색과 흰색 줄무늬의 원형 서커스장. 그녀는 속도를 줄이며 서커스장 앞을 살폈다. 백인 남자 하나가 담배를 피우고 있었다. 그는 전날 밤 술집에서 봤던 루마니아인 블라드였다. 그가 환히 미소 지으며 다가왔다.

—안녕하세요?

그가 피우는 담배에서 마리화나 냄새가 났다.

—안녕하세요?

이로아도 인사하며 그를 훑어보았다. 살짝 주름진 이마 아래 선해 보이는 파란 눈은 서정적이랄까, 어딘가 모르게 슬퍼 보이는 데가 있었다.

—Slept well?

그녀가 블라드에게 대답하려는 순간, 누군가 그녀의 이름을 외쳤다.

—로아씨!

구소라였다. 그녀는 반가운 듯 활짝 웃으며 이로아의 차 쪽으로 뛰어왔다. 구소라의 뒤에서 나타난 정석 또한 뭐가 좋은지 해맑게 웃으며 이로아 쪽으로 다가왔다.

—잘 잤어요?

정석이 물었다.

—차가 정말 멋지다!

구소라가 외치며 이로아가 탄 차 주위를 돌기 시작했다. 이로아는 난처한 미소를 지은 채 두 사람을 번갈아 바라보았다.

—로아씨, 바빠요? 안 바쁘면 잠깐 들어올래요? 괜찮지, 석이씨?

구소라가 물었고, 정석이 해맑게 웃으며 이로아를 향해 손짓했다. 검은색 라이방 선글라스에 가려진 정석의 얼굴은 유난히 희고 앳되어 보였다. 짙은 눈썹, 오뚝한 코, 균형 잡힌 붉은 입술. 미남이라 간주될 법한 외모였다. 대충 걸친 코튼 티셔츠와 조깅 팬츠가 모델처럼 훤칠한 그의 실루엣을 자연스럽게 드러냈다. 그가 어떻게 구소라를 쟁취할 수 있었는지 이로아는 이해했다. 간단하다. 미녀와 미남의 결합. 두 사람이 나란히 걸어가면 시선을 빼앗기지 않을 사람은 장님 빼고는 없을 것이다.

—로아씨, 들어와요, 응?

구소라가 재촉했다. 이로아는 여전히 망설이며 구소라를 보았고, 젠장, 그녀는 여전히 예뻤다. 아니, 볼 때마다 더 예뻐지는 것 같은데? 그런데 구소라는 정말로 지난밤 양은영과 이 서커스장에서 뒹굴었던 걸까, 아니면 전부 다 나의 술에 취한 환상인 걸까?

마침내 들어선 서커스장은 텅 비어 있었고, 코끼리 따위도 없었다. 텅 빈 무대 한구석이 커튼으로 가려져 있었다.

—여기가 뭐하는 데예요?

이로아가 물었다.

—블라드가 운영하는 문화공간이에요, 블랙 서커스라고. 근데 아직 오픈 전.

정석이 말했다.

—문화공간이요?

—A space for social gatherings and intimacy……

정석이 모호한 웃음을 지으며 말끝을 흐렸다.

—근데 여기 원래 슈퍼마켓 아니었어요?

—슈퍼마켓? 여기가?

정석이 금시초문이라는 표정으로 이로아를 보았다.

—소라씨, 여기 슈퍼마켓이 있었어?

—나야 모르지. 블라드한테 물어봐.

구소라는 건성으로 대답했는데 입구 근처를 서성이며 뭔가를 찾고 있는 듯했다. 그때였다. 커튼 너머에서 우―웅, 하고 특이한 울음소리가 났다. 이로아가 소리 나는 쪽으로 다가서자 정석이 막아섰다.

―안 돼요.

―네?

―아기 코끼리가 자고 있어요. 쉿―

―코끼리요?

―아기 코끼리가 잠꼬대하는 소리예요. 귀엽죠? 크크……

정석이 작게 웃으며 주머니에서 담배를 꺼내 불을 붙였다.

―로아씨도 담배 피울래요?

―아뇨, 저는 괜찮아요. 근데 어제……

―악!

갑작스러운 비명소리에 이로아가 말을 멈추고 소리가 난 쪽을 보았다. 입구 근처에 구소라가 넘어져 있었다. 정석이 뛰어갔다.

―괜찮아?

―아, 아파……

구소라가 오른쪽 발목을 문지르며 말했다.

―괜찮으세요?

이로아도 구소라 곁으로 다가가 물었다.

—아까 여기 라이터를 떨어뜨렸던 것 같은데……

구소라가 민망한지 붉어진 얼굴로 이로아를 올려다보았고, 그런 구소라는 정말이지 사랑스러웠다.

구소라는 정석의 부축을 받아 가까운 소파에 앉았다. 보라색 패브릭 소파였는데 굉장히 낯이 익었다. 맞아, 저 소파…… 생각하던 이로아는 문득 정석이 구소라의 뒤에 선 채 굉장히 소름 끼치는 미소를 지으며 자신을 바라보고 있는 것을 발견했다. 그녀는 흠칫 놀라 뒷걸음질치다가 균형을 잃고 넘어질 뻔했다.

—괜찮아요?

정석이 물으며 이로아에게 다가왔다.

—바닥이 이상한가? 왜 다들 넘어지지?

이로아는 말없이 경계하는 표정으로 정석을 바라보았다. 하지만 정석은 아무것도 모른다는 듯 환한 미소를 지은 채 이로아의 어깨를 감싸안으며 속삭였다.

—괜찮아요. 긴장하지 말구, 이쪽으로 와요, 로아씨……

*

정신을 차려보자, 이로아는 구소라와 정석, 블라드 세 사람과 무대 한가운데 둥글게 모여 앉아 맥주를 마시고 있었다.

—나는 아까 로아씨가 차에서 내리는 거 보고, 영화배우인가 했다니까.

정석이 말하며 구소라의 허리를 끌어안았다.

—나두 나두.

구소라가 동의하며 담배에 불을 붙였다.

—그치, 로아씨 멋있어. 어떻게 생각해, 블라드?

—Yeah…… She's cool……

마리화나 담배를 마는 데 집중한 블라드가 건성으로 대답했다.

—근데 두 분은 제주도에 어떻게 오시게 된 거예요?

이로아가 물었다. 이어 정석이 들려준 이야기에 따르면 그의 원래 직업은 프로그래머로, 신해남과 같은 회사에 근무하다가 몇 년 전 스타트업을 차리기 위해서 회사를 그만두었다고 했다. 거기에 프리랜서 웹 디자이너였던 구소라가 합류했고, 불행하게도 스타트업은 망했지만 그 과정에서 정석과 구소라는 사랑에 빠졌고, 6개월 만에 결혼식을 올렸다. 신혼여행 겸 제주도에서 한 달 살기를 했는데 그때 우연히 한 건물을 발견하고는 마음에 꼭 들어 있는 돈을 다 털어 그곳을 사들인 다음 술집으로 개조했다고. 거기에 전부터 알고 지내던 블라드 또한 약간의 자금을 보태며 합류했다는 것이었다.

—드라이브하다가 우연히 발견했는데, 환—한 햇살 속에서 건물 전체가 은빛으로 빛나고 있는 것 같았죠. 그래서 술집 이름을 실버 샌드라고 지었어요.

정석이 말했다.

—숙취가 빚어낸 환상이 아니었을까?

구소라가 장난스럽게 물었다.

—그런가? 그런 거야? 나 완전히 속은 거야? 그럼 우리 이제 어떡하지?

구소라가 킥킥 웃으며 화제를 돌렸다. 그녀는 신해남에 대해서 말했다. 신해남은 정석의 끈질긴 설득에도 스타트업에 합류하지 않았다고 했다.

—해남씨 진짜 똑똑한 사람이야.

—아니, 미꾸라지처럼 요리조리 잘 피해 다니는 거야.

정석이 시니컬하게 말했다.

—그게 똑똑한 거지. 석이씨 말에 혹해서 회사 그만뒀으면 어쩔 뻔했어?

—그럼 내가 아니라 해남이 녀석이랑 소라씨가 결혼했겠지?

그렇게 말하곤 정석이 묘한 미소를 지으며 구소라를 바라보았다. 구소라가 손을 흔들었다.

—에이, 아니야. 해남씨는 내 취향 아니야.

—해남이가 똑똑하다면서? 소라씨 똑똑한 남자 좋아하잖아?

—아니야. 나는 착한 남자가 좋아.

—근데 진짜 해남이는 똑똑한 게 아니야. 똑똑한 사람이 안나 같은 애랑 사귀나?

—그건……

—안나가 누구예요?

이로아가 끼어들었다.

—해남씨 전 여자친구예요.

구소라가 답했다.

—아, 그 자살 시도했다는?

—로아씨도 들었어요? 해남씨는 왜 죄다 말하고 다니는……

—개가 생각보다 입이 아주 싸요.

정석이 말하며 이로아를 향해 윙크했다. 이로아가 별다른 반응이 없자 그는 말을 이었다.

—아무튼 안나 걔가 제대로 미친년이었어. 그치, 블라드. 너도 알지?

정석이 그렇게 말하곤 블라드의 옆구리를 꾹 찔렀다.

—Who's that?

—안나씨는 좋은 사람이었어. 그냥 둘이 잘 안 맞은 거야.

구소라가 말했다.

—소라씨가 몰라서 그래. 걔가 완전히 미친년이었다니까. 하지만 나는 알지. 그치, 블라드?

—난 안나라는 사람을 진짜 모르겠어. 하지만 니가 제일 미친놈인 건 알지.

블라드가 실실 웃으며 말했다.

—내가? 왜?

정석이 물었다.

—You know what I'm saying, Monsieur Candie……

—참 나, 얘 뭐래는 거야? 약 빨았냐?

정석이 과장되게 블라드를 나무랐고, 이로아는 그런 두 사람을 의혹어린 눈길로 바라보았다.

—어머, 우리가 너무 이상한 이야기를 하고 있었네요. 미안해요, 로아씨. 석이씨, 사과해요.

구소라가 말했다.

—왜 내가 사과를 해야 하지?

—사과해야 하는 거야. 이 상황에서는……

—그런가? 왜? 솔직히 이해가 안 되는데 소라씨가 그렇다면 그런 거겠지. 사과할게요, 로아씨. 미안합니다. 대단히 미안합니다, 이로아씨……

정석이 과장되게 사죄하며 이로아를 향해 절을 하듯 몸을 숙였다. 잠시 뒤 다시 몸을 일으키는 듯하던 그는 그러는 대신 한 손으로 이로아의 손을 덥석 잡았다. 이로아는 놀라 손을 빼려 했다. 하지만 정석은 그녀의 손을 꽉 잡은 채 다시금 아까의 그 소름 끼치는 미소를 지으며 그녀를 바라보는 것이 아닌가. 더욱 놀란 이로아가 어떻게든 손을 빼려고 노력하며 주위를 돌아보았다. 구소라는 초점 없는 눈으로 천장을 보며 담배를 피우고 있었다. 블라드는 어느새 일어나 입구 쪽으로 향하는 중이었다. 공포에 사로잡힌 이로아는 있는 힘껏 손을 잡아 뺐고, 때맞춰 정석이 손을 놓는 바람에 옆으로 고꾸라질 뻔했다.

—어머, 로아씨, 왜 그래요?

구소라가 놀란 목소리로 물었다.

이로아는 대답 대신 억울한 표정으로 구소라와 정석을 번

같아 보았다. 하지만 정석은 무슨 일이 있었냐는 듯 아무렇지도 않은 표정으로 자리에서 일어섰고, 구소라는 누구보다 걱정하는 눈빛으로 이로아를 바라보았다. 이 사람들 대체 뭐야. 이로아가 서둘러 자리에서 일어났다.

—그럼 저는 이만……

구소라도 일어섰다.

—같이 가시죠.

정석 또한 일어서며 말했다.

—네? 어딜요?

—로아씨 가는 곳.

—제가 어딜 가는데요?

정석이 대답 대신 미소 지으며 이로아의 어깨를 껴안았다.

—함께 가요, 어디든.

그리고 다른 팔로 구소라의 어깨를 껴안으며 말했다.

—소라씨도 같이 가요. 어디든, 다 같이……

구소라는 말이 없었다. 정석은 이로아의 얼굴을, 겁먹어 굳은 그녀의 얼굴을 들여다보며 싱긋 웃었다.

—에이, 농담이에요. 안녕히 가세요. 다음에 더 좋은 모습으로 만나요!

3

마침내 블랙 서커스를 빠져나온 이로아는 허둥지둥 차에 올라 시동을 걸었다. 엔진 소음 너머로 정석의 웃음소리가 환청처럼 들려오는 듯했다.

한동안 그녀는 넋 나간 사람처럼 방향 없이 차를 몰았다. 횡단보도를 건너던 노인을 칠 뻔한 뒤에야 정신을 차릴 수 있었다. 그녀는 정신을 다잡고 바닷가 쪽으로 향했다. 해안선을 따라 달려나가는 동안 마음이 조금씩 진정됐고 비로소 후회가 찾아왔다. 왜 정석과 구소라에게 지난밤 일에 대해서 물어보지 못했는지. 물론 그 이유를 그녀는 알고 있었다. 거짓말을 할 것이 뻔했기 때문이다. 어떻게 아냐고? 어떤 일은 굳이 증명해낼 필요가 없다. 차라리 헛된 기대를 품은 채, 그들은 정직했을지도 몰라, 내가 삐뚤어진 걸 거야, 증명될 길 없는 희망을 꿈꾸며 지내는 것이 낫다. 왜냐하면,

실망하고 싶지 않으니까.

외딴 곳에 와서 겨우 알게 된 사람들에 대해서, 이로아는 벌써부터 단념하고 싶지 않았다. 그리고 그런 자신에게 화가 났다. 왜 나는 이따위 약해빠진 생명체로 태어난 걸까, 자괴하며 그녀는 원래의 목적지였던 숲 쪽으로 마침내 방향을 돌렸다.

나무들로 빽빽하게 채워진 숲의 내부는 한낮에도 깊은 어둠에 물들어 있었다. 가로등 불빛조차 없는 컴컴한 산길을 자동차 헤드라이트에 의존하여 나아가는 동안 현실성이 조금씩 사라졌다. 그녀는 여러 번 길을 잃었고, 막다른 길에 다다랐으며, 똑같은 언덕길을 반복하여 오르내리는 듯했고, 어느 순간에는 차가 하늘로 붕 떠오르는 듯한 느낌을 받기도 했다. 그렇게 하늘로 날아가는 건 아닐까 망상에 빠진 순간, 탁 트인 공터가 나타났다. 차에서 내리자 등뒤로 펼쳐진 울창한 숲속에서 동물인지 사람인지, 귀신인지 혹은 기계인지 모를 것이 내는 기이한 소리가 들려왔다. 그곳은 은소라의 시체를 발견한 불당이 있는 절벽 가였다.

이로아는 조심스럽게 검은 불당을 향해 다가갔다. 건물은

출입 금지 테이프에 칭칭 감겨 있었다. 테이프를 걷어내고 안으로 들어서자 텅 빈 실내가 나타났다. 불상은 더이상 거기에 없었다. 이로아는 주머니에서 뭔가를 꺼내 바닥에 내려놓았다. 핑크색 리본이 달린 헤어핀이었다.

—내가 너를 봤을 때, 처음 너를 봤을 때, 머리카락이 너무 치렁치렁해서 좀 묶고 다니면 좋을 것 같다는 생각을 했어.

마치 눈앞에 은소라가 있는 듯이, 이로아는 다정한 목소리로 허공을 향해 말했다.

—니가 살아 있었다면, 그랬다면, 그 길고 반짝이는 머리카락을 단정하게 하나로 묶었으면 정말로 잘 어울렸을 것 같아.

일순 불당 안이 칠흑같이 어두워졌다가 환해졌다. 그녀가 헤어핀을 놓아두었던 자리에 핑크빛 초가 타오르고 있었다. 헤어핀은 사라지고 없었다. 이로아는 홀린 듯한 눈빛으로 타오르는 초를 바라보았다.

얼마쯤 지났을까. 코를 간지럽히는 젖은 흙 냄새에 이로아는 정신을 차렸다. 어느새 촛불은 꺼져 있었고, 밖에는 비가 내리고 있었다. 이로아는 불당을 빠져나와 천천히 차를 향해 걸으며 쏟아지는 비가 은소라의 눈물 같다고 생각했다.

4

그렇게 시작된 비는 제주도에 본격적인 우기가 왔다는 것을 알리는 신호였다. 초반 사흘 연속으로 비가 쏟아부었을 때, 이로아는 제주도가 통째로 물에 잠기는 것은 아닐까 하는 걱정에 사로잡혔다. 엎친 데 덮친 격으로 태풍까지 합세했고, 태풍이 지나간 자리는 회색 구름에 꽉 막힌 습도 높은 공기로 채워졌다. 실외 수영의 적기였다. 시타 델 마레의 그림 같은 수영장들은 양서류처럼 물기로 번들번들한 인간들의 차지가 되었다.

이로아는 수영을 제외하면 홀로 은소라와 관련된 자료들을 수집하고 분석, 연구하며 지냈다. 직접 은소라의 집을 찾아가 사진을 찍고, 이웃들에게 말을 걸었다가 수상한 사람

취급을 당하기도 했으며, 은소라의 담임교사를 찾아가 이것저것 캐묻다가 경찰에 신고를 당하기도 했다. 수감된 친부모에게 면회 신청을 했으나 번번이 거절당했고, 주기적으로 인터넷에 올라오는 뉴스와 댓글로 달리는 루머들, 음모론적인 내용의 유튜브 비디오를 죄다 꼼꼼히 살펴보았으나 별다른 소득은 없었다.

다시금 폭우가 쏟아지던 어느 아침, 배달도 외출도 난감해진 이로아는 오랜만에 라면을 끓여먹기로 했다. 라면을 반쯤 비웠을 때 어머니에게서 전화가 걸려왔다. 그녀는 동생의 소식을 전해왔다. 몰래 회사를 그만두고 수해 현장에서 자원봉사하다가 팔목을 다쳤다는 소식이었다. 아주 길고도 지루하게 동생의 소식을 전한 어머니는 이로아가 별다른 반응이 없자 다시금 말을 이었다.

—엄마가 생각을 좀 해봤어. 너희들에 대해서, 내 배에서 나온 두 생명체에 대해서 말야. 솔직히 이해가 안 돼. 이게 무슨 일이니? 도대체 너희들한테 무슨 일이 벌어지고 있는 거니? 너희 아빠한테도 물어봤지. 근데 알지? 그 사람 좋은 미소…… 혹시 아빠한테는 얘기를 한 거니? 도대체 언제부터 아빠랑 그렇게 사이가 좋았니? 설마 셋이서 나를…… 회사도 차례로 착착 그만둔 걸 보면 너희 둘 사이에는 적어도

무슨 소통이 있었을 거 아냐?

—그런 거 없어요. 아시잖아요. 저 동생이랑 하나두 안 친한 거.

—그럼 너는 누구랑 친하니?

이로아는 침묵했다.

—내가 너희들한테 뭘 되게 잘못했니?

—그런 거 없어요.

—오, 주여……

—로한이한테 물어보세요. 저는……

—너야말로 진짜 이해가 안 가. 회사는 왜 그만둔 거야? 멀쩡한 집 놔두고 제주도에 가서 대체 뭘 하고 있는 거니? 혹시 상사하고 바람이라도 난 거야?

—그런 거 아니에요.

—서울이 싫어서 도망간 거니?

이로아는 대답하지 않았다.

—서울이 싫어? 왜?

통화가 끝난 뒤 이로아는 마음속으로 크게 소리질렀다. 그래, 싫어! 서울이 진짜 싫어! 그 도시와 관련된 모든 게! 그 흉하고…… 저주받은 도시가 흙탕물에 완전히 잠겨버리면 좋겠어! 그게 내가 진짜 바라는 거라구요. 이제 알겠어요, 엄마?

이로아는 씩씩대며 남은 라면을 먹어치운 다음, 라면을 먹은 뒤면 언제나 그렇듯이 라면을 먹은 것을 몹시 후회하며 욕실로 향했다. 거칠게 샴푸질을 하며 그녀는 스스로를 포함하여 온 세상이 다 밉고 싫기는 하지만 그 누구보다도 어머니가 가장 밉고 싫다고 결론 내렸다. 그리고 문득, 구소라 같은 여자가 어머니였다면 자신의 인생은 정말이지 달랐을 거라는 생각이 들었다. 하지만 구소라가 어머니로서 과연 훌륭한 존재일까 의문이 들었는데, 전혀 어떻다고 답을 내릴 수가 없었다. 왜냐하면 그러기에는 구소라라는 여자를 너무 모르기 때문이었다. 그렇다면 알고 싶다. 구소라가 어떤 여자인지. 구소라…… 구소라를 알려면…… 어떻게 해야 할까?

*

이로아가 샤워를 마쳤을 때 폭우는 가랑비로 바뀌어 있었다. 이로아는 블루 라군 카페에 가기로 결심하고 집을 나섰다. 잠시 뒤 도착한 카페는 의외로 사람들로 가득했다. 커피를 마시며 노트북으로 은소라와 관련된 자료들을 살펴보고 있자니, 한 여자가 소리 없이 가게로 들어섰다. 사람들의 시선이 일제히 그 여자에게 쏠렸고, 쏠린 시선들은 접착된 듯 떨어지지 못했다. 소란스럽던 가게 안이 잠잠해졌다. 모두의 시선을 잡아끄는 대단한 미인, 구소라의 등장이었다. 이로아 역시 그녀에게서 눈을 떼지 못했다. 구소라가 만면에 미소를 지은 채 그녀를 향해 다가왔다.

—말없이 찾아와 놀랐죠? 놀래주고 싶었어. 하하.

이로아는 말없이 그녀를 바라볼 뿐이었다.

—해남씨한테 물어봤더니, 로아씨가 여기 자주 온다고 하더라구. 여기 커피가 그렇게 맛이 좋다면서요? 나도 한잔 마시고 힙해져야지.

구소라가 신속하게 계산을 마치고 돌아와 이로아 앞에 앉았다. 가게 안은 계속해서 쥐죽은듯이 고요했다.

—나 여기 리조트 처음 와봐요. 근사하다.

—정말요?

—응. 부러워요, 로아씨. 필시 부자인 것이야.

—그런 거 아니에요.

이로아가 과장되게 고개를 흔들었다.

—농담이에요, 하하. 근데 여기 진짜 분위기 좋다. 비가 내려서 그런가……

잠시 뒤, 점원이 긴장된 표정으로 구소라 앞에 커피를 내려놓았다. 구소라가 쌩긋 웃어 보이자 점원은 놀란 나머지 쟁반을 떨어뜨릴 뻔했고, 구소라는 자신의 주위에서 벌어지는 일에 대해서 아는지 모르는지 그저 우아한 포즈로 커피잔을 집어들 뿐이었다. 어떤 기분일까, 저런 굉장한 미인으로 산다는 것은. 이로아는 생각했다. 그리고 저런 굉장한 미인이 왜 실버 샌드 같은 데 처박혀서 정석 같은 이상한 남자와……

—커피가 굉장히 맛있군요.

구소라가 작게 속삭였다.

—마음에 드시나요?

아까부터 구소라를 주시하고 있던 카페 주인이 만면에 미소를 띤 채 말했다.

—어머, 네, 좋네요.

—하하, 감사합니다. 자주 오세요!

이로아는 놀랐다. 블루 라군의 주인은 언제나 약간 소화불량에 걸린 듯한 표정을 짓고 손님들을 적당히 경멸하는 태도로 대하는 것이 특유의 매력이기 때문이었다(적어도 이로아는 그렇게 생각했다). 손님에게 일부러 말을 걸고 또 미소를 지어 보이는 그의 모습은 상상조차 해본 적이 없었다. 속았다는 기분에 이로아는 주인을 살짝 노려봤고 주인은 도망치

듯 서둘러 주방으로 들어가버렸다.

구소라가 커피를 마시는 짧은 시간 동안 카페는 계속해서 믿을 수 없이 고요했다. 이로아는 약간 숨이 막히는 기분이었다. 구소라는 그것을 알아챘는지, 혹은 자신에게 쏟아지는 관심을 충분히 즐겼는지, 만족스러운 표정으로 빈 커피잔을 내려놓으며 말했다.

—괜찮으면, 나랑 산책하지 않을래요? 마침 비도 그친 것 같은데.

*

—내가 굉장히 좋아하는 곳이에요. 낮에도 좋지만, 밤에는 진짜 근사해.

구소라가 차의 시동을 끄고 안전벨트를 풀며 말했다. 이로아는 말없이 차에서 내려 주위를 두리번거렸다. 그곳은 실버샌드 뒤쪽으로 펼쳐진 작은 숲의 입구였다.

—석이랑 나는 여기를 흰 도마뱀의 숲이라고 불러요. 우윳빛 흰 도마뱀들이 모여 살고 있는 걸 보고 그렇게 부르기로 했어. 원래 이름이 뭐였다더라……

둘은 나란히 숲길을 걷기 시작했다. 한동안 말없이 걷다가, 이로아가 물었다.

—정석하고 왜 결혼했어요?

구소라는 대답 대신 푸하하, 웃음을 터뜨렸다.

—제 질문이 무례했나요…… 죄송해요. 저는 그냥, 궁금해서……

—남편이 요리를 굉장히 잘해요.

—네?

—먹는 게 중요하잖아요. 난 집에서 일찍 독립해서 엉망진창으로 먹고 살았거든. 꽤 오랫동안. 거의 과학 실험 같았는데. 하하! 근데 남편을 만나고 달라졌어.

구소라가 말을 멈추고는 담배를 꺼내 불을 붙였다.

—여기선 마음대로 담배를 피울 수 있어서 진짜 좋아…… 로아씨는 어때요, 여기 살아보니까?

—저야 그냥 리조트 안에 있는 거라서……

—해남씨랑은 그뒤로 만났어요?

—지난번에 그러셨죠. 정석씨는 착하고 해남씨는 똑똑하다고.

—맞아, 그랬죠.

—근데 제 생각에는 반대인 것 같아요. 정석씨는 똑똑하고, 해남씨는 착한 것 같아요.

—그래 보이는구나, 로아씨한테는. 재밌네……

둘은 숲의 더욱 은밀한 곳으로 향했다. 열기와 습기가 끈끈하게 엉겨붙어, 보이지 않는 거대한 투명 젤리가 대기를 가득 채우고 있는 듯했다. 수풀은 짙은 초록빛으로 번들거렸고, 정지한 듯 매끈하고 끈적한 대기는 벌레들의 울음소리로 터질 듯했다. 믿을 수 없이 커다란 모기 한 마리가 역시 믿을 수 없이 느린 속도로 이로아의 팔꿈치를 치고 날아갔다. 이로아가 입을 열었다.

—구소라씨 주위 사람들은 자유로워 보여요.

—그래 보여요?

—네. 부러워요.

구소라가 미소 지었다.

—근데…… 좀 이상한 것 같기도 해요.

—어떤 게?

—현실감이 안 느껴져요. 아니 현실감이 느껴지지 않는 것은 괜찮은데…… 그 비현실적인 느낌이 약간…… 기분 나빠요.

말을 멈추고 이로아가 구소라의 얼굴을 살폈다.

—솔직하게 말해줘서 고마워요.

—죄송해요.

—아니야. 진짜 고마워요.

—그렇게 고맙지 않아도 되는 부분까지 고맙다고 말씀하시면……

—기분 나빠요?

이로아가 민망한 표정을 지었다. 그런 이로아를 구소라가 귀엽다는 듯 바라보며 미소 지었다.

—괜찮아요, 로아씨. 여기선 무슨 말이든 해도 좋아. 그런 여유, 아니 자유가 여기엔 있어. 로아씨가 말하는 자유가 그런 뜻이 맞다면요. 맞아. 여긴 자유로운 곳이야. 근데 그 이유가 뭔지 알아요? 존재하지 않는 곳이라서 그래요.

—그게 무슨 뜻이에요?

—말 그대로. 이곳에선 누구든지 존재가 점차 희미해지는 듯이 느껴지죠. 유령이 된 것처럼…… 로아씨도 그걸 느끼는 거죠? 그 이유는……

—이곳이 존재하지 않는 곳이라서 그렇다구요?

구소라가 고개를 끄덕였다.

—하지만 제주도는 분명히 존재하는 섬이고, 구소라씨도 실존 인물이잖아요.

구소라가 다시금 미소 지었다. 그리고 재빨리 미소를 지우더니, 잠시 생각한 다음 말했다.

—그거 알아요? 늪에 빠지면 다시는 빠져나올 수 없죠.

이로아가 말없이 구소라를 보았다.

—그러니까, 늦기 전에……

—나가라는 건가요?

구소라는 대답 대신 담배를 바닥에 던져 발로 비벼 끄고는 새 담배에 불을 붙였다.

—여기는 당신들만의 천국이니까 나가라는 건가요?

침묵.

—왜요? 제가 구소라씨가 아끼는 알량한 자유에 의혹을 제기해서?

—로아씨……

—솔직히, 제 짧은 인상으로는 구소라씨하고 주위 분들은 진짜 관념적인 것 같아요.

—맞아. 우리는 순수하게 미학적인 관념을 추구하죠. 그리고 그런 장소에 로아씨는 어울리지 않아요.

—왜요?

—로아씨는 유령과 인간이 다르다고 여기니까.

—네?

—로아씨가 은소라라는 죽은 아이의 유령을 봤다고 들었어요. 해남씨한테 들었어. 그애의 죽음에 의혹을 느낀다구.

맞죠? 은소라의 죽음을 둘러싼 의혹을 밝혀내고 싶다면서요? 그게 로아씨의 세계예요. 사실에 집착하는, 현실과 꿈을 구별 짓는 흑백논리의 세계. 하지만 여기 방식은 달라요. 이곳에서 사람들은 더이상 유령을 보지 않아요. 왜냐하면 모두가 유령이니까. 아무도 죽음에 관심 갖지 않아요. 모두 어차피 이미 다 죽은 거니까. 삶과 죽음의 차이가 이곳에는 존재하지 않아요. 아무것도 살아 있지 않고 아무것도 죽어 있지 않아요. 그런 세계가 영원히 이어지는 거죠. 마치 끝나지 않는 여름처럼……

—하지만 그건 메타포에 불과하잖아요. 유령과 인간은 달라요. 아시잖아요?

—하지만 그게 무슨 의미죠?

—의미라뇨? 그건 그냥 사실이죠.

—보편적 사실이라는 게 진짜 존재해? 로아씨는 그걸 믿어요? 각자의 사실이 존재할 뿐인 게 아닐까? 나는 그렇게 믿어요. 로아씨는 이걸 믿고, 하지만 나는 다른 걸 믿는다구. 로아씨의 현실과 내 현실은 달라요. 현실이란 무한하고, 각자가 속해 있는 버블에 불과한 거야. 그게 내가 믿는 팩트예요. 즉, 세상에는 존재하는 사람들만큼의 수많은 리얼리티가 있고, 그리고…… 그게 전부죠.

구소라가 말을 멈추고 거만한 눈빛으로 이로아를 보았다.

—정말로…… 요?

이로아가 물었다.

—네?

—정말로 그걸 믿으시는 건 아니죠? 지금 본인이 하는 말이 헛소리라는 거 아시죠?

—은소라의 죽음에 음모가 있다는 것도 이로아씨의 망상에 불과하죠.

구소라가 차갑게 말하며 이로아를 보았다. 그녀의 눈동자는 크고 믿을 수 없이 아름다웠는데, 하지만 완전히 죽어 있었다. 이로아는 그런 눈빛을 본 적이 있었다. 목매단 채 죽어 있던 은소라의 크게 뜨인 눈에서. 이로아는 경악했고, 구소라가 뭔가를 눈치챘는지 눈을 깜빡이더니 시선을 돌리며 말했다.

—그만 나가요. 도마뱀들이…… 너무 많이 모여들었어.

그녀의 말에 이로아는 주위를 둘러보았다. 아무것도 보이지 않았다. 그저 비에 젖은 잎사귀들뿐이었다. 하지만 자세히 보자 수풀 사이사이, 햇살을 받아 반짝이는 이슬 같은 것들이 죄다 도마뱀들의 눈이라는 것을 알 수 있었다. 이로아가 놀라 소리치려는 순간, 구소라가 이로아의 손을 꼭 잡았다.

두 사람이 마침내 밖으로 나왔을 때, 우뚝 선 실버 샌드 건물이 햇살을 받아 찬란한 은빛으로 빛나고 있는 것이 보였다. 그 모습은 인상적이었지만 소름 끼치는 기이한 분위기가 있었다.

혹시 구소라가 말한 순수하게 미학적인 관념이란 게 저런 걸까?

그렇다면 저 관념의 정체란 뭘까?

이로아는 구소라를 보았다. 빛나는 실버 샌드를 바라보는 그녀의 얼굴은 자긍심으로 물들어 있었다. 그런 그녀는 솔직히 정신 나간 사람처럼 느껴졌다. 패망 직전의 대일본제국을 여전히 사랑하는 황국신민을 실제로 만난다면 이런 느낌일까? 그런데 왜, 그녀를 둘러싼 공기에서 거대한 패망의 냄새가 느껴지는 걸까? 그리고 그 냄새가 이토록 달콤하게 느껴지는 이유는? 이로아는 커다란 꿀통을 앞에 둔 아기 곰 푸가 된 기분이었다. 저항하고 싶지만 다가가지 않을 수가, 저 꿀통을 차지하지 않을 수가……

—아, 로아씨를 만난 진짜 이유를 내가 잊고 있었네.

구소라가 이로아의 손을 놓고 실버 샌드를 향해 손을 흔들며 말했다. 2층, 숲 쪽으로 열린 창 너머 한 사람이 보였다. 은빛 가발에 검은 선글라스, 한 손에 담배를 든…… 정석이었다. 그 또한 환한 표정으로 손을 흔들었다.

—내일, 블랙 서커스가 정식으로 오픈해요. 론칭 기념 전시회가 열려요. 해남씨랑 같이 와줘요.

그녀가 지나치게 밝은, 작위적인 미소를 지으며 이로아를 보았다. 그러고는 씩씩한 발걸음으로 실버 샌드 쪽으로 떠났다.

5

블랙 서커스에서 열린 전시는 제목이 '지구가 따뜻해진다면 우리들의 마음도 따뜻해질까? Melt Your Heart!'로, 편견을 버리고 기후변화에 대해서 긍정적으로 탐구해보자는 것이 주제였다. 블라드는 정석과 협업하여 '셀러브레이션'이라는 제목의 비디오 아트를 선보였다. 스위스 출신의 아티스트가 선보인 작품은 세 개의 서로 다른 AI 자아가 빛을 통하여 커뮤니케이션을 하는 내용이었다. 또다른 일본 출신의 아티스트는 모래를 재료로 사막화되어가는 지구의 아름다움을 찬미하는 작품을 선보였다. 그 외에도 전통적인 회화 작품, 소리와 냄새를 이용한 설치 작품, 연구와 관찰로 이루어진 보고서와 기록용 사진, 만화, 퍼포먼스 등이 선보여졌으나 이로아는 어떤 작품에도 흥미를 느끼지 못한 채 서성이며 신해남이 나타나기만을 기다렸다.

마침내 신해남이 도착했을 때, 이로아는 뚱한 표정으로 블랙 서커스 뒤뜰의 벤치에 앉아 있었다.

—여기 있었네.

신해남이 말을 걸며 이로아 옆에 앉았다. 이로아가 여전히 뚱한 표정으로 신해남을 보았다. 오랜만에 보는 그는 꽤 피곤해 보였다.

—잠깐 서울에 다녀왔어요.

이로아가 고개를 끄덕였다.

—아버지가 사고를 치셔가지고, 어머니도 갑자기 허리를 다치시고, 하필 회사일도 꼬이고 여러 가지로 다방면에서 사건 사고가 단시간에 허리케인처럼…… 휩쓸고 지나갔네요.

—참 힘든 시기네요.

본의 아니게 튀어나온 시니컬한 말투에 이로아가 후회하려는 찰나, 신해남이 물었다.

—제가 그리우셨나요?

—가족이란 참 개 같죠.

—그죠. 개 같다……기보다는…… 그건 좀 너무한 표현 같고. 근데 로아씨는 언제까지 제주도에서 지낼 거예요?

—네?

—돌아갈 거죠?

이로아는 대답 대신 신해남을 빤히 바라보았다. 신해남의 핸드폰이 울리기 시작했다. 그가 자리에서 일어났다.

—미안. 정석 형을 보러 가야겠어요.

짧은 만남을 뒤로한 채 신해남은 사라졌고, 다시금 혼자 남겨진 이로아는 다시 블랙 서커스에 입장했다. 그사이 사람들이 더욱 늘어나 있었다. 그 가운데에서도 멀끔하게 차려입은 50대 남자의 무리가 눈길을 끌었다. 그들은 전시장 입구를 가로막은 채 활기차게 떠들며 주기적으로 으하하하, 하하하하, 작위적으로 웃어댔다. 이로아는 그렇게까지 나르시시즘적인 분위기의 중년 남성들을 대량으로 본 일이 없었다.

조금 뒤 바깥쪽에서 굉음이 들려왔다. 소란스러운 실내 분위기를 흩뜨려놓을 정도로 굉장한 소리였다. 호기심을 느낀 사람들이 바깥을 내다보았다. 엔진음을 울리며 다가온 근사한 은빛 빈티지 재규어가 블랙 서커스 앞에 멈춰 서고 있었다. 일곱 살짜리 남자아이의 소유욕을 자극하는 탐스러운 장난감처럼 생긴 그 차에 나란히 타고 있는 것은 놀랍게도 뤼카스 휘스먼과 양은영이었다. 둘은 같은 디자인의 선글라스에 은빛의 슈트와 투피스를 입고 있었다. 그들이 차례로 차에서 내리는 사이 블라드가 다가갔다. 그는 호들갑을 떨며 두 사람을 차례로 포옹하고는 양팔에 한 사람씩 팔짱을 끼고 블랙 서커스 안으로 데려갔다.

그들이 들어서자 전시장의 분위기는 완전히 바뀌었다. 사람들의 무리가 뤼카스 휘스먼과 양은영을 둘러쌌다. 뤼카스 휘스먼은 활기찬 목소리로 이 사람 저 사람과 인사하고 악수를 나누고 또 포옹했다.

한편, 양은영의 옆자리는 구소라가 채웠다. 두 사람은 나란히 선 채 무표정하게 담배를 피웠다. 두 사람이 입은 투피스는 색깔만 다르고 완전히 똑같은 디자인이어서, 체격이 비슷한 그들은 쌍둥이 자매처럼 보였다.

—휘스먼 씨 오셨습니까? 으하하하!

아까의 나르시시스트 중년 남성 그룹의 리더 격으로 보이는 숱 많은 반백발의 남자가 크게 웃으며 뤼카스 휘스먼에게 다가갔다. 뤼카스 휘스먼 또한 환하게 웃으며 그를 향해 손을 내밀었다.

—양국장님, 잘 지내시죠?

—덕분에 저희 제주가 영광스러운 발전을 이루어내었습니다. 거의 천지개벽의 수준입니다. 하하…… 이쪽으로 오시죠. 일전에 말씀드렸던 서류 말씀인데요……

양국장이라 불린 남자와 뤼카스 휘스먼이 블랙 서커스의 뒷문을 빠져나갔고, 그러자 모여들었던 사람들 또한 순식간에 흩어졌다. 구소라와 양은영 또한 어딘가로 향했다. 신해남은 구석진 곳에 서서 정석과 심각한 표정으로 이야기를 나누고 있었다. 블라드는 외국인 친구들에게 둘러싸인 채 신기한 몸동작을 선보이고 있었다. 이로아는 난감한 표정으로 주위를 돌아본 뒤, 누구도 자신에게 관심이 없다는 것을 깨닫고 천천히 블랙 서커스를 빠져나와 건너편 주차장에 세워둔 차 쪽으로 향했다.

—재미없죠?

차문을 여는 찰나 말을 걸어온 것은 정석이었다. 이로아가 놀란 표정으로 그를 보았다.

—해남이가 급한 일이 생겨서 방금 돌아갔어요. 로아씨한테 인사하고 떠나겠다고 했는데, 찾을 수가 없더라구.

—신해남씨가 돌아갔다구요?

—해남이가 요새 집안일로 골치가 좀 아파요. 이건 비밀인데, 아버님이 부동산 사기를 당하셨거든.

—부동산 사기요?

—근데 괜찮을 거야. 내가 잘 아는 변호사를 소개해줬어요. 그 변호사랑 화상회의하러 돌아간 거야. 근데, 로아씨 괜

찮으면, 좀 이따 같이 배 타러 갈래요?

—배요? 바다에 나가자구요?

—요기 리조트 옆에 석호들 있죠? 거기 밤 정취가 죽인대요.

—누가 가는데요?

—음, 소라씨하구 블라드하구…… 우리 전시회 협찬해주신 제주관광청 양철수 국장님하고, 양국장님 육촌동생 양은영씨, 그리고 뤼카스 휘스먼이라고 양은영씨 애인……

—양은영이랑 뤼카스 휘스먼이 애인 사이예요?

—어…… 그게 사실 나도 개인적으로 친한 건 아니라서……

—뤼카스 휘스먼 씨 유부남 아닌가요?

—이로아씨가 휘스먼 씨를 알아요?

—그게……

—아무튼 같이 가는 거다?

이로아는 대답하는 대신 정석을 바라보았다. 정석은 그의 트레이드마크인 순진무구한 미소를 지어 보였다. 가증스러운 놈. 이로아의 생각을 아는지 모르는지 정석의 미소가 더욱 해맑아졌다. 아니, 이로아가 무슨 생각을 하고 있는지 아는 것이 분명했다. 으, 징그러워. 구소라와 정석, 정석과 구소라. 정말이지 기분 나쁜 커플이다. 왜 난 구소라랑 친해지고 싶다고 생각했을까?

—로아씨……?

이 사람들 혹시 내 돈을 노리는 건가? 나를 강물에 빠뜨려 죽이려고? 설마!

—네, 갈게요.

이로아가 대답했다.

—신나 신나! 그럼 우리 두 시간 뒤에 실버 샌드 앞에서 만나요!

정석이 외치는 순간 그의 손에 들린 핸드폰이 울리기 시작했다.

—이따 봐요, 로아씨!

정석이 손을 흔들며 멀어졌다.

다시 홀로 남겨진 이로아는 차에 올라탔다. 그녀가 향한 곳은 실버 샌드였다. 그녀는 생맥주를 주문하고 2층으로 올라가 바다 쪽으로 난 창가에 앉았다. 멀리, 짙은 어둠에 물든 바다가 눈에 들어왔다.

이 동네는 어디에서든 바다가 보이고, 그것은 여전히 질리지 않았다.

다행이라고, 이로아는 생각했다. 그러곤 멍하니 바다를 바라보며 맥주를 마시고 있자니 계단에서 남자들의 웅성거림과 발소리가 들려왔다.

—아이고, 여기는 삐까뻔쩍하게 해놨네. 이게 양군 작품이냐? 여기 이름이 뭐라고? 실버 랜드?

—실버 샌듭니다, 선배님.

—제주관광청 돈이 썩어나나보네? 이거 딱 우리 대학 다닐 때 감성, 딱 그때 삘인데?

—그런가요 선배님?

—난 여기 이스트 런던 같은데?

—그래? 난 런던은 못 가봐가지고……

—우리 때 감성이라기엔 너무 세련됐잖아.

아까 블랙 서커스에서 봤던 중년의 나르시시스트 남자들이었다. 양철수 국장은 아직 뤼카스 휘스먼과 미팅중인지 보이지 않았다. 그들은 이로아를 발견하곤 잠시 웅성대더니 그녀의 뒷모습이 정면으로 보이는 자리에 모여 앉았다. 그들은 술을 주문하고 실버 샌드에 대해 잠시 더 이야기를 나누었다. 그들에 따르면 실버 샌드는 시타 델 마레와 계약을 맺고 요가와 명상, 채식 요리 배우기와 영화 찍기 따위의 소소한 프로그램을 개발, 공급하는 것으로 꽤 짭짤한 수익을 내고 있었다. 그들은 양국장의 능력을 칭찬하는 한편 그를 몹시 경계하는 듯도 했다. 하지만 결과적으로 양국장이 제주도를 바꿔놓은 방식을 마음에 들어했다.

—제주도가 강남을 제치고 한국에서 제일 부유한 지역이 될 거라니까.

—정확한 통찰이십니다, 선배님.

—대단한 미래가 다가오고 있다는 말이야.

—그래가지고 독립을 하면 어떨까요? 싱가포르처럼.

—독립을 한다?

—싱가포르도 말레이시아에서 독립하고 잘나가게 되었잖습니까? 선배님, 저는 제주도가 싱가포르보다 훨씬 대단한 도시국가가 될 수 있다고 봅니다.

—그럴까?

—네, 저는 확신합니다.

—와, 새끼 오늘 굉장히 뜨겁네. 아주 뜨겁게 서는데? 우하하하하!

—싱가포르, 별거 아니야. 아테네 어때? 우리는 고대 아테네를 모델로 삼아보자구. 어떻게 생각해?

—고대 아테네요? 와 진짜 박선배님은 알면 알수록 타고난 취향이 고결하시네요.

—그래? 내 취향이 고결해 보여? 우하하하!

—근데 양국장님도 페리클레스 좋아한다고 하셨잖아요?

—양군 그 새끼가? 금시초문인데. 여튼 생각해봐, 우리는 도래할 한 위대한 도시국가의 파운데이션을 다지고 있는 거라니까. 너 와인 랜드라고 들어봤니?

직원이 커다란 샴페인 병을 들고 2층에 나타났다. 남자들 앞에 놓인 늘씬한 샴페인 잔이 가득 채워지는 사이, 박선배라는 사람이 자신의 원대한 비전을 펼쳐놓기 시작했다. 제주도가 위대한 도시국가가 되기 위해서 필요한 것들. 첫째가 영어 공용화, 둘째는 대마초 합법화, 셋째가 외국자본 유치를 위한 과감한 세금 감면, 이어서 마약과 성매매 자유 지역 신설, 토지의 전면적 국유화와 교육의 완전 무료화, 도내에서만 통용 가능한 달러와 연동된 전자화폐 시스템, AI 산업과 서비스 섹터의 결합, 세계적인 석학과 금융 리더들을 총집합시킨 국제적인 경제 포럼 유치……

장밋빛 꿈이 그들의 취한 어깨 위에 둥둥 떠 있었다.

그들의 대화 속에서 제주도는 지상 최대의 퍼레이드를 앞둔 축제의 도시였다. 그 축제의 세계 한가운데에서 은빛으로 반짝반짝 빛나는 실버 샌드는 신기루로 가득한 얼음의 성이고…… 그렇다면 정석과 구소라는 도래할 위대한 도시국가의 영주인 건가?

실버 샌드는 아무런 홍보도 광고도 하지 않았으며 인터넷

검색으로 찾을 수도 없었다. 하지만 알음알음 사람들이 찾아왔다. 많은 수가 블라드의 친구들이었다. 블라드는 근사한 유럽 친구들을 많이 알고 있었고, 그 가운데 여럿을 제주도로 끌어들이는 데 성공했다. 한 명은 나름 유명 인사로서 프랑스의 영화감독 장뤼크 고다르의 먼 친척이라고 했다. 발렌시아가의 모델로 잠깐 활동한 적도 있다는 그는 제주도와 완전히 사랑에 빠졌고, 본인만큼이나 근사한 친구들을 한 다스 섬에 풀어놓았다.

그 외에도 지금 이로아 앞에 앉아 있는 자들과 비슷한 고위 공무원, 그들의 자식인 힙스터, 그들의 친구인 예술학교 학생, 또는 그냥 돈 많은 젊은이, 그들과 아무 상관 없는 길 잃은 커플, 혹은 호기심으로 가득한 중년의 등산객, 시타 델 마레에 거주하는 수상한 백수 등 온갖 사람들이 실버 샌드를 찾았다.

이로아는 기대로 붕 뜬 도시에서 유일한 부적응자가 된 느낌이었다. 그녀는 달라진 제주도의 축제 같은 라이프 스타일에 적응하고 싶었다. 하지만 그것은 생각보다 어려운 미션이었다. 특히 은소라의 유령이 나타난 뒤로는 모든 것이 완전히 뒤죽박죽이었다. TV 화면을 가득 채운 뉴스를 응시할 때마다, 은소라 부모의 사진이 뉴스에 뜰 때마다 드는 생각은 그저 죄다 거짓이라는 것뿐이었다.

사방에 빽빽하게 채워진 매끈한 거짓의 밀도에 그녀는 짓눌리는 듯했다. 하지만 그 모든 것이 거짓이라는 증거가 대체 어디에 있어? 불쌍한 아이가 불운하게 죽은 것은 죽은 것이고, 축제는 축제다. 슬픔이 즐거움을 모두 덮어버릴 수는 없지 않은가. 하지만 만약에…… 그 슬픔이, 그 작은 비극이 축제의 숨겨진 기폭제라면? 하지만 다시 묻건대, 그렇다는 증거가 대체 어디 있냐고! 나는 축제의 부적응자로서, 축제에 대한 원한을 음모론으로 치환하는 미치광이가 되어버린 게 아닐까?

하긴, 시타 델 마레는 미쳐가기에 안성맞춤인 장소인지 몰랐다. 편리하고 아름다우며 깨끗하고 안전한, 그림 같은 리조트 타운으로 위장한 정신병원. 현대 문명의 정점으로서의 최첨단 감옥. 풀 한 포기도 자기 마음대로 자라날 수 없는 극도의 인공성과 강박적인 통제, 어떤 자연스러움도 불가능한 압도적인 불모성이 대자연의 한가운데에 자연스러움과 소박함, 편안함을 가장한 채 펼쳐져 있었다. 이렇게나 매혹적인, 아니 위선적인 통제 시설이 또 어디에 있을까?

그곳에서는 천천히 죽음을 향해 가는 광기어린 항해로서의 삶이 가능한 듯 느껴졌다. 아니 오직 그것만이 가능한 듯했다. 그 외에는 어떤 의미도 지니지 못한다는 것을 이로아는 깨달았으며, 그것이 그녀가 은소라의 죽음에 집착하게 된 이유인지도 몰랐다.

어쩌면 구소라가 옳다. 이곳에서 적응하기 위해서는 삶과 죽음에 차이가 없다는 사실을 받아들여야 하는지도. 그게 얼마나 정신 나간 논리이고, 그 논리를 따르는 게 얼마나 괴상한 일이든 간에 그것을 따라야 한다. 그게 싫다면 떠나야겠지. 하지만 그러고 싶지 않다면? 돌아가고 싶지도 않고, 이곳의 룰을 받아들이고 싶지도 않다면?

이로아는 다음달이면 자신이 스물아홉이 된다는 사실을 떠올렸다. 천천히 죽어가기엔 너무 이른 나이가 아닌가? 그렇다면 어떻게 해야 하지? 엄청난 돈을 손에 쥐게 되었는데, 왜 나는 자유로워지지도 행복해지지도 못하는 거지? 태평양을 굽어보는 영원한 여름의 도시 시타 델 마레와 언덕 위에서 찬란하게 빛나는 실버 샌드. 이 기묘하게 펼쳐진 세계에 끼어든 나는 대체 어떻게 되는 걸까?

복잡하게 생각할 것 없어. 넌 그냥 루저인 거야. 타고난 부적응자. 아무리 발버둥쳐도 그 운명에서 벗어날 수 없어.

아마도 그런 거겠지……

허공을 바라보는 그녀의 눈에 눈물이 고였다. 정말이지, 끔찍하게 심란하고 외로운 밤이었다. 신해남이 귀찮게 따라다니던 때가 그립다는 생각조차 들었다. 흐릿하게 번져가는 검은 하늘을 바라보고 있자니, 뭔가가 그녀를 향해 다가오고 있는 것만 같았다. 그녀는 허공을 더욱 뚫어져라 노려보았고, 그러자 천천히 나타난 형상은 은소라의 얼굴이었다.

은소라가 입을 열고 뭔가를 말하려……

핸드폰이 울리기 시작했다.

—로아씨 어디 있어요?

정석의 해맑은 목소리가 들려왔다.

—어머, 죄송해요. 제가……

—괜찮아요, 다른 사람들도 이제 모이기 시작했는걸. 실버 샌드 앞으로 와요!

이로아는 전화를 끊고 주위를 돌아보았다. 샴페인을 마시던 남자들은 어느새 사라져 있었다. 창 아래쪽, 건물 앞에 사람들이 모여 있는 것이 보였다. 멀리서 검은 밴이 다가오고 있었다. 운전자는 정석이었다. 차가 멈춰 섰고, 그가 창을 열고 사람들을 향해 외쳤다.

—타세요!

6

석호의 입구인 오름천까지는 차로 오 분 남짓 걸렸다. 도착한 선착장에 한 남자가 있었는데 그는 양철수를 잘 아는 듯했다. 그가 깍듯하게 인사하며 정박되어 있는 새하얀 요트를 가리켰다. 영화 속 타락한 거부의 소유로 등장할 법한 그 사치스러운 자태에 사람들이 감탄했다.

사람들이 차례로 요트에 올라탄 뒤, 양철수가 조종석에 앉아 능숙한 솜씨로 요트를 출발시켰다. 배가 움직이기 시작하자 구소라와 양은영이 히스테릭한 웃음을 터뜨렸고, 선착장의 남자가 멀어져가는 요트를 향해 90도 각도로 인사했다.

아직도 새것 냄새가 나는 듯한 순백의 요트는 조용하고 날렵하게 물길을 거슬러올라갔다. 구름 한 점 없는 검은 하늘에 커다란 보름달만이 빛나고 있었다. 강가 양편에 거대하게 자라난 몬스테라 잎사귀들이 달빛을 받아 흉측한 가면처럼 빛났다.

거슬러올라갈수록 강가의 지대가 높고 가팔라졌다. 덩굴 식물들이 풀어헤쳐진 머리카락처럼 서로 엉킨 채 강을 향해 늘어져 있었다. 곳곳에서 작은 폭포들이 만들어내는 물소리는 세이렌의 노랫소리처럼 신비롭고도 불길했다. 물길이 점차로 좁아지다가 갑자기 시야가 탁 트이며 거대한 석호가 나타났다.

—와우!

정석이 외쳤다.

—원래 여기에 해송과 삼나무 숲이 그림 같은 절경으로 펼쳐져 있었죠.

양철수가 약간은 비웃듯이 말했다.

—그랬나요?

—그랬죠. 아주 절경이었는데…… 기후가 바뀌며 풍경이 완전히 달라졌죠. 나쁘게 보지 않아요, 난.

양철수가 씩 웃으며 정석을 보았다.

—그죠, 그죠.

정석이 맞장구치며 준비해온 와인의 뚜껑을 땄다. 양은영과 구소라는 요트 후미에 나란히 앉아 담배를 피우며 연신 깔깔거리고 있었다. 블라드와 뤼카스 휘스먼은 왼편 의자에 나란히 기대앉아 마리화나 담배를 나눠 피우고 있었다. 둘은 속삭이듯 대화하고 있었는데, 그건 프랑스어였다. 이로아는 그들의 반대쪽, 정석 옆에 어색하게 앉은 채로 두 사람의 대화를 엿들었다.

—프랑스어 할 줄 아세요?

정석이 이로아에게 와인 잔을 쥐여주며 물었다.

—어, 불문과를 나와서……

—진짜? 그럼 저 녀석들 하는 얘기 다 알아듣겠네?

이로아가 애매한 표정으로 그를 보았다.

—무슨 얘기를 하는 건데? 나한테도 좀 말해줘요. 싫어요? 비밀인가? ……치사하다.

정석이 새초롬한 표정으로 이로아를 떠나 다른 사람들에게도 와인을 따라주었다. 양철수가 석호 한가운데에 배를 세우곤 조종석에서 일어나 의기양양한 표정으로 주위를 한 바퀴 둘러보았다.

—아…… 이건 진짜 아트네요.

정석이 양철수에게 담배를 내밀며 말했다. 양철수가 담배를 받아들며 싱긋 웃었다.

이로아 또한 자리에서 일어나 난간에 기대어 주위 풍경을 바라보았다. 달빛을 받아 몸을 드러낸 생명체들의 자태는 묘하게 선정적이었다. 시선을 교환하는 것만으로도 설명하기 힘든 흥분감이 느껴졌다. 한편 저멀리, 달빛이 채 정복하지 못한 한 조각의 새까만 어둠이 보였다. 엄지손톱만하던 그 어둠은 아주 천천히 자라났다. 아니 점차로 가까워졌다. 그리하여 마침내 그녀가 몸을 싣고 있는 요트만큼 거대하게 자라난 그 어둠은 다름 아닌 표면을 검게 칠한 또 한 척의 요트였다. 요트가 그녀의 바로 앞 난간에 몸을 밀착하며 멈춰 섰다. 놀라 뒷걸음질치는 그녀의 어깨를 누군가 감싸안았다. 블라드였다.

—Alex!

그가 외치며 손을 흔들었다. 그리고 루마니아어로 다시금 외쳤다.

—Bună seara!

그러자 검은 후드티 차림의 키가 큰 창백한 백인 남자가 조종석에서 일어나 같은 말을 외쳤다. 그는 금발을 양 갈래로 땋은, 역시 검은 후드티 차림의 창백한 백인 여자와 함께였다.

블라드, 그리고 두 남녀는 루마니아어로 빠르게 대화를 나누었다. 그들은 아주 친한 듯도 했고, 반대로 서로를 전혀 모르는 듯도 했다. 뤼카스 휘스먼은 멀찌감치 떨어져 선 채 세 사람을 바라보았다. 정석과 양철수 또한 그의 옆에 나란히 서 있었다. 구소라와 양은영도 마찬가지였다. 한편, 이로아는 여전히 블라드의 팔에 반쯤 안긴 채였다. 그녀는 뻣뻣하게 굳은 채로 세 사람이 나누는 대화를 이해해보려고 노력했으나 불가능했다.

마침내 대화가 끝나고 키가 큰 남자가 조종석 아래에서 뭔가를 꺼내들고 나왔다. 작은 프라다 쇼핑백이었다. 그는 그것을 여자에게 주었고 여자가 다시 그것을 블라드에게 전달했다. 블라드가 그것을 받아들고는 여자와 악수했다. 그러자 여자가 다시 남자와 악수를 했고, 남자가 살짝 고개를 끄덕이고는 조종석으로 향했다.

검은 요트가 출발했다.

—Bon voyage!

블라드가 외쳤다. 여전히 블라드 쪽을 보고 있던 여자가 살짝 고개를 끄덕였다.

요트가 다시금 손톱만한 검은 어둠이 되어 사라지고 난 뒤, 블라드가 마침내 이로아의 어깨에 감았던 팔을 풀었다. 그녀의 목덜미에 살짝 스친 그의 손은 얼음장처럼 차가웠다.

블라드가 사람들의 무리로 다가가 정석에게 쇼핑백을 내밀었다. 정석이 받아든 쇼핑백에서 작은 상자를 꺼냈다. 상자를 열자 작은 유리병이 나타났다. 10센티미터 남짓한 정사각형 형태의 작은 유리병은 연보라색 알약으로 가득 채워져 있었다. 그가 유리병을 이로아 쪽으로 내밀며 말했다.

—로아씨, 이게요. 루마니아산 특제 암염. 블라드 어머님께서 손수 보내주시는. 알죠?

정석이 낄낄거리며 사람들 쪽으로 향했다.

*

—Au calme clair de lune triste et beau, qui fait rêver les oiseaux dans les arbres……*

블라드가 읊조렸다.

—Et sangloter d'extase les jets d'eau, les grands jets d'eau sveltes parmi les marbres.**

뤼카스 휘스먼이 이어서 읊더니, 이로아를 향해 미소 지었다. 이로아가 뭔가 말하려는 찰나, 양은영이 뤼카스 휘스먼

---

* ** Paul Verlaine, "Clair de Lune".

쪽으로 다가가 한 팔로 그의 목을 휘감으며 물었다.

—Have we been to “cette planète”?

과연 풍경은 한층 더 초현실주의적이었다. 환한 달빛이 고요한 호수 가득 떠 있는 빅토리아 수련의 거대한 잎사귀들을 비추고 있었다. 그것들을 가만히 바라보고 있자니, 잎사귀와 동시에 날아오르는 것만 같잖아…… 곧 그녀의 눈앞에서 거대한 수련의 잎사귀들이 천천히 떠오르기 시작했다. 잎사귀들 사이로 꽃대가 길게 자라나더니 순백의 꽃봉오리들이 부풀어올랐다. 그 가운데 가장 길고 크게 자라난 꽃대가 커다란 보름달 앞에 거대한 꽃을 피워 올렸고, 꽃은 짙은 이국의 향기를 풍기며 천천히 분홍빛으로 물들었다……

이게 현실이야? 이로아는 쿵쾅대는 심장을 느끼며 주위를 돌아보았다. 구소라와 양은영이 진한 키스를 나누고 있었다, 바로 그날 밤처럼. 이로아는 몽롱한 눈으로 두 사람을 응시하다가 문득 누군가의 손이 자신의 등을 더듬는 것을 느꼈다. 고개를 돌리자, 누군가의 머리가 그녀의 가슴께에 얹어진 것이 보였다. 정석이었다. 그는 이로아의 가슴에 고개를 기댄 채로 구소라와 양은영을 바라보고 있었다.

—잘 어울리죠, 두 사람?

그는 풀죽은 듯한 표정이었다. 가엾은…… 사기꾼. 길 잃은…… 악마. 그녀는 자신이 만들어낸 부조리한 단어의 조합에 픽 웃으며 손을 뻗어 정석의 머리를 쓰다듬기 시작했다. 그의 머리카락은 생각보다 부드러웠다. 곧 그가 이로아의 얼굴을 향해 다가왔고, 두 사람의 입술이 포개졌다. 입술을 뗀 뒤 그가 이로아의 목덜미에 대고 속삭였다.

―우리도 그럴까?

이로아가 웃으며 고개를 저었다. 그가 다시금 속삭였다.

―J'ai pensé à toi.

내 생각을 했다고? 웃기네…… 그렇게 말할 새도 없이 그의 혀가 그녀의 입안으로 파고들었다. 감미로운 키스가 끝나고 꼭 감은 눈을 뜨자 시야를 가득 채운 커다란 달이 짙은 핑크빛이었다. 다시금 눈을 깜빡이자 달은 원래의 상앗빛으로 돌아왔다. 누군가 그녀의 팔을 잡고 흔들었다. 정석이었다.

―로아씨?

이로아는 어리둥절한 눈으로 주위를 돌아보았다. 어느새 배는 선착장에 도착해 있었다. 이로아와 정석을 제외한 모든 사람들이 배에서 내린 채 선착장에서 두 사람을 내려다보고 있었다. 이로아가 정석을 향해 물었다.

―벌써 끝났나요?

―네? 뭐가?

정석이 물었다. 이로아는 기억을 더듬어보았다. 아무것도 기억이 안 났다. 그녀는 스스로의 몸 상태를 점검했다. 원피스는 멀쩡했고, 팬티 또한…… 제자리에 있었다.

—취해서 정신을 잃었나봐……

이로아는 중얼거리며 요트에서 내렸다. 어느새 사람들이 차로 향하는 가운데 오직 한 사람, 구소라가 이로아를 뚫어져라 바라보고 있었다.

잠시 후 정석의 부축을 받아 차에 올라탄 그녀는 영 혼란스러운 마음으로 차창 너머를 바라보았다. 지평선 너머 해가 떠오르는 것이 보였다.

—이로아씨라고 했죠? 리조트 내 소형 레지던스에서 지내신다는 얘기를 들었는데…… 좀 답답하지는 않습니까?

익숙하지 않은 목소리에 이로아는 소리가 들려온 쪽으로 고개를 돌렸다. 양철수가 바로 옆에 앉아 있었다.

—네?

여전히 약간 얼이 빠진 표정으로 이로아가 되물었다.

—아무래도 공동주택이다보니까, 안 그렇습니까? 다름이 아니라, 제가 시타 델 마레 안에 소유한 콘도가 하나 있는데, 꽤 괜찮은 놈으로 말이죠. 혹시 관심이 있으실까 싶어서…… 그냥 한번 보시고, 혹시 마음에 드신다면 말이죠. 심각하게

생각하지는 마시고, 한번 쓱 본다는 느낌으로……

—근데 왜 저한테……

—하하 그게 말이죠…… 아직 세입자를 구하지 못했단 말이죠. 에이전트가 한 달 안에 구해놓겠다 호언장담을 쳐놨는데, 벌써 반년째…… 집은 굉장히 좋은데, 렌트비가 조금 부담스럽게 책정되어서 그런가 싶기도 한데…… 혹시 관심이 있으시다면 제가 직접 보여드릴 수도 있고 해서…… 혹시 관심 있으시면, 절대로 부담을 갖지 마시고……

양철수가 이로아에게 명함을 내밀었다. 이로아가 얼떨결에 명함을 받아들었고, 때맞춰 차가 실버 샌드 앞에 도착했다. 차에서 내린 사람들이 뿔뿔이 흩어지는 사이 이로아는 멍하니 서 있었다. 얼마쯤 지났을까, 정신을 차린 듯 그녀가 하늘을 올려다보았다. 여전히 보름달이 떠 있었는데 아까처럼 짙은 핑크빛이었다. 이로아는 눈을 꼭 감았다 떴다. 환한 햇살에 가려 달은 더이상 보이지 않았다.

II

흰 도마뱀의 숲

1

—그래서 형이랑 어쨌다구요?

—딱 그 부분이 기억에 없는 거예요.

이로아는 침대에 길게 누운 채, 모호한 표정으로 천장을 응시하며 말했다.

—기억이 안 나? 그게 말이 돼?

신해남이 물었다. 이로아는 대답이 없었다.

—이로아씨 근데 그날 밤 나랑……도 기억 안 난다고 했죠? 원래 누구랑 자고 나면 기억을 못하나?

신해남이 비꼬는 투로 물었고, 이로아가 벌떡 몸을 일으켰다. 그러자 신해남은 앉아 있던 소파에서 일어나 발코니 쪽으로 물러섰는데, 과거 이로아가 예상치 못한 폭력을 휘둘렀던 기억에 의거한 본능적인 반응이었다.

—아무 일도 없었다고 봐요.

—기억이 없다며?

—느낌이 딱 그래요. 근데 그쪽은 아까부터 왜 저한테 화를 내세요?

—로아씨야말로 왜 그렇게 태연해? 솔직히 그런 일이 있은 다음에 여기로 이사를 들어온다는 게 말이 돼?

—왜요? 다들 신해남씨 친구들이잖아요. 좋은 사람들 아닌가?

침묵.

—근데 신기하지 않아요? 은소라가 죽은 바로 그날 해남씨를 만났다는 게?

침묵.

—저는 은소라의 죽음에 관한 비밀을 밝혀내고 말 거예요.

이로아가 말했다.

—은소라의 죽음에 비밀 같은 건 없어. 그냥 로아씨가 집착하는 거야. 정신병자처럼!

신해남이 외쳤다. 이로아가 놀란 표정으로, 마치 진짜 미친 사람은 내가 아니라 너라는 듯이 신해남을 바라보았다. 신해남은 짜증 가득한 얼굴로 고개를 돌렸다. 창밖, 구름 한 점 없이 맑은 하늘 아래 드넓게 펼쳐진 푸른 초원 너머로 한라산이 보였다. 스위스야, 뭐야? 그는 생각했다. 이렇게까지 아름다울 게 뭐냐고!

신해남은 설명하기 어렵지만 굉장히 부당하다는 느낌 속에서 다시금 이로아를 바라보았는데, 어느새 그녀는 침대에 편안하게 누운 채 눈을 감고 있었고, 그런 그녀는 리조트 광고 팸플릿의 모델처럼 보였다.

이로아는 오늘 아침 시타 델 마레의 북쪽 언덕에 있는 수영장이 딸린 콘도로 이사를 왔다. 수십억이 넘는 고급 서머하우스였다. 석호에 갔다가 돌아오는 길에 양철수에게 소개받은 집으로, 누구라도 한눈에 사랑에 빠질 법한 근사한 곳이었다.

집채만한 야자수들이 문지기처럼 지키고 서 있는 상앗빛의 이층집은 언뜻 지중해 외딴 섬의 작은 빌라를 연상시키는 소박한 외관 속에 최첨단 테크놀로지를 감추고 있었다. 지하의 작은 와인 창고에는 미세한 땅의 진동까지 감지하는 자동 센서가 달려 있었고, 1층의 차고에는 자동 세차 기계가, 최신식 환기 시스템이 딸린 주방에는 거대한 오븐과 최고급 조리 도구들이 완비되어 있었다. 연핑크빛 대리석이 바닥에 깔린 거실에서 프렌치 윈도를 열고 나가면 안마당의 수영장과 연결되었다. 길이 10미터, 폭 5미터의 수영장은 자동 정화 시스템이 완비되어 있어 인간의 손길이 필요치 않다고 했다.

한편, 2층에 있는 침실에 딸린 발코니에서는 한라산이 정면으로 바라보였다. 발코니 반대편의 거대한 욕실에 있는 히노키 사우나에서는 태평양의 멋진 풍광을 감상할 수 있었다. 종합해보면 그 집은 시타 델 마레의 고급 서머 하우스들 가운데에서도 가장 전망이 좋은 자리에 들어서 있었다. 우거진 숲과 리조트의 전경을 한눈에 굽어보는, 한라산과 태평양을 동시에 감상할 수 있는, 돌부처라도 탐낼 만한 집이었다.

—마음에 드세요?

이로아가 집을 보러 왔던 날, 몸소 안내를 맡은 양철수가 물었다.

—이런 집을 싫어할 사람도 있나요?

이로아의 칭찬에 양철수는 웃음을 터뜨렸다.

두 사람은 1층 거실에 나란히 서서 프렌치 윈도 너머 수영장을 바라보았다. 정원 한가운데 심어진 커다란 올리브나무가 한낮에도 수영장에 깊은 그늘을 드리우고 있었다. 수영장을 따라 1.5미터 폭으로 길게 조성된 정원에는 화려한 빛깔의 꽃이 만발해 있었고 선베드 뒤쪽으로는 길게 자란 극락조 잎사귀들이 희미한 바람에 취한 듯 흔들리고 있었다.

—제가 이제…… 청사로 들어가봐야 하거든요. 혹시 관심 있으시면, 제가 드린 명함 있죠? 그쪽으로 연락 주시겠습니까? 너무 늦지 않게만 해주시면……

—아뇨, 결정했어요. 계약할게요.

이사는 이로아의 즉흥적인 결정만큼이나 간단했다. 이로아가 지내던 리조트의 서비스 아파트 렌트 기간이 두 달 남아 있었는데, 리조트에서 두 달 치 월세의 15퍼센트를 수수료로 제하는 조건으로 계약을 종료해주었다. 이사는 리조트 관리 업체를 통해 신속하게 이루어졌다. 그리하여 이사 당일 오후 3시경 신해남이 도착했을 때는 청소와 정리가 완벽하게 끝나 있었고, 위층 침실의 캘리포니아 킹 사이즈 침대에서 뒹굴거리는 이로아는 아주 오래전부터 그곳에서 지내고 있었던 듯 자연스러운 모습이었다.

—로아씨는 이 집이 너무 마음에 들어. 근데 그걸 인정하는 게 쑥스러워서, 아님 이상한 죄책감 때문에 말 같지도 않은 얘기를 지어내는 거지.

—해남씨는 이 집이 마음에 들어요?

—이런 집을 싫어할 사람도 있나?

—내 생각에…… 이 집은 병들었어요.

—뭐? 아니 그럼 왜……

—제가 생각을 해봤거든요. 그래서 나온 결론이 뭐냐면, 그날 밤 일은 저를 타깃으로 한 작전이었던 거예요. 나를 겁주려고. 진짜 겁을 집어먹으면 도망칠 생각도 못하게 되잖아요? 그러고 나서 양철수씨가 겁먹은 나를 이 집에다가 쏙 집어넣은 거지. 이해가 되세요?

신해남은 아무 말도 하지 않았다.

—왜 그런 일을 벌이냐구? 나도 그걸 모르겠어. 하지만 결국 모든 게 은소라와 관련되어 있다는 확신이 드는 거예요.

—그래서 덫에 제 발로 기어들어온 거라고?

신해남의 질문에 이로아가 대답 대신 짧고 모호한 웃음소리를 냈다. 신해남이 잠시 고민한 뒤 말했다.

—나랑 돌아가요.

—어디로요?

—서울.

—서울로 돌아가고 싶어요?

—로아씨는 여기 계속 있고 싶어요?

이로아가 대답 대신 신해남을 바라보았다.

—은소라는 잊어요. 이제 그만 현실로 돌아와요.

—현실? 무슨 현실?

신해남이 대답 대신 깊은 한숨을 쉬었다. 이로아가 물었다.

—서울로 돌아가면 뭐가 달라지는데? 거기 기다리고 있다는 현실, 그게 공상과학영화하고 뭐가 다른데?

침묵.

이로아가 잠시 생각한 뒤 물었다.

—나 좋아해요?

—내가 왜 당신 같은 미친년을 좋아할까요?

—저야 모르죠. 근데…… 좋아하는 거 맞잖아?

반박하려던 신해남이 망설였다.

—맞잖아!

그가 제발 그만하라는 듯한 애원의 표정으로, 또는 한마디만 더 했다가는 한 대 치겠다는 분노의 표정으로 그녀를 바라보았다. 이로아가 미소 지었다.

—알겠어요, 무슨 뜻인지. 근데 괜찮아. 다 잘될 거야. 그러니까 아무 걱정 마요, mon chéri……

*

밤의 수영장, 신해남이 나체로 수영을 하고 있었다. 이로아는 신해남이 선베드 위에 벗어놓은 바지를 뒤져 담배를 찾아냈다. 그는 이로아 앞에서 담배를 피운 적이 없지만, 이로아는 체취를 통해서 그가 흡연자라는 것을 짐작하고 있었다. 그녀는 담배에 불을 붙이고 한 모금 깊이 빨아들였다. 이로아가 처음이자 마지막으로 담배를 피웠던 것은 대학 시절, 아마도 말라르메의 「목신의 오후」 암송 스트레스가 극에 달해 있던 시기였다. 그뒤로 지금까지도 이따금 이로아는 꿈에서 담배를 피웠다. 오랜만에 실제로 맛본 담배는 꿈에서 피웠던 담배의 맛과 똑같았다.

그녀는 담배를 입에 문 채 천천히 주위를 돌아보았다. 건너편 집의 2층 발코니에 불이 들어와 있었다. 환한 발코니 너머로 흐릿하게 사람의 실루엣이 눈에 들어왔다. 나체의 백인 남자였다. 한 손에 담배, 한 손에 위스키 잔을 든 그는 놀랍게도 블라드였다. 잠시 뒤, 또다른 나체의 남자가 나타났다. 그는 정석이었다. 그가 블라드의 어깨에 팔을 감은 채 이로아 쪽을 보며 미소 지었다. 나란히 선 그들의 뒤, 어둠에 잠긴 침실에서 작지만 분명한 신음소리가 흘러나오고 있었다. 그녀는 고개를 돌려 수영장을 보았다. 신해남이 조용히 수면을 가르고 있었다. 이로아가 다시 고개를 돌려 건너편 집의 발코니를 보았을 때, 발코니의 불은 꺼진 채였고 두 사람은 사라진 뒤였다.

—다들 나보고 미쳤다고 해. 내가 생각하는 그런 일은 절대 있을 리가 없다고 해.

이로아가 담배를 바닥에 비벼 끄며 중얼거렸다.

—괜찮아. 나는 마녀니까.

그녀는 옷을 벗고 물속으로 뛰어들었다.

2

돌아오는 일요일은 이로아가 스물아홉 살이 되는 생일이었다. 그녀는 별다른 계획 없이 가능한 한 조용히 하루를 보내려고 마음먹었다. 하지만 홀로 쇼핑몰에서 쌀국수로 저녁을 때우고 돌아왔을 때, 현관문을 열자 온 집안에 환하게 불이 켜지며 생일 축하 노래가 울려퍼졌다. 이어지는 사람들의 환호성과 박수 소리. 정석과 구소라가 준비한 서프라이즈 파티였다. 신해남과 블라드, 그리고 놀랍게도 양은영이 있었다. 블라드가 주머니에서 작은 꾸러미를 꺼내 이로아의 손에 쥐여주었다. 일정상 파티에 참석하지 못한 뤼카스 휘스먼이 보낸 선물이라고 했다. 그것은 다름 아닌 컬럼비아산 퓨어 코카인이었다.

늦은 밤 술과 대마초, 질 좋은 코카인에 취한 여섯 남녀의 대화는 이로아의 새집에 대한 칭찬에서 시작해서, 각자의 여행 계획, 블랙 서커스의 전시회에 대한 품평을 거쳐 엉뚱하게도 위기에 빠진 유럽연합에 대한 전망에 이르렀는데, 정석과 블라드 사이에 예상치 못한 논쟁이 붙었다. 두 사람이 전문적인 경제 용어와 차트까지 들먹이며 치열하게 다투는 사이 나머지 사람들은 흥미를 잃었다. 구소라는 말없이 설거지를 하기 시작했고, 신해남이 그녀를 도왔다. 양은영은 마당으로 나가 나체로 수영을 하기 시작했다. 혼자 남은 이로아 또한 마당으로 가서 수영하는 양은영을 물끄러미 바라보았다.

—수영장이 참 좋아요!

이로아의 시선을 느낀 양은영이 수영을 멈추고 외쳤다. 이로아가 애매한 미소를 지어 보였다.

—내가 맞았어. 로아씨는 섬이 잘 어울려!

이로아가 계속해서 애매한 미소를 지은 채 양은영을 바라보았다.

—근데 왜 하필 제주도야?

—네?

—하와이, 푸껫, 발리, 몰디브…… 좋은 섬 많잖아요. 왜 하필 제주도예요?

—제 그릇이 그것밖에 안 되나부죠.

—나무라는 게 아니구……

그때 거실 쪽에서 큰 소리가 났다. 블라드가 소리치며 정석에게 달려들고 있었다. 정석 또한 지지 않고 소리치며 블라드의 멱살을 잡았다. 두 사람은 엉겨붙어 싸우기 시작했고 곧 나타난 신해남이 핑크색 고무장갑을 낀 두 팔을 휘저으며 두 사람을 말렸다.

—설거지 안 해도 되는데. 내일 청소부가 와서 치워줄 텐데.

이로아가 조용히 중얼거렸다. 그 말에 양은영이 작게 웃었다.

—신해남씨 구소라 좋아하잖아요.

—네?

—그래서 정석이 신해남을 엄청 경계하잖아요.

이로아가 놀란 표정으로 양은영을 보았다.

—그게 표준 이론이죠. 근데, 내 생각을 말해줄까? 내 눈에는 정석이랑 신해남 저 둘 사이가 심상치 않아.

이로아가 더욱 놀란 눈으로 양은영을 바라보았다.

—저것 봐.

양은영이 거실 쪽을 가리켰다. 신해남이 걱정어린 표정으로 소파 앞에 주저앉은 정석의 어깨를 다독이고 있었다. 어느새 다가온 구소라 또한 걱정어린 표정으로 두 사람을 바라보았다. 이로아는 반사적으로 자리에서 일어나 거실로 향했다.

—정석씨가 너무했어.

구소라가 나무라듯 정석을 향해 말했다.

—왜? 나는 틀린 말 한 게 전혀 없는데.

정석이 항변했다.

—남의 나라에 대고 이러쿵저러쿵하면 누구라도 기분 나쁜 거야.

—저따구로 하니까 유럽연합이 망한 거 아냐.

정석이 짜증스러운 표정으로 담배에 불을 붙였다.

—저, 혹시……

이로아가 의혹으로 가득찬 표정으로 세 사람을 바라보며 조심스럽게 입을 열었다.

—미안해요, 로아씨. 블라드가 돌아갔네요.

구소라가 사과했다. 하지만 별로 미안한 기색이 느껴지지는 않았다. 정석이 말없이 자리에서 일어나 탁자 위에 놓인 코카인 봉지를 들고 마당으로 나갔다. 그러곤 봉지에 든 코카인을 죄다 수영장에 털어넣었다. 양은영이 놀란 듯 소리쳤고, 정석은 그런 양은영을 보며 푸하하 웃음을 터뜨렸다. 그러자 양은영도 웃음을 터뜨렸고 두 사람은 한참 동안 신나게 웃었다. 두 사람의 웃음이 잦아들 때쯤 이로아가 마당으로 나와 걱정어린 표정으로 두 사람과 수영장을 번갈아 바라보았다.

—걱정 마요. 수영하다 코카인에 중독되어 가라앉는 일은 없을 거야.

정석이 말했다.

—아, 네……

—미안해요, 로아씨. 정겨운 생일날…… 이게 뭔 일이래.

—진짜 괜찮아요.

—분위기도 바꿀 겸 제가 선물로 타로점 봐드릴게요!

정석은 이로아에게 대답할 틈도 주지 않고 거실로 돌아갔다. 나올 때와는 달리 몹시 활기찬 발걸음이었다. 그는 술병을 치우고, 차를 끓이고, 음악을 바꾸었다. 드뷔시의 〈영상Images〉이 흘러나오기 시작했다. 정석이 거실 탁자 앞에 앉아 카드를 섞었고, 이로아와 구소라, 그리고 신해남이 탁자에 둘러앉았다. 양은영은 돌아오지 않고 다시금 수영을 시작했다. 정석이 주섬주섬 섞은 카드를 탁자 위에 펼쳐놓았는데 한눈에 봐도 몹시 서툴러 보였다. 신해남이 킥킥거리다가 펼쳐진 카드 가운데 하나를 손으로 살짝 건드렸다.

—야, 흐트러지잖아!

—어, 미안.

신해남이 사과하며 몸을 뒤로 뺐다.

—그래, 넌 아무것도 하지 말고 바로 그 자세로 가만히 있도록. 로아씨, 카드를 세 장 골라주세요.

정석이 진지한 목소리로 말했고, 이로아 또한 새삼 진지한 표정으로 카드들을 들여다보았다.

—두 장만 고르면 안 될까요?

—그건 안 되는데. 그럼 한 장만 고를래요?

—대충 골라요, 로아씨.

구소라가 말하며 하품했다. 그러나 이로아는 계속해서 카드를 들여다볼 뿐이었다. 신해남이 말했다.

—로아씨 피곤하죠? 다음에 할까?

정석이 신해남을 노려보았고, 그때 이로아가 카드 세 장을 순식간에 골랐다. 정석이 그녀가 고른 세 장의 카드를 뒤집어 순서대로 탁자 위에 늘어놓았다.

매달린 남자 / (뒤집힌) 은둔자 / 달

—오……

신해남이 늘어선 카드를 보고 감탄했다.

—뭔지 알겠니? 해석이 돼?

정석이 물었다.

—그냥 멋있게 보여서…… 형은 알겠어?

정석은 묘한 표정으로 늘어선 카드를 바라보며 차를 홀짝였다.

—일단 교과서적으로 해석을 해보면, 여기 매달린 남자는 자기희생을 의미해. 은둔자는 진리의 등불로 해답을 비춰주는 거고. 그런데 은둔자가 리버스되어 있다는 건 반대로 뭔가를 감추고 있다는 얘기겠지? 그리고 마지막으로 달은 어두움, 혼란, 위험……

—그래서 형의 해석은 뭔데?

—별로 좋은 스토리는 아니네.

구소라가 다시금 하품을 하며 끼어들었다.

—맞아. 너무 어둡다.

정석이 맞장구쳤다.

—그렇게 안 좋아?

신해남이 물었다.

—그게……

정석이 말을 이으려다 말고 헛기침을 했고, 구소라가 손을 휘저었다.

—괜찮아, 로아씨. 이런 거 어차피 별 쓸데도 없는……

—매달린 남자는 사실 괜찮아. 근데 그의 자기희생이 뒤집힌 은둔자로 이어진다는 것은…… 자기희생이 물거품이 된다는 뜻이지.

정석이 구소라의 말을 끊고 설명했다.

—그리고 그게 급기야 완벽한 혼돈의 달로 이어지는 거네?

신해남이 말했다.

—정확해. 즉……

—제가 좆 된다는 이야기네요?

이로아가 말했다.

—아니 아니, 완벽한 혼돈의 달이라는 게 무조건적으로 나쁜 건 아니에요. 원래 혼란 속에서 출현되는……

그때 밖에서 비명소리가 들려왔다. 양은영이 수영장 한 귀퉁이에 선 채 허공을 바라보며 비명을 지르고 있었다. 조명을 받아 수면이 반짝이는 수영장의 정중앙 위쪽, 약 2미터 허공에 떠 있는 그 희미한 형체는 길쭉하고 마른 핑크색의…… 은소라였다. 구소라 또한 비명을 질렀다. 신해남은 아무 소리도 내지 못한 채 얼어붙었다. 오직 이로아만이 별로 놀라지 않은 기색이었다. 오히려 그녀는 살짝 미소를 지어 보였는데, 은소라가 핑크색 리본이 달린 헤어핀으로 단정하게 머리를 묶고 있었기 때문이었다.

—은소라.

이로아가 그녀의 이름을 부르자 은소라의 유령이 드뷔시의 음악에 맞춰 그녀를 향해 날아오기 시작했다. 은소라가 날 수 있을 줄은 몰랐던 이로아 또한 결국 놀라고 말았다. 은소라는 정말이지 아주 우아하게 날았다. 그렇게나 우아한 움직임은 과연 살아 있는 인간에게는 불가능해 보였다. 마침내 이로아 앞에 도착한 그녀는 계속해서 우아하게 공중에 뜬 채로 타로카드가 펼쳐진 탁자 위로 팔을 뻗었다. 그녀는 올라 있는 세 카드 중 가장 끝에 놓인 달 카드를 조심스럽게 집어든 다음 역방향으로 뒤집어 다시 자리에 놓았다. 그러고는 한 명 한 명의 얼굴을 찬찬히 들여다보며 미소 지은 다음 조금씩 투명해지다가 마침내 사라졌다.

3

다음날 늦은 아침, 잠에서 깨어난 이로아가 1층으로 내려왔을 때 간밤의 흔적은 말끔하게 치워져 있었다. 그녀는 찌뿌둥한 표정으로 거실 소파에 벌러덩 누웠다. 천장을 보자 흰색의 길쭉한 실링팬이 눈에 들어왔다. 뚱딴지같이도 자살하기 좋은 위치라는 생각이 들었다. 그리고 다시 몸을 일으켜 집을 둘러봤는데, 과연, 이 집은 어디든지 간에 자살하기 좋아 보이는 데가 있었다. 2층으로 향하는 계단, 발코니, 수영장, 차고, 이국적인 야자수 나무 아래, 햇살 가득한 침실, 욕조 속, 주방의 거대한 오븐, 그리고 그녀가 누워 있는 옅은 민트색의 패브릭 소파까지도……

그 어디든, 향수에 절여진 젊은 여자의 시체가 누워 있기에 적절해 보였다. 여기는 히치콕, 저기는 아르젠토, 이쪽은 드 팔마, 저쪽은 타란티노…… 그 어디에 시체가 놓여 있든, 그것을 발견한 사람은 평생 지워지지 않을 미학적 트라우마를 갖게 될 것이다. 물론 그녀는 자살을 할 생각이 없었지만. 엄밀히 말해서 지금 이 순간의 그녀는 자살을 행할 의지조차 결여되어 있었다. 만성적인 무기력증에 익숙한 이로아였지만 지금 이 순간처럼 압도적인 무기력함을 느낀 적은 없었다.

하지만 그따위 기분에 지지 않아. 왜냐하면 나는 할일이 있으니까.

은소라의 죽음의 비밀을 밝혀내겠다는……?

거짓말.

망상.

자기기만.

솔직히……

나 또한 시체가 될 운명에 불과한 것은 아닐까?

왜냐하면 은소라가 원하는 것은, 사실, 뭔가를 해결해달라는 게 아니라 그녀와 함께해달라는, 함께 유령이 되어서 화창한 바닷가 리조트 마을을 영원히 떠돌자는……

왜냐하면 한 쌍의 처녀귀신이 떠도는 바닷가 리조트 마을이라는 콘셉트는 부동산에 나쁠 것 없을 테니까. 귀신들이 있는 마을이라니 고풍스러운 느낌이지 않은가? 신식 리조트란 얄팍해 보이기 마련이지, 아무래도.

불쌍한 은소라. 죽어서도 쉬지도 못하고 제주도의 부동산 부흥을 위해……

근데 그렇다면 아무튼 나는 완전 망한 거네.

그녀는 천장 실링팬에 목매달린 자신의 시체를 상상해보았고 그것은 목매달린 은소라의 시체와 꼭 같은 모습이었다.

나는 은소라가 파놓은 함정에 빠져버린 건가.

완전 바보.

근데 정말로 그런 거 맞아?

이로아는 부정하고 싶었다. 은소라가 나타난 것이 그렇게 저질스러운 이유는 아닐 거라고. 지금 자신이 속해 있는 이야기에 다른 가능성이 있을지도 모른다고.

난 안 죽을 거야.

서울로 돌아가지도 않을 거라구!

아아 서울! 벌써 서울에 대한 많은 기억이 희미해져 있었다. 그래서일까, 이로아의 상상 속 서울은 어린 시절에 봤던 〈반지의 제왕〉에 나오는 어둠의 왕 사우론의 요새 풍경과 닮아 있었다. 사우론의 탑에서 빛나는 눈, 그것은 물론 이로아 어머니의 눈이다. 그녀는 자신의 상상이 예스러운데다가 과장되어 있다는 사실을 의식했으나, 과연 그것이 리얼리티로부터 얼마나 멀리 떨어져 있는지는 가늠할 수가 없었다. 두서없는 생각 속에서 그녀는 더욱 깊은 무기력증 속으로 빠져들었다. 아아 나는 이 그림 같은 섬에서, 부동산 귀신에 홀려 죽게 되는구나……

하지만 그녀는 자살을 시도하는 대신 망상 속으로 빠져들어갔고, 망상 속에서 그녀는 로베스피에르였다. 망상 속 로베스피에르인 이로아는 민중들을 향해 연설을 늘어놓는 중이었다. 당신들이 얼마나 고통받고 있는지, 당신들 스스로조차 알지 못하는 압제와 고통에 대해서 내가 지금부터 하나하나 자세하게 일깨워주겠다고.

당신들은 압제자들이 만들어낸 망상 속에 있다. 압제자들은 당신들을 노예화하였고, 그 사실을 깨닫지 못하게 하기 위하여 신화와 종교 등 여러 가지 수수께끼 같은 이야기들을 만들어내어 주입했다. 거기서 벗어나야 한다. 당신들은 깨어나야 하고, 그 깨어남을 통해서만 승리할 수 있다. 승리는 영원한 행복, 끝없는 기쁨을 의미한다. 승리의 날 압제자들은 모두 냉혹한 심판을 받을 것이며, 당신들은 영원한 행복과 끝없는 기쁨 속에서……

로베스피에르인 이로아는 열정적으로 연설을 하는 한편

속으로는 이런 생각들을 했다. 영원한 행복 따위 없다. 끝없는 기쁨 또한 없으며 승리의 날은 불가능하다. 나는 지금 당신들에게 거짓말을 하고 있다. 깨어남 따위 없다. 당신들은, 그리고 나 또한 영원한 노예에 불과하다……

이런 그의 생각을 읽었는지 민중들 가운데 한 사람이 만면에 비웃음을 띤 채 그를 바라보고 있는 것을 그녀는 발견했다. 자세히 보니 그것은 민중으로 가장한 태양왕 루이 14세, 즉 뤼카스 휘스먼이었다. 이로아는 연설을 멈추고 단상을 내려가 그에게 다가갔다.

—이게 다 당신 때문이야!

그녀가 외쳤다.

—하지만 나는 왕인걸!

—웃기네, 너는 인간일 뿐이야. 그리고 인간은 모두 노예지. 사람들이여, 내가 진실을 말해주겠소! 인간은 죄다 노예요! 왕도 노예, 신하도 노예, 모두가 노예다! 그리고 노예해방은 없다!

로베스피에르의 선언에 사람들은 동요했다. 오직 태양왕 뤼카스 휘스먼만이 흔들림 없이 선 채 고결한 표정으로 이로아를 바라보았다. 그녀 또한 태양왕을 바라보았다. 그의 민트 초콜릿색 두 눈은 그 어느 때보다 냉담했으며, 동시에 민을 수 없이 자애로웠다. 대단한 카리스마였다. 과연 왕의 눈이다. 그녀는 그의 고결한 기세에 눌려 무릎을……

—그만 일어나죠?

누군가 그녀를 흔들어 깨우는 손길에 이로아는 눈을 떴다. 눈앞에 신해남이 있었다. 그녀는 그대로 누운 채 허공을 바라보며 중얼거렸다.

—뤼카스 휘스먼, 그가 모든 악행의 원흉이야.

신해남이 그녀의 말을 무시한 채 맞은편 소파에 앉았다. 방금 샤워를 마친 듯 촉촉한 비누 냄새가 그의 주위에 가득했다.

—뭐 좀 먹었어요? 아직이면, 같이 나가서 먹을래요?

신해남이 말했다. 이로아가 대답 대신 진지한 표정으로 그에게 다가갔다. 그리고 아직 덜 마른 그의 머리카락에 코를 박고 향긋한 냄새를 맡으며 말했다.

—좋아요.

4

식사를 마친 두 사람은 짧은 드라이브를 떠났다. 즉흥적인 여정의 끝에 도착한 곳은 바닷가 절벽이었다. 펼쳐진 초록빛 들판 가득 파스텔 톤의 야생화들이 만개해 있었다. 들판 너머로는 파란 바다가 보였다. 두 사람은 나란히 차에서 내렸다.

—Fabulous!

신해남이 과장된 톤으로 감탄했다.

—어젯밤 나타났던 유령 말인데요……

이로아가 말했다.

—야생화가 진짜 예쁘구나……

—은소라 유령 말이에요, 해남씨도 봤죠?

신해남은 여전히 대답하지 않은 채 감동적인 표정으로 들판을 응시했다.

—왜 제 얘기를 안 들으세요?

—뭐요?

—어제 나타난 유령 말이에요.

신해남의 표정이 싸늘해졌다.

—이제 제 말을 믿으시는 거죠?

—로아씨, 그런 초자연적 현상에 너무 집착하지 마세요.

—집착하는 게 아니라……

—그러다가 진짜 정신병 걸릴 수도 있어.

신해남이 근엄한 표정으로 이로아를 보았다.

—온 우주가 수상하지, 로아씨는? 그쵸?

—맞아요, 저는 그래요. 가끔 완전 속고 있다는 기분이 들어요. 해남씨는 안 그러세요? 아니 솔직히 다들 그런 생각하잖아. 근데 모른 척하는 거지. 유령이 존재한다고 해버리면 골치 아파질 테니까요. 근데 분명히 있잖아요? 그런데도 골치 아프다고 무시해버리면…… 저 하늘의 해와 달과 별은…… 무슨 소용인가요?

이로아가 애절한 표정으로 신해남을 보았다. 그 또한 이로아를 바라보더니 깊은 한숨을 쉬며 고개를 저었다. 그러곤 담배를 꺼내 불을 붙인 다음 절벽 쪽으로 걷기 시작했다. 이로아는 한동안 그런 그를 바라보다가 차의 운전석에 올랐다.

잠시 뒤, 담배를 다 피운 신해남이 돌아와 조수석에 올라탔다. 그가 말했다.

—가죠.

이로아가 말없이 차에 시동을 걸고 기어를 드라이브로 바꾸었다. 그러곤 양손을 핸들에 올려놓고 말했다.

—우리 같이 죽을까요?

신해남이 웃음을 터뜨렸다.

—왜 웃어요?

—왜 내가 만나는 여자들은 하나처럼 같이 죽자고 할까?

—해남씨야말로 죽고 싶은 게 아닐까요?

—내가 왜?

이로아는 대답하지 않았다.

—내가 죽고 싶은 사람처럼 보여요?

신해남이 다시금 물었고, 이로아가 고개를 돌려 그를 찬찬히 살핀 다음 고개를 흔들었다.

—난 죽기 싫어. 진심이야.

—근데, 어제 은소라가 나타났을 때…… 제가 봤거든요, 정석 얼굴을요.

순간 신해남의 표정이 싸늘해졌다.

—뭔가 알고 있는 것 같았어요. 그게 뭘까요? 혹시……

—혹시 뭐요?

—제가 아까 꿈을 꿨는데요. 거기 뤼카스 휘스먼이 나왔거든요.

—근데요?

—전 그게 은소라 사건과 관련이 있다고 느꼈어요.

—왜요?

—모르겠어요. 그냥 그렇게……

—그냥 그런 느낌이 든다?

—그쵸. 그리고 정석이, 생각해보니까 어제 그 표정이, 그 표정에서, 저는 뤼카스 휘스먼을 본 거죠. 무의식적으로. 그런 거예요. 그러니까 두 사람이 제가 봤을 때는……

—선 넘지 마요, 로아씨.

—네?

—이유 없이 멀쩡한 사람을 의심하지 말라고.

—정석이 멀쩡한 사람인가요?

신해남이 대답 대신 이로아를 노려보았고, 그런 그를 이로아가 심각한 얼굴로 들여다보다가 물었다.

—정석이랑 혹시 무슨 사이예요?

—네?

—두 사람…… 혹시…… 사귀어요?

그러자 놀랍게도 신해남의 눈빛에 살짝 당황스러움이 스쳤다. 설마! 이로아가 두 눈을 동그랗게 떴다. 신해남의 눈빛이 낭패감으로 물들었다. 진짜네! 양선생님 말이 맞았어!

—아니 그게…… 전혀 그런 게 아니야…… 그런 게 아니라……

신해남이 얼빠진 목소리로 변명했다.

—그게 그때 그게 아니 내 말을 들어봐요. 우리 회사 psychiatrist가…… 빅토리아 알죠? 빅토리아 양이……

—양선생님이 해남씨 회사에서 일했었어요?

—네, 빅토리아 걔가…… 아, 빅토리아! 걔가 그런 거네! 빅토리아한테 들은 거지? 맞죠? 걔는 왜 그렇게 입이 가볍지? 진짜 당황스럽네. 아니 그게…… 몇 년 전에 제가 약간 우울했거든요. 초반에 회사 적응을 잘 못해서. 그때 걔가 나한테 혹시 성 정체성에 따른 문제가 아니냐고……

—그러니까 양선생님이 신해남씨한테 정석하고……

—제 말을 끝까지 들어보세요, 자르지 말고. 그때 회사에서 적응을 못하고 있었다고, 내가. 근데…… 정석 형이 나랑 같은 팀에 있었거든요? 그때 형이 솔직히 되게 멋있어 보였어요. 유능하고 사람들하고 팀워크도 좋고…… 그리고……

솔직히 잘생겼잖아? 아 나도 저렇게 되고 싶다…… 뭐 그런 애기를 빅토리아한테 했었죠? 몇 번 했을 거야. 아니 왜 그랬지 돌았나 아무튼 간에, 중요한 건 그게 아니구, 아무튼 아니었어! 아니 그게 나쁘다는 게 아니구, 난 호모포비아 절대 아니구요, 저 게이 친구도 여럿 있거든요? 그러니까 그게 아니고, 그게 나쁘다는 게 아니고 나는 아니었다고요……

신해남이 애처로운 눈빛으로 이로아를 바라보았다. 이로아는 한참 말없이 신해남을 바라보다가 시선을 창밖으로 돌리곤 작게 한숨을 쉬었다.

—괜찮아요?

신해남이 이로아의 눈치를 살피며 물었다. 이로아가 고개를 저었다.

—미안해요.

—솔직히, 저한테 미안할 건 없죠.

—그죠? 그렇죠?

이로아가 잠시 생각한 뒤 말했다.

—근데요, 그럼 제가 왜 정석이라는 사람을 의심하면 안 되는데요?

—형에 대해서 대체 뭐가 의심이 가는데요?

—전부 다.

신해남이 혼란스러운 얼굴로 그녀를 바라보았다.

—수상하지 않아요? 아니 굉장히 수상해. 혹시 해남씨 그때 그 일도 양선생님이 정석의 사주를 받아서 꾸민 일이 아닐까요?

—형이 왜 그런 사주를 해요?

침묵.

—솔직히, 제 입장에서는 이로아씨가 제일 이상한 것 같거든요?

—그런가. 내가 그렇게 이상한가……

이로아가 중얼거리며 신해남을 보았다. 그가 경계의 눈빛으로 그녀를 바라보았다. 이로아는 멍한 표정으로 전방을 응시하더니 진짜로 맛이 간 사람처럼 씨익 웃었고 다음 순간 차가 총알처럼 튕겨나갔다. 신해남이 괴성을 질렀다. 이로아 또한 비명을 질렀다.

신해남은 괴성을 지르며 미련으로 가득한 자신의 삶이 완벽한 개죽음으로 끝난다는 사실에 절망, 분노, 좌절, 슬픔을 거쳐 체념과 해탈, 다시 이로아에 대한 엄청난 원망, 살인 충동에까지 이르렀는데 그 순간 차가 멈춰 섰다. 절벽에서 한 끗 차이였다. 이로아는 양손으로 운전대를 꽉 잡은 채 온몸을 바들바들 떨고 있었다. 신해남이 그런 이로아를 공포와

살의가 뒤섞인 표정으로 바라보았다.

—안 죽었어.

이로아가 여전히 떨리는 손으로 기어를 파킹에 놓고 속삭였다.

—미안해요, 근데 전 알거든요. 은소라가 어제 달 카드를 뒤집었을 때, 그때 확실히 알았어. 결국 다 잘될 거라고. 그 얘기를 하고 싶었는데…… 아무튼 미안해요, 방금 일은…… 확인해보고 싶었어요. 내가 진짜로 미쳤나. 내가 틀렸나. 근데 아니야. 나는 완전히 제정신이야. 내가 옳다구요. 그렇거든요, 내 결론은? 그러니까, 날 믿어요, 해남씨. 내 옆에 있어요. 절대 나쁜 일은 생기지 않을 거야……

5

돌아오는 길 두 사람 사이에는 어떤 대화도 없었다. 신해남은 자신의 집으로 돌아갔고, 이로아는 홀로 남았다. 늦은 저녁 비가 내리기 시작했다. 태풍이 다가오고 있었다.

다음날, 이로아는 온종일 집에 갇혀 있었다. TV와 인터넷, 전화를 포함한 통신이 여러 시간 두절되었다. 다음날 이른 아침 뭔가 거대한 것이 무너져내리는 소리에, 혹은 지진이 난 듯 바닥이 흔들리는 느낌에 이로아는 잠에서 깨어났다. 입구의 야자수 하나가 강풍을 견디지 못하고 부러진 것이었다. 진입로를 절묘하게 막아선 자리에 떨어진 야자수 윗동은 상상 속 반인반수 괴물의 머리처럼 보였다. 관리사무소에 연락하자 태풍이 지나갈 때까지는 처리할 방법이 없다며, 집에서 절대로 나오지 말라고 당부했다. 그날 늦은 밤 태풍이 동해를 지나며 소멸할 때까지, 엄청난 비바람이 제주도와 한반도를 휩쓸고 지나갔다. 한편 지난 홍수 이후 도시를 복구할 여유도 없이 다시금 물의 공격에 초토화가 된 서울의 모습이 뉴스를 가득 채웠다.

다음날 늦은 오후 맑게 갠 하늘은 드물게 인상적인 석양으로 물들었다. 그런 식의 붉은빛이 가능하다는 것을 그녀는 처음 알았다. 잔잔하게 잦아든 바다 위로 온통 붉게 물든 하늘을 바라보며 그녀는 지구 또한 하나의 행성이라는 것을 처음으로 이해했다. 광활하게 펼쳐진 우주 속, 작은 행성의 표면에 기생하는 지극히 사소한 존재로서의 자신에 대해서, 찰나로서의 자신의 삶에 대해서 그녀는 생각했다. 그것이 기적인지, 비극인지 알 수 없었지만 어쨌든 아름다웠다.

*

그날 늦은 저녁 이로아가 쇼핑몰에서 장을 보고 돌아왔을 때, 신해남이 집 앞에 서 있었다. 그는 담배를 피우며 문제의 야자수를 살피고 있었다. 그는 이로아를 발견하곤 반가움과 어색함, 그리고 걱정이 섞인 표정으로 물었다.

—괜찮아요?

그녀는 내심 반가웠으나 이내 그가 무서운 태풍 속에 자신을 버려두었다는 데 생각이 미쳤고, 하여 말없이 집으로 들어갔다. 신해남 또한 그녀를 쫓아 집으로 들어섰다.

—싫어요.

이로아가 차갑게 말했다.

—뭐가요?

신해남이 물었다.

이로아는 대답 없이 주방으로 가서 장바구니에 든 식료품을 꺼내 정리했다. 신해남은 조용히 주방 입구에 선 채 그런 그녀를 바라보았다. 마침내 정리를 마친 이로아가 냉장고에서 캔맥주를 하나 꺼내들고 무서운 표정으로 신해남에게 물었다.

—왜 오셨어요?

그가 잠시 망설이다 대답했다.

—보고 싶어서.

이로아는 계속해서 무서운 표정으로 신해남을 바라보았다.

—이젠 안 떠날게요.

—왜요? 저를 안 믿으시잖아요?

—솔직히, 못 믿겠어요. 하지만 그게 다는 아니잖아?

—뭐가 더 있는데요?

—모르겠어요. 근데 보고 싶구, 같이 있고 싶어. 그럼 안 되는 건가? 무책임한가?

이로아가 떨떠름한 표정으로 신해남을 보았고, 그가 미소 지었다.

—로아씨가 그랬잖아요, 다 잘될 거라고. 그 말은 믿을게요.

그가 짧게, 아주 다정하게 이로아를 포옹했다. 이어 가벼운 발걸음으로 밖으로 나가 차에서 커다란 이케아 비닐백 두 개를 꺼내들고 돌아왔다. 그는 짐을 1층 구석의 게스트 룸에 풀어놓았다.

다음날 부러진 야자수가 치워졌다. 리조트 직원은 줄기만 남은 야자수를 가리키며 저것을 뽑아버리고 새로운 야자수를 심을 계획인데 그러는 데는 긴 시간이 걸릴 것이라고 말했다. 야자수 한 그루가 사라졌을 뿐인데 집은 아주 허전했다. 아니, 집이 가졌던 매력의 핵심이 사라진 듯했으며, 심지어 약간 폐가처럼 느껴졌다. 이로아는 그에 대해 신해남과 이야기 나누어보고 싶었지만, 먼저 말을 걸기엔 망설여졌다.

한동안 두 사람은 어색한 침묵 속에서 각자 시간을 보냈다. 완벽하게 고립된, 지나치게 평온해서 기이하게 느껴지는 공기 속에서.

앞에서 털어놓았듯, 신해남의 입장은 무책임했다. 즉, 가능한 한 오랫동안 아무것도 선택하고 싶지 않았다. 그는 이로아가 좋았지만, 한편으로 정석과 그 주변 사람들 또한 좋았다. 그는 서울에 돌아가고 싶지 않았고, 다른 한편으로는 돌아가고 싶기도 했다. 하지만 무엇보다도 모든 선택을 유예한 채 이 비현실적인 세계 속에 가능한 한 오래 머물고 싶다고 느꼈다.

물론 모호하지만 강렬한 불안이 주기적으로 그를 덮쳤다. 언제까지 이런 식으로 살아갈 수 있을까? 그런 생각이 들 때마다 그는 회사에 서울로 복귀하겠다는 의사를 밝히는 메일을 썼다가 지우곤 했다. 사실 이제 그는 아무때나 서울로 돌아갈 수 있었다. 회사가 권고한 3개월의 요양 기간이 막 끝난 참이었다. 하지만 솔직히 이로아의 집은 황당할 정도로 쾌적했다. 창밖은 변함없는 파란 바다였고, 눈부신 햇살과 밤바람에 흔들리는 열대의 나무들은 영원해 보였다. 모든 것이 멈춰 있는 듯한 이 지상천국에서 왜 굳이 제 발로 벗어나야 하지?

그는 이로아가 이곳에서의 삶에 매우 만족하고 있으며, 어떤 경로인지 몰라도 그 삶을 유지할 수 있을 정도의 부를 갖췄으며, 바로 그런 부분에 있어서 약간의 죄책감을 갖고 있는데, 아니 그런 시늉을 사람들을 향해 하고 있는 것이 아닐까 추측했다. 그 이유는 사람들이, 특히 신해남이 선불리 그녀에게 빌붙지 못하게 하려는 것이 아닐까. 그래서 미친 척하는 거겠지? 하긴 그가 이로아라도 그럴 것이었다.

하지만 한편으로 그는 그녀가 미친 척하는 것이 아니라 진짜 심각하게 미친 것이라고 믿고 있기도 했다. 그는 바로 그 점에서 이로아가 좋은 것이었다. 다른 평범한 돈 많은 여자와 지냈다면 그는 벌써 서울로 돌아갔을지도 몰랐다. 이 완벽한 천국은 솔직히 끔찍할 정도로 권태로운 데가 있었다. 이로아가 없는 시타 델 마레란 유통기한 3개월짜리 고급 휴양지에 불과하지 않을까?

다시 말해 신해남은 자신의 주위에서 벌어지고 있는 일들이, 정확히 뭔지는 모르지만 흥미진진하다고 생각했다. 그러므로 함정일지도 모른다. 이로아를 포함해서, 이 섬 전체가 흥미진진한 모험의 세계로 느껴진다는 것은, 그것은, 그가 큰 위험에 처했다는 사인일지도 모른다. 하지만 그 위험을 심각하게 받아들이기에는 솔직히 흥미롭지 않은가, 내가 처한 이 상황 전체가? 그리고 나는 흥미진진한 것이, 무엇보다 자극적인 것이 좋고, 이로아는 내가 만나본 가장 자극적인 여자다. 자극적인 여자. 이로아. 무지하게 자극적인 여자 이로아. 자극적이고 또 자극적인…… 맥주에 취한 그는 마당에 서서 수영장을 내려다보며 이런 생각들을 하다가는 별안간 웃음을 터뜨리며 물속으로 뛰어들었다.

한편, 같은 시간 이로아 역시 2층 발코니에서 맥주를 마시면서 자신만의 생각에 잠겨 있었다. 그녀는 은소라의 유령이 다시금 모습을 드러내기를 기다리는 중이었다. 하지만 푸르른 하늘이 붉은 노을로 물들어 마침내 진득한 어둠에 사방이 덮일 때까지 은소라는 나타나지 않았다. 그녀는 실망한 표정으로 마당 쪽을 살폈다. 점점이 밝혀진 조명을 받으며 신해남이 물을 가르고 있었다. 반복적이고 유려한 인간 신체의 움직임에 몰입되려는 찰나, 그녀의 손에 들린 핸드폰이 울렸다.

'블랙 서커스로 와요.'

여덟 글자의 간단한 메시지. 발신자 번호는 17890505. 이로아가 작게 미소 지었다.

잠시 후 차고의 문이 열리고, 이로아가 탄 검은 포르셰가 소리 없이 집을 빠져나갔다.

6

깊은 밤, 어둠 속의 블랙 서커스. 안으로 들어서자 원형 무대 정중앙에 핑크빛 초가 타오르고 있었다. 그 뒤에 검은색 룰루레몬 요가복을 입은 양은영이 눈을 감은 채 가부좌를 틀고 앉아 있었다. 이로아가 조용히 그녀를 향해 다가갔다. 그녀가 인기척을 느끼곤 눈을 뜨고 미소 지었다.

—로아씨, 안녕.

—왜 저를 여기로 부르셨어요?

—내가 부른 게 아니에요. 이건 로아씨의 꿈이야.

—꿈이요? 언제부터?

—언제부터였을 거라고 생각해?

이로아가 잠시 생각하더니 고개를 저었다. 모르겠어요.

처음부터.

아주 처음부터.

로아씨는 꿈속에 있었던 거예요.

헤어날 수 없는 꿈속에……

양은영이 옆에 놓인 담뱃갑에서 담배를 한 개비 꺼내 입에 물고 촛불로 불을 붙였다. 그러곤 한 모금 깊게 빨아들인 뒤 이로아를 향해 연기를 내뿜었다. 연기에서는 이로아가 처음 맡아보는 독특한 향이 났다. 이내 그녀는 현기증을 느꼈다. 비틀대는 그녀의 손을 양은영이 잡았다. 이로아는 순순히 양은영 쪽으로 몸을 기대어, 무거워지는 머리를 양은영의 무릎 위에 누였다. 양은영이 조용히 이로아의 머리를 쓰다듬기 시작했다. 그녀의 손길은 차가웠고, 부드러웠으며, 무게가 없었다.

아무것도 묻지 말아요. 나 또한 로아씨 꿈의 일부이니까……

이로아의 눈이 감겼다. 천천히……

우리가 어디로 가는 거죠?

더 깊은 꿈속으로.

나는 은소라를 찾고 있어요.

그애는 여기 없어.

그럼 어디에 있죠?

그애는 빛 속에 있어. 그리고 우리는 어둠 속으로 가요……

양은영이 촛불을 껐다. 새까만 어둠 속, 타들어가는 담배의 희미한 붉은 빛만이 허공을 떠다니는 반딧불처럼 빛났다. 하지만 천천히 주위가 환해지는 것을 느끼고 이로아는 다시 눈을 떴다. 주위가 사람들로 가득했다. 정석, 구소라, 블라드, 신해남, 뤼카스 휘스먼, 그리고 양은영과 이로아까지, 그들은 함께 모여 즐겁게 웃고 대화하고 있었다.

—마음에 들어요?

정석이 이로아에게 물었다.

—제주도에서의 새로운, 자유로운 삶이 어때요? 로아씨, 자유 좋아하잖아. 빅토리아가 그랬어. 상담 첫날 이로아씨가 그랬다구. 자유로워지는 게 꿈이라구. 자유롭게 훨훨 태양을 향해 날아가다 타죽는 이카로스처럼…… 로아씨 로맨틱한

사람이야. 멋있어.

—선생님이 저를 정신과 약에 중독시키셨어요.

이로아의 말에 양은영이 고개를 저었다.

—내가 준 약에는 중독성이 없어요.

정석이 계속해서 이로아에게 말했다.

—로아씨가 진짜 멋있는 점이 뭔지 알아? 로아씨를 보고 있으면 딱 이 표현이 떠올라. 백지의 가능성. 사실 이건 뤼카스가 해준 얘긴데, 정말로 딱 맞는 비유라는 생각이 들어. 저 여자 뭐든지 될 수 있을 것 같다, 그런 느낌이 이로아씨를 보면 들어. 그래서 이것저것 부추겨보고 싶다니까! 그런데 문제는…… 너무 부정적인 것 같아. 자유롭고 싶다고 그랬죠? 근데 그러기에 지금의 로아씨는 너무 무거워요. 양발에 쇠구슬을 단 노예 같다니까.

—제가 원래 노예근성이 있어요. 그래서 휘스먼 사장님의 노예였고……

이로아가 이어 말했다.

—근데 그건 양선생님도 마찬가지였어요. 멋있는 여자라고 생각했는데. 멋있는 노예였어요.

양은영이 미소 지었다.

—왜 웃으세요?

—로아씨는 나보다 더한 일이라도 할 사람이야.

—제가요?

—응, 그래서 로아씨가 좋아.

—선생님은 언제나 쿨하세요.

—맞아, 로아씨는 나랑 정말로 달라요.

—근데요. 지구에는 왜 중력이 존재한다고 생각하세요?

—응?

—중력이 없는 곳에서 인간이 살 수 있을까요?

—가능할걸요.

—하지만 만약에 모두가 너무 가벼워져서 태양으로 빨려 들어가서 타죽으면 어떡하나요?

—볼만하겠죠?

양은영이 웃었다.

—은소라의 죽음처럼요?

—그애는 자살한 거야. 누가 죽인 게 아니에요.

—하지만 죄책감을 느끼시잖아요. 그래서 저를 부르신 거잖아요.

—로아씨……

—상담 시간에 제가 말했던 거 생각나세요? 얘기했듯이 제 아버지는 굉장히 소심하고…… 야망 같은 거 없고 진짜

소박한 분이세요. 근데⋯⋯ 근데 휘스먼 사장님은 달랐어요. 제가 꿈꿔오던 아버지를 만난 느낌이었어요. 멋지고, 스마트하고, 카리스마 있고, 사악하고⋯⋯ 그분이 원하는 거라면 진짜로 뭐든지 하고 싶었어요. 좀 이상한가? 사이비 교주 같잖아요? 근데 그분이 진짜 좀 그런 데가 있어요. 한편 선생님은 이상적인 어머니 같다고 느꼈죠. 세련되고 현명한⋯⋯ 나의 소중한 마약 딜러. 근데 휘스먼 사장님하고 정석하고는 어떻게 아는 사이예요?

—석이랑 나는 오래된 사이예요. 십 년도 더 전에, 우리는 발리 남쪽 클럽 하우스에서 처음 만났어. 어렸을 때 진짜 귀여웠거든? 내가 완전 반해서 쫓아다녔죠. 그럴 가치가 있었어. 잘생기구, 옷도 잘 입구⋯⋯ 요리도 진짜 잘했거든! 진짜로 어떤 앤지는 전혀 몰랐어요. 그냥 어디에 가져다가 놓아도 멋있는 애였으니까, 누구나 석이를 파티에 초대하고 싶어했어요. 그러니까 아무도 몰랐어. 애가 어디서 태어났고, 어디서 자랐고, 뭘 했고, 어느 학교를 나왔고⋯⋯ 직업이 뭐고⋯⋯ 대충 껍데기처럼 근사한 삶을 살았을 거라고 믿어버린 거지. 아니 그렇게 믿고 싶었던 거야.

몇 년 뒤에 서울에서 만났는데, 되게 잘나가는 테크 회사에 다니고 있더라구. 우연히 나도 같은 시기에 거기 전속 상담의로 스카우트가 됐는데, 그때 잠깐 정식으로 사귀었어요. 근데 내가 들어가고 얼마 안 돼서 석이는 곧 짤렸어. 학력이랑 경력이 죄다 위조였던 거예요. 암튼, 나도 얼마 뒤 FWIS에서 오퍼가 와서 옮겼는데, 그때 휘스먼 씨랑 알게 됐죠. 나랑 석이는 끝난 사이였지만 친구로 지내고 있었어요. 그래서 셋이 몇 번 만나게 되면서 친해진 거예요.

그리고 한동안 뜸했던 것 같아. 나도 나름 바빴구. 몇 년 뒤 석이를 휘스먼 씨를 통해서 다시 만났는데 결혼을 했더라구? 어마어마한 부잣집 딸을 낚았다는 소문이 돌았죠. 대구에서 두번째로 부잣집 딸이라나. 실버 샌드, 거기 땅이 구소라네 거예요. 처갓집 돈으로 사업을 한다더라? 근데 그 사업이 휘스먼 씨랑 엮여 있는 거더라구. 걔들이 내 이름을 팔아서 육촌오빠한테 접근한 거예요. 양철수 국장 알죠? 근데 난 진짜 몰랐어. 왜 내가 걔들이 하고 다니는 짓에 관심을 가져야 해?

양은영이 신경질적으로 물었다. 어느새 빛 속의 사람들은 사라진 채였다. 두 사람은 어둠 속 음울한 블랙 서커스에 있었다. 사악해 보이던 양은영은 울음을 터뜨릴 듯한 표정이었고, 반대로 이로아의 눈빛에서는 이상한 광기가 느껴졌다.

—난 아무 잘못 없어. 오히려, 좋은 일을 한 거지. 유능한

사람들을 이어줬잖아? 그렇잖아요?

—맞아요, 선생님은 잘못 없어요.

—로아씨만 나타나지 않았으면 아무 일도 없었을 거야! 왜 고작 여기로 도망을 온 거야?

—제가 섬에 잘 어울릴 거라고 하셨잖아요.

—싱가포르! 호주! 뉴질랜드! 멋진 섬이 수두룩한데 왜 하필 제주도냐구!

—아까 그러셨잖아요? 이건 제 꿈이라구요. 양선생님이야말로 늦기 전에 도망가세요.

—이미 늦었어.

—아직 안 늦었어요.

양은영이 고개를 저었다. 이로아가 딱하다는 듯 그녀를 바라보았다.

—선생님……

양은영 또한 이로아를 바라보았다. 한동안 두 사람은 물끄러미 서로를 바라보고 있었다. 마침내 이로아가 뭔가 말하려고 했고, 양은영이 그런 그녀를 막아서며 결심한 듯 말했다.

—따라와요. 내가 로아씨가 찾는 걸 보여줄게.

7

두 사람이 향한 곳은 흰 도마뱀의 숲이었다. 어둠이 내려앉은 숲은 잠들지 않은 생명체들의 소리로 부산했다. 끈끈한 어둠 속 도마뱀들이 무성한 수풀 사이로 불쑥 고개를 내밀었다가 사라졌다.

양은영은 이로아를 이끌고 숲 깊숙이 향했다. 얼마쯤 걸었을까. 갈래길이 나타났고, 길이 갈라지는 자리에 거대한 나무가 보였다. 천 년은 족히 살았을 거대한 비자나무로, 육중한 몸통이 그물처럼 촘촘한 반얀나무 줄기에 감겨 죽어가고 있었다. 양은영이 나무 너머를 가리켰다. 그리고 1미터 남짓하게 솟은 돌무더기를 타고 넘었다. 돌무더기는 숲속으로 길게 뻗은 오래된 돌담의 일부였다. 누가, 왜, 어떤 이유로 쌓았는지 모를 길고 긴 돌담을 따라 무성하게 자란 고사리가 거대한 군락을 이루고 있었다. 두 사람은 키보다 높이 솟은 고사리들에 둘러싸인 채, 이끼에 뒤덮여 짙은 녹색으로 번들거리는 돌담을 따라서 걸었다. 한참 동안 두 사람은 말없이 걸었다. 그러다 어느 순간 무성했던 수풀과 돌담이 동시에 끊기며 아래쪽으로 향하는 나무 계단이 나타났다. 나무 계단은 최근에 설치된 듯 멀끔했고, 희미하게 페인트 냄새가 났다.

이로아는 양은영을 따라서 조심스럽게 계단을 밟아 내려갔다. 중간쯤 왔을 때 자그마한 산장이 눈에 들어왔다. 이로아가 멈춰 서자 먼저 계단 끝에 닿은 양은영이 그녀를 향해 손짓했다. 이로아는 주위를 돌아보다가, 자신이 방금 빠져나온 수풀 속에서 커다란 도마뱀이 고개를 내밀고 자신을 내려다보는 것을 발견했다. 높이 떠오른 달빛을 받아 유난히 반짝거리는 새하얀 도마뱀의 까만 눈동자가 뭔가를 전하려고 하는 것처럼 느껴졌다.

—로아씨!

양은영이 작게 외쳤고, 도마뱀이 도망쳤다. 이로아는 다시금 계단을 밟아 내려가기 시작했다. 계단 끝에 도착했을 때 양은영이 이로아의 손을 잡았다. 그녀의 손은 뜨거웠고, 부드러웠으며, 묵직했다. 두 사람은 산장 쪽으로 향했다. 양은영이 문에 설치된 키패드의 뚜껑을 밀어 열고 비밀번호를 누르자 문이 열렸다. 문 안쪽에서 진한 삼나무 냄새가 느껴졌다.

—그거 알아요? 뤼카스가 로아씨를 뽑은 진짜 이유. 객관적인 기준에서 로아씨는 탈락이거든. 근데 그 사람이 그러더라. 취미를 프랑스 혁명사 연구라고 적어놓은 지원자가 있더라는 거예요. 근데 자기 생각에, 그게 농담이 아닌 것 같더라는 거야. 그러면서 하는 말이, 면접에서 실제로 봤는데 짙은 피의 향기가 나더라나?

양은영이 작게 웃으며 불을 켰고, 이로아는 실내를 돌아보았다. 한가운데에 보라색 패브릭 소파가 놓여 있었고, 그 앞에 에메랄드빛의 페르시안 카펫이 깔려 있었다. 소파 곁에 놓인 검은 대리석으로 된 사이드 테이블에는 은빛 쟁반이 놓여 있었다. 맞은편 벽에는 커다란 TV가 걸려 있었고, TV 아래에 나무 탁자와 의자가 보였다.

양은영이 바닥에 깔린 카펫을 조심스레 걷었다. 드러난 바닥에는 가로 세로 50센티미터 남짓의 네모난 자국이 있었는데, 양은영이 귀퉁이를 더듬자 뚜껑처럼 바닥이 열렸다. 양은영이 그 안에 손을 넣어 회색의 작은 철제 상자를 꺼냈다. 금고였다. 그녀는 금고에 달린 숫자 버튼을 누르며 주문을 외치듯 말했다.

—17890505, la Révolution française, voilà!

금고가 열렸고, 양은영이 해맑은 미소를 지으며 이로아를 보았다.

—그 얘기를 듣고 나서 나도 로아씨한테 관심이 생겼어. 왜냐면 석이가 어렸을 때 존경하는 사람이 로베스피에르였다고 했던 적 있거든? 두 사람은 생각보다 닮은 게 많아. 그래서 만나게 된 건 아닐까, 외나무다리 위에서?

양은영이 열린 금고에서 금빛의 조그마한 USB 드라이브를 꺼내어 흔들었다.

이어 그녀는 빈 금고를 닫아 바닥에 난 구멍에 넣고 뚜껑을 닫은 뒤 카펫으로 덮었다. 그리고 벽에 걸린 TV에 USB 드라이브를 연결하고 전원을 켰다. 화면에 파일 리스트가 떴다. 수백 개의 파일 가운데 silverfox로 시작되는 파일들이 보였다. 소파에 앉은 양은영은 그 가운데 마지막 19번을 선택했다.

잠시 후 화면에 나타난 풍경은 이로아가 있는 바로 그 산장이었다. 보라색 패브릭 소파에 은소라가 앉아 있었다. 그녀는 죽은 날처럼 핑크색 티셔츠와 반바지를 입고 있었다. 곧 화면 왼쪽에서 한 남자가 다가왔다. 정석이었다. 은소라가 그를 보고 미소 지었다. 그가 은소라의 옆에 앉아 머리를 쓰다듬으며 몇 마디를 나누더니 뺨에 키스를 하고는 옷을 벗기기 시작했다. 이어 반대편에서 또다른 나체의 남자가 나타났다. 뤼카스 휘스먼이었다. 그는 한 손에는 흰색 끈을 들고 있었고, 다른 한 손에 든 핸드폰으로는 은소라를 찍고 있었다. 정석이 나체가 된 은소라를 핥기 시작했다. 뤼카스 휘스먼이 핸드폰을 내려놓고, 흰 끈으로 은소라의 양팔을 묶었다. 이어 고개를 돌려 화면을 바라보았는데, 자신의 몸이 화면을 가리지는 않는지 확인하는 것으로 보였다. 거기서 시야가 갑자기 차단되고 검은 화면 너머로 웃음소리가 들려왔다. 그것은 블라드의 웃음소리였다. 다시 화면이 돌아왔고, 화면에 잡힌 사람은 뤼카스 휘스먼이었다. 그는 양손에 핑크색 라텍스 장갑을 낀 채였다. 그의 손에는 작은 상자가 들려 있었다. 그가 상자를 카펫 위에 내려놓고 뭔가를 꺼냈다. 주사기와 작은 앰풀이었다. 그가 주사기에 앰풀 속 액체를 주입한 뒤 은소라에게로 다가갔다.

—It's very good for you…… like a flu shot.

뤼카스 휘스먼의 목소리는 반쯤은 몹시 진지했고, 반쯤은 완전히 농담 같았다. 주사를 놓자 은소라의 표정이 급속히 무심해졌다. 뤼카스 휘스먼이 주사기를 내려놓고 그녀에게 키스를 퍼붓기 시작했다. 이어 나체의 정석이 그들을 향해 다가왔고, 블라드 또한 화면 속으로 들어왔다.

일련의 행위가 끝나고, 끊겼다가 다시 시작된 영상에서 은소라는 여전히 양팔이 묶인 채로 소파에 얼굴을 박고 울고 있었다. 정석이 울음을 그치라고 다그쳤다. 겁먹은 은소라가 더 크게 울자 그는 그녀의 머리채를 잡아 흔들었다. 은소라가 비명을 질렀고, 뤼카스 휘스먼이 정석을 말렸다. 하지만 정석은 분이 덜 풀린 듯 한번 더 머리채를 잡아 흔들었고, 은소라는 소파 아래로 굴러떨어졌다. 그녀는 더욱 크게 악을 쓰며 울기 시작했고, 정석이 욕을 하며 화면에서 멀어졌다. 뤼카스 휘스먼이 작게 뭔가를 중얼거리며 은소라의 머리를 쓰다듬고는, 그녀의 팔을 묶은 끈을 풀어주었다. 은소라는 잠시 눈치를 보며 주위를 살핀 뒤, 바닥에 떨어진 옷을 주워들고는 쏜살같이 화면 밖으로 달려나갔다. 문이 쿵 닫히는 소리, 은소라의 울음 섞인 비명소리, 그리고 남자들의 유쾌한 웃음소리가 들려왔다. 이어 화면 가득, 블라드의 얼굴이 채워졌다. 영상은 거기에서 완전히 끊겼다.

—시타 델 마레가 정식으로 문을 열기 전, 뤼카스하고 나는 VIP 파티에 초대받아 왔어요.

양은영이 리모컨으로 TV를 껐다. 그녀는 초점 없는 눈빛으로 새까매진 TV 화면을 바라보며 말을 이었다.

—파티 다음날, 해변가에 산책을 나갔다가 가족과 함께 놀러 나온 은소라를 만났어. 나는 맨발로 걸어다니다가 깨진 술병 조각에 발뒤꿈치를 찔려서 피가 났는데, 은소라 엄마가 반창고를 줬어요. 답례로 뤼카스가 은소라한테 아이스크림을 사줬죠.

어느새 양은영은 흐느끼고 있었다.

—선생님 잘못이 아니에요.

이로아가 말했다.

—아니, 내 탓이야. 내가 그 정신병자들을 이어줘서 대재난을 일으킨 거야. 진짜 바보 같지 않아요? 로아씨는 내가 이해가 안 되죠? 근데 이해해줘요. 그래야 돼. 난 진짜 나쁜 뜻이 아니었거든. 난 그냥 사람들이…… 원하는 걸 준 거예요. 그런 거잖아요? 내가 나쁜 짓 한 게 아니잖아?

—하지만 사람들이 원한 게 진짜로 나쁜 거면요?

—그러니까! 바로 그걸 놓친 거지. 왜 그랬을까? 진짜 바보라니까! 하지만 너무 미워하지는 말아줘요. 나는 바보였을 뿐이니까. 그리고 로아씨는 똑똑하고 강한 사람이니까……

양은영이 다시 흐느끼기 시작했다. 이로아는 말없이 그런 그녀를 바라볼 뿐이었다. 마침내 양은영이 울음을 멈추고 자리에서 일어서며 말했다.

—내 인생은 완전히 망했어요. 미안해요. 진짜…… 우리 다시는 만나지 말아요……

다시금 양은영이 흐느끼기 시작했고, 이로아는 딱한 듯 그녀를 바라보다가 갑자기 큰 소리로 딸꾹질을 했다. 양은영이 울음을 멈추고 이로아를 보았다. 그리고 뭔가를 말하려는 찰나, 바깥에서 희미하게 차 소리가 들려왔다. 두 사람은 놀란 눈으로 서로를 바라보았다. 이로아가 한번 더 크게 딸꾹질을 했다. 양은영이 재빨리 TV에서 USB 드라이브를 뽑아 이로아의 손에 쥐여주었다. 두 사람은 급하게 산장을 빠져나갔다.

두 사람이 숲으로 이어지는 계단을 거의 다 올라섰을 때, 검은 밴이 산장 앞에 멈춰 섰다. 두 사람은 몸을 낮추고 숲 안으로 몸을 숨겼다. 산장 쪽에서 커다란 웃음소리가 환청처럼 들려오는 듯했다. 마침내 숲의 한중간에 도착했을 때 두 사람은 멈춰 섰다. 흙과 땀으로 범벅이 된 그들은 흙구덩이에서 탈출한 것 같은 몰골이었다.

마침내 도착한 숲의 바깥은 어느새 아침햇살로 은은하게 물들어 있었다. 이로아의 딸꾹질 또한 멈추어 있었다. 그녀는 아까 양은영이 쥐여주었던 USB 드라이브를 내밀었다.

—이거요.

—로아씨가 가져가.

이로아가 말없이 양은영을 보았다. 양은영이 잠시 망설이다가 말했다.

—심판해줘요.

—복수해달라는 거예요?

—그 사람들은 심판받아야 돼. 프랑스인들이 복수하려고 왕의 목을 잘랐을까요? 아니, 그건 복수가 아니죠.

이로아가 잘 이해가 되지 않는다는 표정으로 그녀를 바라보았다. 양은영이 말했다.

—삶이 게임이라면, 난 완전히 진 거야. 근데 로아씨는 그러지 마요. 살아남아서 이겨줘. 아니 심판해줘. 그게 내가 바라는 거야.

그렇게 말하곤, 양은영이 이로아를 껴안았다. 아주 축축하고 싸늘한, 흙에 젖은 장미 냄새가 났다. 잠시 뒤 양은영은 몸을 떼고 어딘가로 걷기 시작했다. 이로아는 가만히 선 채 멀어지는 양은영을 바라보았다.

II

火

1

경찰관이 탄 자전거가 블랙 서커스 앞에 멈추었을 때, 구소라는 입구 한쪽에 쭈그려앉은 채로 구역질을 하고 있었다. 곧이어 검은 밴이 자전거 옆에 급하게 멈춰 섰고, 정석이 다급한 표정으로 차에서 내려 구소라에게 뛰어갔다.

—소라씨! 소라씨, 괜찮아?

한편, 자전거에서 내린 라이방 선글라스를 쓴 남자 경찰관이 한껏 거드름을 피우는 얼굴로 주위를 둘러보았다. 20대 후반 정도로 보이는 그는 너무나도 멀끔해서, 경찰이라기보다는 경찰 유니폼을 입혀놓은 모델처럼 느껴졌다. 그는 구소라와 정석을 발견하곤 선글라스를 살짝 내렸다가 다시금 올려 쓴 다음 캣워크를 하듯 작위적인 발걸음으로 두 사람을 향해 다가가며 물었다.

—구소라씨? 전화로 신고한 분 맞나요? 시체를 목격하셨다고요? 어디서요?

구소라가 말없이 창백한 얼굴로 경찰을 바라보았다. 혼이 나간 듯한 구소라는 어느 때보다 아름다웠다. 구소라의 굉장한 미모를 알아차린 경찰관의 태도가 갑자기 정중해졌다.

—저런 세상에…… 정말 놀라셨겠어요. 외람된 말씀이지만…… 혹시…… 돌아가신 분이…… 아시는 분인가요?

구소라가 고개를 끄덕였다. 이내 그녀의 얼굴이 일그러지더니 울음을 터뜨렸다.

—삼가…… 고인의 명복을 빕니다…… 실례지만 그런데…… 옆에 계신 분은 누구시죠?

경찰관이 물었다.

—남편이요.

정석이 대답했다.

—아……!

경찰관이 정석을 훑어보았다. 정석은 경찰관과 똑같은 선글라스에 흰 티셔츠, 청바지 차림이었는데 유난히 부스스한 머리가 눈에 띄었다.

—그런데요, 목격자분께서 발견하신 시체가 두 구라고 했

던 것 같은데 혹시…… 사망자 모두와 아는 사이이실까요? 남편분께서도……?

정석이 비통한 표정으로 고개를 두 번 끄덕였다.

―그렇군요…… 그럼, 제가 잠시 살펴보고 돌아오겠습니다.

경찰이 두 사람을 향해 정중히 고개를 숙인 뒤 블랙 서커스 입구로 향했다. 문을 열고 안으로 들어서자 축축한 흙 냄새와 뒤섞인 피비린내가 훅 덮쳐왔다. 그는 주머니에서 손수건을 꺼내 코와 입을 막은 채 중앙의 무대로 접근했다. 무대 전체가 시뻘건 피로 뒤덮여 있었다. 기이할 정도로 많은 양의 피였다. 무대 중앙, 공중에 설치된 조명 세트의 철제 파이프에 검은 요가복을 입은 여자가 목매단 채 죽어 있었다. 그리고 무대에서 2미터 정도 떨어진 바닥에 한 남자의 시체가 있었다. 그 곁에 또하나의 희생물이 있었는데, 그것은 한눈에 봐도 어린 티가 나는 작은 코끼리로 온몸이 난도질당해 죽어 있었다. 경찰이 얼빠진, 약간은 감탄하는 듯한 표정으로 코끼리의 사체를 살핀 다음 남자 쪽으로 다가갔다. 젊은 백인 남자로, 머리 한쪽이 터져 있었고 오른손 옆에 권총이 떨어져 있었다. 그는 찡그린 표정으로 한동안 남자를 바라본 다음 무전기를 꺼내 상부에 연락했다. 이어 핸드폰으로 사진을 찍기 시작했다.

*

경찰이 사건 현장을 빠져나왔을 때, 구소라는 정석이 몰고 온 밴의 조수석에 앉아 있었고, 정석은 주변을 서성이며 담배를 피우고 있었다. 그는 경찰을 보고는 반가운 표정으로 담배를 바닥에 던져 껐다.

—어떤……가요?

—코끼리도 한 마리 죽어 있네요.

—코끼리요?

—예…… 실례지만 남편분도 아시는 코끼리일까요?

—혹시 제가 직접 확인을……

—괜찮으시겠어요?

정석이 비장한 표정으로 경찰을 바라보았다. 경찰 또한 비장한 표정으로, 고개를 끄덕였다. 함께 멀어져가는 두 사람을 구소라가 불안한 표정으로 바라보았다. 두 사람이 블랙서커스 안으로 사라지고 조금 뒤 정석의 절규가 들려왔다.

—아아, 빅토리아! 아아, 블라드!

2

꿈에서 신해남은 낯선 산장 안에 있었다. 그는 보라색 패브릭 소파에 앉아 흰 도마뱀이 그의 앞을 느리게 기어가는 것을 바라보았다. 천장 실링팬에 오렌지빛 새가 앉아 신해남을 내려다보고 있었다. 창밖으로 보이는 것은 불타는 숲. 여자아이가 나체로 울며 뛰어가고 있었다. 신해남은 자리에서 일어나 벽에 있는 버튼을 눌렀고, 그러자 실링팬이 돌아가기 시작했다. 새가 날아올랐다.

다음 장면, 그가 자리에서 일어나 벽에 있는 버튼을 누르자 실링팬이 멈추고, 날아올랐던 새가 풍선이 터지듯 터졌다. 오렌지빛 깃털이 사방에 흩날렸고, 신해남은 바닥으로 쓰러졌다. 그가 정신을 차렸을 때, 흰 도마뱀이 소파에 앉아 그를 바라보고 있었다. 창밖은 어둠이 내려앉은 숲. 여자아이가 창문으로 산장 안을 들여다보고 있었다.

다음 장면, 그가 다시금 벽에 있는 버튼을 누르자 산장이 불타기 시작했다. 그는 입구 쪽으로 달려갔는데, 문이 잠겨 있었다. 창문 또한 열리지 않았다. 그는 창을 두드리며 고함을 질렀다. 창밖, 코끼리 한 마리가 느릿느릿 걷고 있었다. 자세히 보자 코끼리 위에 누군가 앉아 있었는데 그것은 양은영이었고, 죽은 채였다.

신해남은 비명을 지르며 잠에서 깨어났다. 그는 환한 햇살로 가득한 멋진 침실에 누워 있었는데, 처음 와보는 곳이었다. 아니, 그곳은 이로아의 집 2층 침실이었다. 그는 일어나 앉아 왜 자신이 여기에 있는지를 되짚어보았다.

전날 저녁 수영을 마치고 들어왔을 때 이로아는 집에 없었다. 불길한 느낌에 전화를 걸었는데 이로아의 핸드폰은 침실의 침대 위에 남겨진 채였다. 그것을 본 그는 늦은 밤까지 그녀의 침대에 앉아, 경찰에 실종 신고를 해야 하나 고민하다가 깜빡 잠들었던 것이었다. 그는 침대 옆 협탁에 나란히 놓아둔 자신과 이로아의 핸드폰을 집어들었다. 둘 다 어떤 연락도 메시지도 와 있지 않았다.

그가 1층으로 향하는 계단을 반쯤 내려왔을 때 발견한 것은 천장 실링팬에 목을 맨 여자의 시체였다. 그것은 이로아였다. 그는 이번에는 소리도 지르지 못한 채 놀라 꿈에서 깨어났다. 그는 한동안 얼이 빠진 채로 침대에 누워 있었다.

얼마 뒤, 침실을 빠져나온 그는 조심스레 계단께를 살폈다. 아무것도 없었다. 안도한 그는 1층으로 내려갔고, 곧 주방 식탁 앞에 앉아 있는 이로아를 발견했다.

—어딜 갔다 온 거예요, 핸드폰도 놔두고?

이로아는 대답이 없었다. 신해남은 그녀를 살폈다. 잔뜩 엉클어진 머리, 온몸이 땀에 절어 있었고, 티셔츠와 바지는 여기저기 얼룩지고 흙이 묻어 있었으며 고약한 냄새가 났다.

—왜 이래요?

신해남이 다시금 물었다. 이로아가 고개를 들고 신해남을 바라보았다. 그녀는 물끄러미 신해남을 보며 생각했다. 어젯밤 일이 전부 다 꿈이라면. 아니, 이 현실 전체가 꿈이라면. 하지만 그렇다면, 그녀 또한 그 꿈의 일부일 테니, 꿈에서 깨어나면 그녀도 함께 사라질 것이다. 지금 그녀 앞에 있는 신해남도, 그의 걱정스러운 표정도, 그녀가 끌어안고 있는 온갖 기억, 양은영과 은소라의 유령까지도…… 하지만 완전히 사라지는 것의 공포와 삶을 지속하는 것의 고통 가운데 무엇을 택하는 것이 나을지 그녀는 판단할 수가 없었다. 그녀는 계속해서 신해남을 바라보았다. 답을 알고 있다면 알려달라는 듯.

신해남이 뭔가 말하려는 순간 그가 한 손에 쥐고 있던 핸드폰이 울리기 시작했다. 신해남이 전화를 받았고, 이로아는 일어나 거실로 향했다. 창밖 정원, 환한 햇살 아래 흐드러지게 피어난 꽃들, 텅 빈 수영장의 잔잔한 수면, 그 위로 우아하게 그늘을 드리운 올리브나무의 초록빛 잎사귀들, 모든 것이 완벽한……

—블라드가 빅토리아를 죽이고 자살했대요.

어느새 다가온 신해남이 여전히 악몽에 시달리는 표정으로 말했다.

3

신해남이 전해준 충격적인 소식에 이로아는 별다른 반응을 보이지 않은 채 2층으로 향했다.

긴긴 목욕을 끝낸 뒤 그녀는 침대에 몸을 누이고 눈을 감았다. 잠은 얕고 짧았다. 짧은 잠 사이사이 날카로운 악몽들이 비집고 들어왔고, 꿈에서 깨어날 때마다 그녀는 자신이 있는 곳을 실버 샌드, 발리의 어느 해변가, FWIS의 스파 룸 가운데 하나로 혼동했다. 어떤 꿈이든 양은영이 등장했다. 그녀는 이로아를 향해 속삭였다. 나는 잠이 안 와, 커피를 너무 많이 마셨거든……

―양선생님……

다시금 잠에서 깨어난 이로아는 중얼거렸다. 이번에는 자신이 어디에 있는지 혼동하지 않았다.

—양선생님……

이로아는 다시금 중얼거리며 눈을 감았다. 감긴 그녀의 눈에 천천히 눈물이 차오르더니 뺨을 타고 흘러내렸다. 그녀는 양손으로 얼굴을 가리고 조금 울었다.

잠시 뒤 침대를 빠져나온 그녀는 1층으로 향했다. 신해남이 거실 소파에 앉아 꺼진 TV를 바라보고 있었다. 이로아는 그에게 다가가 손을 내밀었다. 그녀의 손에는 금빛 USB 드라이브가 들려 있었다.

*

—신고하죠.

USB에 든 파일 몇 개를 훑어보고 난 뒤 신해남이 말했다. 그의 표정과 목소리는 차분했으나, 내심 엄청난 충격을 받은 게 확실했다.

—싫어요.

—왜?

—양선생님이 그랬어요. 자기는 심판을 바란다구.

—심판? 복수해달라는 건가?

—아니, 심판은 복수하고 달라요.

—뭐가 다른데요?

이로아의 표정이 살짝 복잡해졌다.

—뭐가 다른데요?

신해남이 다시 물었다. 이로아가 내키지 않는다는 표정으로, 그러나 또박또박 말했다.

—양은영을 살해한 건 블라드가 아니에요.

신해남이 또 무슨 헛소리를 늘어놓느냐는 표정으로 이로아를 바라보았다.

—정석이랑 뤼카스 휘스먼이 두 사람을 죽인 다음 그렇게 꾸며놓은 거야. 확실해.

침묵.

—어제……

—로아씨가 어젯밤 무슨 일을 겪었는지 모르겠는데, 이제 그만 현실로 돌아와요. 상식적으로 생각을 해봐. 저 새끼들이 무슨 조폭도 아니고……

—조폭이랑 뭐가 달라요?

—그렇다면 더욱 신고해야죠.

—경찰은 보통 조폭 편이죠.

—로아씨……

—높으신 분들이 지금의 제주도를 좋아하세요.

—네?

—높으신 분들이 지금의 제주도를 좋아한다구요. 지금의 이국적이고, 부유하고, 쿨해진 제주도를 좋아한다구요. 그리고 그렇게 된 게 정석이나 휘스먼 같은 사람들 덕분이라고 생각해요. 일부분 사실이기도 하고. 그러니까 지금의 제주도가 좋고, 또 제주도가 계속해서 근사해졌으면 하고 바란다구요. 그러기 위해서 저 미친놈들이 필요하다고 생각하죠. 그래서 눈감아줄 거예요. 이해가 가요? 은소라 사건도 같은 이유로 엉뚱하게 흘러간 게 분명해.

이로아가 말을 멈추고 신해남을 보았다. 그는 말없이, 어떤 긍정이나 부정의 표정도 짓지 않은 채로 이로아를 바라보았다. 이로아가 다시 말을 이었다.

—실버 샌드 운영자금의 절반을 제주관광청이 대고 있어요. 절반은 시타 델 마레에서. 그게 무슨 뜻이겠어요? 다 한 패라구요. 그리고 패거리의 핵심이 양은영의 육촌인 양철수 국장이에요. 양철수가 뤼카스 휘스먼을 통해서 외국계 투자회사들의 지원을 이끌어냈다고 했어요. 결과는 보시다시피 대성공. 급작스럽게 열대화된 제주도를 한국의 발리로 변모시키는 데 성공했어요. 고급 리조트 라이프 스타일에 보헤미

안의 정신을 결합하는 데 성공한 거예요. 근데 이게 시작이에요. 제주도에는 시타 델 마레보다 더 하이 콘셉트인 리조트들이 들어설 예정이에요.

신해남이 잠시 생각한 뒤 말했다.

—난 이해가 안 돼. 제주도가 잘나가게 되는 거랑 범죄가 무슨 상관이야? 제주도가 세계적인 관광지가 되기 위해서 범죄 소굴이 되어야 된다는 설마 뭐 그런 얘기는 아니죠?

—그게 맞아요.

신해남이 헛웃음을 지었다. 하지만 이로아는 아랑곳없이 흥분한 목소리로 말을 이었다.

—제주도는 비싼 섬이에요. 그리고 앞으로 더– 비싸질 거구요. 느껴지지 않아요? 어떻게 못 느껴? 사방에서 돈냄새가 진동을 하는데? 그 가능성을 양철수가 간파한 거죠. 더 높으신 분들은 당연히 더 일찍……

—그래서 제주도가 황금 송아지가 되는 거랑 그 미친 새끼들이 아동 성범죄를 저지르는 게 무슨 상관이냐구요!

—바로 그 부분이 광기인 거예요! 그런 믿음을 가진 사람들이라구, 저 사람들이! 맞아, 믿음이야. 종교적 의식 같은 거. 돈의 제단에 희생양을 바치는! 이 섬이 미치도록 비싸지게 해달라구! 오, 황금의 신이시여!

이로아는 외치며, 가상의 제사장이라도 되는 듯이 양손을 하늘을 향해 뻗는 시늉을 했다. 그리고 그대로 바닥에 꿇어앉아 머리를 조아렸고, 신해남은 대단히 심각한 표정으로 그런 그녀를 바라보았다.

—이제 이해가 가세요?

이로아가 물었다. 신해남이 고개를 끄덕였다.

—네, 가요. 이로아씨가 완전히 돌았다는 게.

이로아가 벌떡 일어났고, 신해남이 뒷걸음질쳤다.

—그래, 돌았다. 그래, 내가 완전히 돌았다고 쳐. 근데 왜 그렇게 됐는지 안 궁금해? 그게 다 저 사람들 때문이라구! 왜 그걸 몰라줘요? 저 사람들이 먼저! 나를 돌게 만든 거라구요! 그러니까 애초에 저쪽이 더 미친 거라구! 진짜는 저쪽이라구!

—그러니까 경찰에 신고하자니까!

—그럴 수가 없단 말이야!

—와, 씨, 나…… 하…… 돌겠네……

신해남이 진짜 돌겠다는 표정으로 머리를 흔들었다.

—아니 아니, 해남씨는 돌면 안 돼.

신해남이 의문의 표정으로 이로아를 보았다.

—해남씨까지 돌면 나는 누가 구해주죠?

—네? 내가 왜 로아씨를……

—제 말은요. 아무튼 나는 결정했어. 저 악의 무리를 심판하기로요. 그게 은소라가 원하는 거구, 양선생님도 원하는 거였구, 그리고 저 스스로도 하고 싶은 일인 것 같거든요. 왜냐면, 그래야지 은소라의 유령이 더이상 내 앞에 안 나타날 테니까…… 그렇잖아? 그리고, 양선생님 유령도…… 절대로 내 앞에 나타나선 안 돼. 안 돼, 절대 안 돼. 난 싫어, 귀신들에 둘러싸여 살기 절대 싫어. 그게 지금 저의 가장 큰 소망이거든요. 근데, 그런 다음에는?

—로아씨, 우리 그냥 간단하게 생각해요.

—어떻게요?

—경찰에 신고하고, 그 USB 제출하고, 다 고백하고, 그리고…… 같이 떠나요.

—어디로요?

—어디든요. 이제 진짜 지긋지긋해. 여기도, 여기 사람들도 너무 해로워요. 다 잊고 떠나요.

신해남이 이로아 쪽으로 손을 뻗었다. 하지만 이로아는 양손을 뒤로 하고 고개를 저으며 뒷걸음질쳤다.

—싫어.

—아아, FUCK!

—경찰에 신고해봤자 뻔해. 은소라 때랑 똑같이 될 거라구! 전부 다 블라드한테 뒤집어씌우고 빠져나갈걸. 그럴려구 죽인 거라구. 해남씨도 그날 밤 은소라의 유령을 봤잖아요? 그걸 경찰한테 말하면 믿어줄 것 같아요?

—아니 그건 개가 그냥 나타난 거지! 거기 어디에 심판해 달라는 메시지가 있어요? 경찰에 신고해달라는 뜻일 수도 있잖아요?

그때, 갑자기 이로아의 얼굴 표정이 굳더니, 재빨리 주방으로 향했다. 돌아온 그녀의 손에는 포스트잇과 펜이 들려 있었다. 그녀가 뭔가를 적어 신해남에게 내밀었다.

'도청당하고 있는 거 아닐까요?'

신해남이 난감한 표정으로 이로아를 보았다. 이로아는 다시금 포스트잇에 뭔가를 적으려고 하다가 갑자기 고개를 들고는 수영장 쪽을 가리켰다.

—앗, 저기 은소라!

신해남은 이로아가 가리킨 쪽을 바라보았다. 아무것도 없었다. 그는 이로아를 보았다. 그녀의 시선은 수영장 중간쯤의 허공에 고정되어 있었다. 신해남은 다시 수영장 쪽을 보았다. 정말로 아무것도 없었다. 눈부신 햇살을 받아 반짝거리는 물의 표면과 그 주위를 가득 채운 온화한 공기뿐. 신해남은 몹시 괴로운 표정으로 이로아에게 다가가더니, 양해를 구하는 눈빛으로 잠시 그녀를 바라본 뒤, 있는 힘껏 그녀의 뺨을 때렸다.

갑작스러운 공격에 이로아가 비명을 지르며 바닥으로 넘어졌다. 그녀는 넘어진 채 빨개진 뺨을 한 손으로 감싸쥐곤 신해남을 노려보았다. 그는 그런 이로아를 내려다보며 생각했다. 정말이지 대단한 미치광이다. 거의 하나의 작품 수준이 아닌가?

그는 생각했다.

어떻게 사랑하지 않을 수 있어?

그는 생각했다. 자신 또한 미쳐가고 있는 듯하다고. 그런데 그 느낌이 의외로 전혀 나쁘지가 않다고. 그는 여전히 자신을 노려보고 있는 이로아를 바라보며 그렇게 생각했다. 한동안 멀뚱히 이로아를 내려다보던 그는 주머니에서 담배를 꺼내 물곤 마당으로 향했다.

4

다음날 아침 이로아가 깨어났을 때, 신해남은 집에 없었다. 이로아는 냉장고에서 요거트를 꺼내들고 거실 소파에 앉아 TV를 켰다. 지난밤 단신으로 다루어졌던 양은영과 블라드의 사건은 아침 뉴스의 메인이 되어 있었다. 뉴스에 따르면 애정 문제로 다투던 남녀 사이에 벌어진 전형적인 치정 사건이었다. 남자가 여자의 내연남의 존재를 알게 된 것이 범죄의 원인으로 보인다고 뉴스는 전했다. 여자의 내연남은 40대 초반의 네덜란드인으로, 국제적인 금융회사의 서울 지사장이라고 했다. 여자는 미국 국적의 한국계 정신과 의사로 내연남의 회사에서 일하면서 가까워졌는데, 뒤늦게 그 사실을 알게 된 얼치기 예술가이자 불법 마약 딜러인 루마니아인

이 증오심으로 들끓어 일을 저질렀다는 B급 영화 같은 이야기였다.

이로아가 TV를 끄고 자리에서 일어나려고 할 때 핸드폰이 울렸다. 어머니였다. 그녀 역시 아침 뉴스에서 양은영과 블라드의 사건을 접한 것이었다. 창창한 미래가 예정되어 있던 엘리트 여성이 어떻게 그런 막돼먹은 남자와 얽혀서 개죽음을 당하게 되었느냐고, 역시 인간의 생이란 반면교사로 충만하지 않냐고 장광설을 늘어놓는 어머니의 흥분된 목소리에 조용히 귀 기울이던 이로아는 문득 그녀가 몹시 외로울지도 모르겠다는 생각이 들었다.

—엄마, 뉴스 너무 믿지 마요.

이로아가 말했다. 어머니는 대답이 없었다.

—엄마……

—우리 로아는 정말 대단해, 그치? 무지무지 대단해! 너어무 대단해서 뉴스조차 믿을 수가 없다는 거지, 그치? 진짜 어마하게 대단해, 내 딸. 이건 칭찬이야.

—어차피 엄마는 진실에 아무 관심도 없잖아요? 돈밖에는 관심 없잖아?

이로아는 그렇게 쏘아붙이고 즉시 후회했다.

—어머, 얘. 그건 네가 잘못 생각하는 거야. 엄마만큼 세

상의 진실에 관심 있는 사람이 있으면 나와보라구 해. 엄마는 말야, 일생을 세계의 진실을 파악하는 데 온 힘을 쏟아왔어. 왠지 아니? 그러지 않고서야 돈을 벌 수가 없거든……

티격태격하며 꽤 길게 이어진 두 사람의 통화는 신기하게도 따스한 분위기 속에서 마무리되었다. 어떻게 그런 전개가 가능했던 것인지 이로아 스스로도 믿어지지 않았지만 이것 하나만큼은 분명했다. 물론 여전히 그 꿍꿍이속을 알지는 못하지만, 어머니 또한 인간에 불과하다는 것, 아파트 게토의 가장 높은 곳에서 빛나는 무시무시한 눈동자가 아니라 일개 인간이라는 것.

그렇게 생각하자, 우습게도 그녀를 옥죄어오던 어머니라는 쇠사슬이 스르륵 풀려내리는 듯했다. 어머니라는 유한한 물리적 존재가 자신에게 더이상 큰 영향을 끼치지 못하리라는 것을 그녀는 예감했다.

그렇다면? 뤼카스 휘스먼, 정석, 구소라, 신해남, 블라드, 그리고 양은영과 은소라의 유령까지도…… 결국 마찬가지 아닌가? 그런데 왜? 그렇고 그런 평범한 존재에 불과한 우리들은 왜 서로를 향해 온갖 끔찍한 일을 벌이는 걸까? 왜 우리 인간들은 그런 세계를 함께 만들고 견디며 살아가야 하는 걸까?

초인종 소리에 이로아의 생각은 중단되었다. 비디오 폰 화면 속에 보이는 남자는 낯이 익었다. 은소라 사건 때 이로아를 조사했던 형사였다.

—이야, 좋은 데 사시네요.

현관으로 들어선 그가 주위를 둘러보며 말했다.

—얼마 만이죠, 넉 달? 다섯 달? 제주도 생활은 마음에 드시나요?

물으며, 그가 빙긋이 미소 지었다. 그는 이로아를 다시 만나 반가운 듯했다.

이로아는 형사를 식탁으로 안내하고는 홍차를 준비했다. 그에 따르면 양은영을 마지막으로 만난 사람은 이로아였다. 그러나 지난번처럼 거창할 것은 없고, 그저 잠시 간단히 이야기를 나누고 싶다고 했다. 몹시 끔찍하지만 동기가 명확한 간단한 사건이라고 부연하는 그의 말에 감춰진 메시지는 제발, 사건을 복잡하게 만들 이야기는 하지 말아달라는 것인 듯했다.

이로아는 홍차를 홀짝이며 형사가 원하는 바대로 양은영과의 만남에 대해서 대충, 엉성하게, 이것저것 중요한 부분을 모두 건너뛰며 묘사했다. 형사는 간간이 수첩에 뭔가를 적었다. 그는 이로아가 무언가 숨기고 있다는 것을, 그것도 굉장히 많은 것을, 특히 중요한 부분은 모조리 언급을 피하고 있다는 것을 눈치채고 있었지만, 변태 사냥꾼처럼 먹잇감을 이리저리 몰기만 할 뿐 총을 겨누지는 않았다. 그가 절대로 자신에게 총을 겨누지 않을 것이라는 것을, 혹은 그가 든 총이 장전되지 않은 빈 깡통에 불과하다는 것을 이로아 또한 본능적으로 느끼고 있었다. 한순간, 이로아는 싱크대 서랍에서 과도를 꺼내 형사의 목을 찌르고 싶은 충동을 느꼈는데 그러는 대신 주방 창 너머 펼쳐진 근사한 초원의 풍경을 바라보았다.

—제가 제주도 구석구석 안 가본 데가 없는데, 여기만큼 경치가 좋은 집은 처음이네요.

이로아가 고개를 돌려 어색하게 미소 지었다.

—홍차 더 드릴까요?

—그럴까요?

—그럼 이제…… 더 물어보실 것은 없는 거죠?

—이로아씨는 매번 사건에 휘말리시네요.

이로아가 빈 잔에 차를 따르려다 말고 형사를 보며 다시금 어색하게 미소 지었다.

—이로아씬 왜 제주도에 오셨어요?

—네?

—사적인 질문. 싫으면 대답 안 해도 돼요.

형사가 능글맞은 미소를 지어 보였다.

—붙잡고 싶었나봐요.

이로아가 잠시 생각한 뒤 대답했다.

—뭐를요?

—그냥. 인연들. 과거. 꿈. 환상. 뻔한 거짓말……

이로아가 형사를 보았다. 그녀의 눈에 옅게 눈물이 고여 있었다.

—미련해서요.

이로아가 재빨리 눈물을 닦으며 미소 지었다.

—청춘이네.

형사가 말하며 그윽한 눈빛으로 이로아를 바라보았다. 이로아가 살짝 당황한 표정을 지었다.

—혹시 저한테 궁금한 건 없으세요?

형사가 말을 돌렸다. 이로아는 잠시 생각했다.

—혹시…… 범죄자를 직접 죽여버리고 싶다는 생각이 든 적은 없으세요?

—허허…… 많이들 가지시는 궁금증이죠.

형사가 다시금 능글맞은 미소를 지었다.

—없어요, 사실. 그런 생각이 드는 경우는.

—전혀요?

—그런 식의 개인적인 분노에 자극되지 않으려고 노력하는 편이죠.

—힘들지 않으세요?

—그게 힘들면 이 일 못하죠. 그리고 그런 종류의 개인적인 분노는 보통 범죄자가 갖게 되는 감정이죠.

이로아가 호기심어린 눈으로 형사를 바라보았다.

—범죄자들도 여러 유형이 있죠. 아시다시피, 안타까운 경우도 많고. 피치 못해서. 있잖아요, 장발장 같은? 그 사람들은 범죄자라기보다는, 범죄를 강요받은 경우라고 볼 수 있죠. 그런데 말씀하신 것처럼 이렇게…… 개인적인 분노를 가진 유형들은 좀 달라요. 이쪽이 골 때리는 경우죠. 자기가 옳다고 생각하거든요. 반성도 없고, 잔혹하고, 냉정하죠.

형사가 말을 멈추고 이로아의 얼굴을 살폈다.

—허허…… 제가 너무 말이 많았죠? 그럼 저는 이만…… 홍차 잘 마셨습니다. 향이 아주 좋네요. 차후에 또 여쭤볼 부분이 발생되면 연락드리도록 하겠습니다!

형사가 일어섰다. 이로아는 현관까지 그를 배웅했다. 그가 탄 차가 출발하는 것을 확인한 다음 그녀는 주방으로 돌아왔다.

홀로 남은 홍차를 마시던 그녀는 문득, 신해남이 자신을 버리고 도망가버린 게 아닌가 하는 의문이 들었다. 아니 그냥 도망가버린 정도가 아니라 자신이 한 이야기를 죄다 정석과 뤼카스 휘스먼에게 털어놓고, 혼자서 서울로 도망쳐버린 것은 아닐까? 아니면…… 혹시 살해당한 걸까? 그럼 어떡하지? 도망쳐야 하나? 이미 너무 늦었나?

문득 그녀는 뒷덜미에 냉기가 스치는 것을 느꼈다. 그녀는 거실로 가서 마당으로 통하는 프렌치 윈도를 닫고 커튼을 치다가 건너편 집 발코니에서 누군가 자신을 내려다보고 있는 것을 발견했다. 정석이었다. 이로아는 되도록 아무 티를 내지 않고 커튼을 마저 쳤다. 그리고 잠시 고민한 뒤 현관문을 열고 밖으로 나갔다. 그녀가 집 뒤편 담벼락, 즉 정석이 서 있는 발코니와 가장 가까운 위치에 도달할 때까지 그는 아무것도 모른다는 듯 멍하니 허공을 보며 담배를 피우고 있었다.

—정석씨!

이로아가 그를 향해 손을 휘저었다. 그제야 그가 휴식 모드에서 깨어난 사이보그처럼 이로아를 보며 미소 지었다.

—하이, 로아씨!

그는 옅은 핑크색 폴로셔츠에 같은 핑크색의 반바지를 입고 있었다.

—뭐하세요?

—저는 뤼카스 별장에 와 있어요.

—휘스먼 사장님이랑 같이 있으신 거예요?

—아니 뤼카스는 어제 서울로 돌아갔구…… 근데 로아씨 어젯밤에 어디를 나가는 것 같던데?

—약속이 있었어요.

—그렇구나. 해남이는 잘 있구?

—직접 물어보세요.

쌀쌀맞은 이로아의 대답에 정석이 빙긋이 미소 지었다.

—근데…… 소식 들었죠?

—무슨 소식이요?

—블라드가 빅토리아를……

이로아는 대답 대신 정석을 빤히 바라보았다.

—근데 빅토리아를 마지막으로 만난 게 로아씨라던데 맞아요?

—직접 물어보세요.

—어허, 로아씨도 참…… 죽었는데 어떻게 물어봐요.

정석이 작위적인 슬픈 표정을 지었다.

—에휴, 너무 슬퍼. 나는 그만 가봐야겠다. 그런데 말이죠, 지금 소라씨가 해남이 녀석 만나고 있는 거 알아요?

—네?

—두 사람이 무슨 할 이야기가 있을까? 혹시 짐작 가는데 있어요?

이로아가 대답 없이 정석을 보았다.

—나도 전-혀 없거든. 두 사람 솔직히 너무 친한 거 같애. 바람이라도 피우나, 하하! 암튼, 만나서 즐거웠어요. 로아씨랑 만나면 항상 즐거워. 어떻게 그렇지? 하하! 우리 나중에 또 봐요!

정석이 해맑게 손을 흔들곤 집안으로 사라졌다.

5

정오, 타는 듯한 햇살이 내리쬐고 있었다. 구소라는 검은 불당 뒤편 그늘에 몸을 숨긴 채 초조한 표정으로 담배를 피우고 있었다. 멀리서 터쿼이즈 블루 색 BMW X5가 나타났다. 차가 구소라 앞에 멈춰 섰고, 신해남이 차에서 내렸다.

—해남씨!

구소라가 신해남을 향해 손짓했다.

—죄송해요. 오래 기다리셨죠?

—아니, 나도 방금 도착했어요.

신해남이 긴장된 표정으로 고개를 끄덕였다. 그러곤 주위를 한 바퀴 둘러본 뒤 주머니에서 담배를 꺼내 불을 붙였다.

—괜찮으세요?

구소라가 물었다.

—네, 누님은 괜찮으세요?

신해남이 구소라의 얼굴을 살피며 물었다.

—그런데 왜 저를 만나자고……

구소라가 물었다. 신해남이 대답 대신 굳은 표정으로 구소라를 보았다.

—해남씨.

—잠시만요.

신해남이 담배를 바닥에 던져 발로 비벼 끄곤 구소라의 얼굴을 살핀 뒤 자신의 차로 향했다. 그는 조수석의 문을 열려다 말고 멈춘 채 다시금 구소라를 살폈다.

—도대체 뭔데!

구소라가 소리쳤다. 그 소리에 흠칫 놀란 신해남이 서둘러 조수석의 문을 열었다. 그리고 뭔가를 꺼냈는데 그것은 노트북이었다. 그는 노트북을 들고 구소라를 향해 다가왔다. 그리고 선 채로 노트북을 열더니 주머니에서 USB 드라이브를 꺼내 꽂은 뒤 화면에 나타난 폴더 창을 클릭했다. 마지막으로 한번 더 구소라의 표정을 살핀 다음 구소라에게 노트북을 내밀었다. 구소라가 약간 짜증이 인 표정으로 노트북을 받아 들었다.

—죄송해요.

그는 그렇게 말하고는 새 담배를 꺼내 입에 물고 구소라에게서 천천히 멀어졌다.

—도대체 뭔데……

구소라가 중얼거리며 파일 리스트를 훑어보다가 그중 하나를 클릭했다.

한동안 그녀는 움직이지 않은 채 골똘히 화면을 들여다보았다. 그녀의 얼굴에는 어떤 감정도 떠오르지 않았다. 한참 동안 화면을 들여다보던 그녀는 마침내 노트북을 닫고 주위를 살핀 뒤 조심스럽게 노트북을 바닥에 내려놓았다. 그리고 그것으로부터 몇 발자국 뒷걸음질친 뒤 양손으로 얼굴을 가리고 비명을 질렀다. 굉장히 소름 끼치는 하이 톤의 비명이었다.

비명이 멈춘 후, 신해남이 구소라에게 다가갔다.

—괜찮으세요?

구소라는 멍한 표정으로 신해남을 보았다. 신해남이 더듬거리며 설명했다.

—빅토리아가…… 로아씨한테 준 거라고……

구소라는 여전히 반응이 없었다. 신해남은 걱정스러운 표정으로 그녀를 살폈다. 잠시 뒤 그녀가 주머니에서 담배를 꺼내 불을 붙였다. 한동안 조용히 담배를 피우던 그녀가 작게 흐느끼기 시작했다.

—그렇게 죽으면 안 되는데…… 좋은 사람이었는데……

—빅토리아가 정말 좋은 사람이었어요?

—네?

—석이 형도 누군가에겐 좋은 사람이겠죠?

—하고 싶은 말이 뭐예요?

구소라가 신해남을 노려보았다. 신해남이 말했다.

—형이 지금 우리 만나는 거 알아요?

—아뇨. 난 말 안 했어요.

신해남이 고개를 끄덕이고는 새 담배에 불을 붙였다. 두 사람은 한동안 말없이 허공을 바라보며 담배를 피웠다.

—이로아는 좋은 사람인가요?

마침내 구소라가 물었다. 신해남이 대답을 망설였다.

—이로아 좋아하죠?

—누님은 형 사랑해요?

구소라의 얼굴에 희미하게 미소가 번졌다.

—석이는…… 미쳤어요.

—로아씨도 마찬가지인 것 같아요.

구소라가 작게, 비웃듯이 웃었다.

—왜 우리는 미친 사람들과 사랑에 빠졌을까?

—불나방 같은 거 아닐까요? 타죽을 걸 알면서도 굳이 불을 향해 날아가는 거죠.

구소라가 다시금 풋, 웃음을 터뜨렸다.

—그거 좋다, 불나방. 내가 불나방이라면 좋겠다.

—타죽고 싶으세요?

신해남이 물었다. 구소라가 잠시 생각한 뒤 고개를 저었다.

—아니.

—저도 그래요. 타죽기는 싫거든요.

—다행이네.

—뭐가요?

—살고 싶어한다는 게.

—그런가? 솔직히 좀 징그럽지 않아요?

구소라가 말없이 신해남을 바라보았다. 신해남도 그녀를 보았다. 옅은 미소가 얹혀 있던 그녀의 표정이 천천히 일그러지며 다시금 그녀의 커다란 눈에 눈물이 맺히려 했다. 그녀가 고개를 흔들고는 이렇게 말했다.

—사실, 해남씨한테 전해줄 소식이 있어요. 뤼카스 휘스먼이 곧 본국으로 돌아가요. 오늘 저녁에 실버 샌드에서 환송회가 열려요.

신해남의 얼굴이 일그러졌다.

—형이 시켰어요? 나랑 이로아를 데리고 오라고? 왜? 죽이려고?

—있죠, 난 여전히 석이를 사랑해요.

신해남이 실망과 호기심이 섞인 눈으로 구소라를 바라보았다.

—그러니까 석이가 저지른 일…… 결국 나도 공범인 거예요. 뭔지 몰랐지만. 변명하려는 게 아니고 진짜 난 몰랐어, 믿어줘요. 근데 그게 뭐든 석이가 죄를 지었다면 나도 똑같은 죄인인 거예요. 즉, 석이가 끔찍한 일을 저질렀다면 그건 거의 제 탓인 거죠.

—그게 말이 돼요?

—내가 그렇게 내버려둔 거야.

—아뇨, 형이 누님을 이용한 거예요.

—나도 석이를 이용한 면이 많아요.

—그렇게 따지면…… 그렇다면…… 저도 형을 이용한 것일 수 있겠죠. 빅토리아도…… 그리고 휘스먼 씨도 당연히…… 블라드도…… 그렇지 않나? 그렇게 이해할 수가 있지 않을까요? 그리고 그 이해 속에서 우리 모두 하나가 되는 멋진 결말…… 좋네. 그쵸? 누님은 지금 제 말이 이해가 되

세요? 되시는 것 같은데? 근데 저는 이해가 안 가요. 제가 처한 이 상황이, 솔직히 저는……

—악몽 같죠?

구소라가 말했다.

—아뇨, 농담 같아요. 거대한 농담.

구소라가 말없이 그를 바라보았다.

—왜 내가 이런 좆같은 농담에 갇히게 된 거지? 내가 뭘 잘못했는데?

구소라는 말이 없었다.

—내가 도대체 뭘 잘못했는데? 소라 누님은 아세요? 우리가 뭘 잘못했길래…… 이런 농담 속에 갇히게 된 건지 소라 누님은 아세요?

6

늦은 오후, 집으로 돌아온 신해남은 폭삭 늙어 보였다. 반면 바다처럼 짙은 파란색의 리넨 원피스를 입은 이로아는 피부에 반들반들 윤이 도는 것이 유난히 보기에 좋았다. 신해남이 돌아오기 직전까지 반신욕을 했기 때문이었지만, 그것을 알지 못하는 신해남에게는 이로아의 광기가 한층 더 강화된 것처럼 보였다.

신해남은 냉장고에서 캔맥주를 두 개 꺼내 마당으로 향했다. 그는 선베드에 걸터앉아 수영장을 바라보며 맥주 캔을 땄다. 어느새 이로아가 자신의 곁으로 다가온 것을 눈치챈 그가 이로아에게 아직 따지 않은 캔맥주를 내밀며 말했다.

—할 얘기가 있어요.

—저도요.

—뭔데요?

—해남씨가 먼저 말하세요.

신해남이 지친 표정으로 이로아를 바라보았다.

—로아씨는 뭘 믿어요?

—저요? 글쎄.

이로아는 잠시 생각했다.

—저는 아무것도 안 믿어요.

—믿는 게 하나도 없다는 게 가능한가?

—불가능한가요? 그렇다면……

이로아는 다시금 생각했다.

—저 자신을 믿는다고 할게요.

신해남이 고개를 끄덕이곤 주머니에서 담배를 꺼내 불을 붙였다. 이로아가 석연치 않은 표정으로 물었다.

—혹시 하고 싶으셨던 말이 이건가요?

—혹시 자폐증 진단 받은 적 있어요?

이로아가 고개를 저었다.

—psychopathy는 종종 autism으로 오인되기도 한다더라구요?

신해남이 말했다.

—제가 자폐로 오인된 사이코패스라는 뜻인가요?

—모르겠네요, 솔직히.

이로아가 어리둥절한 표정으로 신해남을 바라보았다. 신해남이 물었다.

—로아씨는 무슨 얘기를 하고 싶은데요?

이로아는 여전히 이해가 잘 되지 않는 듯한 표정이었다. 그녀는 신해남 맞은편에 놓인 선베드에 엉거주춤 앉았다. 그리고 잠시 마음을 다잡은 뒤 선베드 뒤쪽으로 활짝 피어난 이름 모를 진분홍색 꽃잎을 바라보며 입을 열었다.

—몇 달 전 중동에서 전쟁이 났었잖아요. 그때 오일에 투자해서 큰돈을 벌었어요.

침묵.

—진짜 뻔한 전쟁이었어요. 근데 뻔하지 않은 전쟁이 있나요?

침묵.

—누구라도 같은 선택을 했을 거예요. 그렇잖아요. 돈다발을 내 눈앞에서 흔들어대는데, 어떻게 그걸 마다해요? 그러면 착한 사람인가?

—로아씨는 나쁜 사람이 아니야. 그냥 평범하고 이기적인 사람인 거지. 근데……

신해남이 말을 이었다.

—로아씨는 본인이 더러운 방식으로 부자가 된 것에 대한 죄책감을 은소라의 죽음에 집착함으로써 해소하려고 하는 거야. 그걸 인정해야 돼요.

—아니, 그게 아니에요. 정반대야. 걔가 나한테 집착하는 거예요. 걔가 나한테 완전히 착 달라붙어가지고 놓아주지를 않는 거라구요!

이로아가 작게 외쳤다. 신해남이 빈 맥주 캔을 바닥에 내려놓고 이로아를 바라보았다. 그는 꽤 취한 것 같았다.

—상관없어요. 너 하고 싶은 대로 하세요.

—그럴 거예요.

신해남이 피식 웃었다.

—그럼 난 떠나요. 안녕.

신해남이 자리에서 일어났다. 이로아가 놀란 표정으로 그를 보았다. 그는 터덜터덜 대문 쪽으로 걸어갔다. 대문 너머, 어느새 짙어진 어둠 속으로 그는 천천히 사라졌고, 이로아는 돌처럼 굳은 채 사라져가는 그를 바라볼 뿐이었다.

그가 완전히 사라지고 나서도 이로아는 움직이지 않았다. 혹시 진짜 그대로 돌이 되어버린 걸까 싶을 즈음 사라졌던 신해남이 다시 나타났다. 그런 그는 아까와는 약간 달라 보였다. 어딘지 모르게 멀끔해 보였다. 다시금 젊어진 듯도 했고……

—신해남은 떠났어요. 나는 그가 남기고 간 도플갱어. 신해남의 유령. 반가워요.

신해남이 그렇게 말하며 이로아를 향해 손을 내밀었다. 하지만 이로아는 여전히 굳은 채 아무 반응이 없었다. 그는 머쓱한 표정으로 주머니에서 뭔가를 꺼냈다.

—이거.

그것은 붉은색의 카드였다. 발신인 뤼카스 휘스먼과 정석, 수신인 이로아와 신해남. 구소라가 말한 대로 실버 샌드에서 열리는 뤼카스 휘스먼의 환송 파티 초대장이었다.

—문 앞에 떨어져 있길래.

이로아가 카드를 받아들고, 그를 바라보았다.

—가요.

신해남이 말했다.

7

저녁 8시 정각 신해남의 터쿼이즈 블루 색 BMW X5가 실버 샌드 앞에 멈춰 섰다. 실버 샌드는 더이상 은빛이 아닌 새빨간 핏빛으로 도색되어 있었다.

—왔구나!

정석이 외쳤다. 그는 역시 빨갛게 칠해진 테라스 한가운데 선 채 담배를 피우고 있었다. 그는 아까 이로아 앞에 나타났을 때와 마찬가지로 핑크색 티셔츠에 핑크색 반바지를 입고 있었다. 가게 안에는 1930년대의 스윙 재즈가 큰 소리로 울려퍼지고 있었다.

—해남이 오랜만이다?

신해남은 말이 없었다. 이로아 또한 말없이 테라스 앞에

서서 새빨간 실버 샌드를 바라보았다.

—어때?

정석이 물었다.

—전이 나은 거 같애.

신해남이 말했다.

—솔직히 내 생각도 그래. 근데 어쩌겠어. 들어와!

이로아와 신해남이 실버 샌드 안으로 들어서자 정석이 신해남을 향해 한 손에 든 핸드폰을 내밀며 다가왔다.

—혹시 이 기사 봤니?

화면에는 신문사의 웹사이트가 띄워져 있었다. 주말 인터넷판의 특집 인터뷰로, 뤼카스 휘스먼이 주인공이었다. 정석이 또박또박 기사의 한 부분을 읽었다.

……기자가 비극적으로 생을 마감한 빅토리아 양의 이야기를 꺼냈을 때, 휘스먼은 잠시 말을 잇지 못했다. 그는 무엇보다 본국의 가족들에게 미안하다고 말했다. 그리고 그에게 긍지의 원천이 되어온 FWIS에 물의를 일으킨 점에 대해서 깊이 후회하는 듯했다. 하지만 기자는 집요하게 여러 번 되물었다. 빅토리아 양에 대한 감정은 어떤 것이었냐고. 그는 망설임 끝에 대답했다. 저도 딸이 있죠.

이상하게 들릴지도 모르겠지만 딸을 키우는 아버지로서 몹시 비통합니다……

—멋진 새끼……

정석이 작게 중얼거리더니 킥킥 웃었다. 그때 구소라의 목소리가 들려왔다.

—왔구나, 두 사람! 식사 거의 준비됐어요. 근데 해남씨는 해산물 못 먹지?

구소라가 주방에서 고개를 빼꼼히 내밀곤 물었다.

—아시다시피……

신해남이 대답했다.

—까다로운 녀석. 그래서 너를 위한 것을 따로 준비했지!

정석이 외치더니 주방으로 사라졌다. 단둘이 남은 신해남과 이로아는 새빨간 원형 테이블에 마주앉았다. 테이블 위에는 순백의 접시들과 반짝이는 크리스털 잔들, 은식기, 그리고 여러 병의 샴페인이 놓여 있었다. 신해남이 병 하나를 따서 샴페인을 잔에 따랐다. 마주앉아 샴페인을 홀짝이는 두 사람의 모습은 모르는 사람이 보면 로맨틱한 데이트의 한순간 같기도 했다. 두 사람 또한 잠시 동안 비슷한 느낌을 받았다. 텅 빈 테라스 너머 인적 없는 국도 가득한 어둠과 축축한 바다 냄새가 꽤 근사했다. 잠시 뒤, 두 사람의 긴장이 취기로 살짝 누그러졌을 즈음 바깥의 어둠 속에서 핑크색의 길쭉한 형체 하나가 굴러나왔는데 그것은 뤼카스 휘스먼으로 그는 외발자전거를 타고 있었다.

—Bonsoir, mes amis!

그는 정석처럼 아래위 모두 핑크색으로 된 트레이닝복을 입고 있었다. 활짝 웃으며 자전거에서 내리려던 그는 균형을 잃고 옆으로 넘어졌다. 그는 몸을 일으키고는 여전히 쓰러져 있는 외발자전거를 향해 몇 마디 욕설을 지껄인 다음에야 실버 샌드 쪽으로 다가왔다. 휘청이며 걷는 그는 꽤 취한 듯 보였다. 그는 실버 샌드 건물을 찬찬히 훑어본 다음 외쳤다.

—무간업화無間業火로구나!

그러곤 입구 대신 테라스 난간을 기어 넘어 가게 안으로 들어왔다. 그는 이로아를 향해 말했다.

—이로아씨, 오늘 굉장히 아름답군요.

이로아는 대답하는 대신 그를 빤히 바라보았다. 그가 웃음을 터뜨렸다.

—난 진짜 몰랐네, 이로아씨가 이렇게 아름다운지!

—로아씨 미인이지!

어느새 주방에서 나온 정석이 그렇게 외치며 커다란 쟁반을 식탁 위에 올려놓았다. 참돔 초밥과 자연산 전복 회, 신선한 굴과 우니, 그리고 신해남을 위한 소고기 우동이 테이블 한가득 차려졌다.

그렇게 시작된 뤼카스 휘스먼 송별 만찬에는 문제가 하나 있었는데, 바로 젓가락의 부재였다. 정석은 유감스럽게도 젓가락이 죄다 사라진 것을 방금 전 알게 되었다고 했다. 하여 포크와 나이프로 식사를 하는 다섯 사람은 일견, 서양 문화를 너무 사랑하여 백인들의 가장 깊은 멍청함까지도 받아들이기로 작정한 정신 나간 사대주의자들처럼 보였다.

한편, 해산물 알레르기 때문에 소고기 우동밖에 먹을 수 없는 신해남은 은 포크에 우동 면발을 돌돌 감아 먹으며, 그의 인생에서 최고로 불행했던 시기, 하여 이후로 언급을 꺼리게 된 5년여의 미국 대학원 유학 시절을 떠올렸다.

그가 다닌 학교는 중부의 산골짜기 깡촌에 있어서 라면 하나를 사려 해도 차로 이십 분을 가야 했다. 도착하고 곧바로 지갑을 잃어버린데다가, 설상가상으로 인터넷뱅킹까지 해킹당하는 바람에 한동안 아무런 구매 활동도 할 수 없었던 그는 젓가락조차 구하지 못해서 집에서 공수해온 소중한 컵라면을 포크에 돌돌 감아서 먹어야 했다. 미국에 대한 그의 인상은 거기서부터 망가지기 시작했다. 곧 그가 도달한 결론은, 대학과 관련된 사람들을 빼면 미국인들은 놀랍도록 야만적인 종족이라는 것이었다. 어린 시절부터 쌓아올려진 미국에 대한 환상이 무너져내렸고, 이후 주기적으로 겪은 인종차별과 고향에 대한 향수병 등으로 인해 한국으로 귀국할 즈음 그는 열렬한 애국자가 되어 있었다.

하지만 불행하게도 다시금 그가 고국에 대해 받은 인상은 한국인들 또한 미국인들과 우열을 가릴 수 없이 미개하다는 것이었다. 물론 바로 그런 이유로 어린 시절 외국을 은밀히 동경했었지만, 유학 경험을 통해 도피적 환상 또한 깨어졌고, 남은 것은 이럴 수도 저럴 수도 없는 깊은 불만족과 무력감이었다. 하지만 그는 자신의 혼란을 잘 숨긴 채 성공적으로 한국사회에 적응했다.

유학파 출신의 잘나가는 미국계 IT 회사의 정직원. 그는 누군가에게는 선망의 대상이었으며, 대체로 좋은 대우를 받았으며, 쉽게 사람들과 친해졌다. 하지만 주기적으로 스스로가 사기꾼처럼 느껴졌는데 그건 괴상한 일이었다. 청춘을 바쳐 치열하게 살아왔는데, 그 결과가 사기꾼이라니? 그는 자신을 둘러싼 상황이 부당하게 느껴졌지만 정확히 뭐가 문제인지 알 수 없었고 탐구하고 싶지도 않았다. 결론적으로, 그는 뒤늦게 찾아온 회의감으로부터 도망치기 위해 그가 성취

하지 못한 자유를 가진 듯이 보이는 이상한 사람들, 혹은 진짜 사기꾼들과 친해지게 된 것인지도 몰랐다.

그는 금세 비워버린, 솔직히 정말 맛있었던 소고기 우동 그릇에서 눈을 떼고 주위를 돌아보았다. 구소라가 제일 먼저 눈에 들어왔다.

그녀는…… 아름다웠다. 특히나 저 크고 맑은, 빨려들 듯 깊은 눈동자는 초현실적이었다. 마침 신해남이 자신을 보고 있는 것을 눈치챈 구소라가 살짝 미소를 지었고, 그런 그녀는 불행히도 지구 따위의 별 볼 일 없는 행성에 불시착한 고귀한 외계 생명체처럼 보였다.

한편, 그녀 옆의 이로아는 전혀 다른 비현실성을 뿜어내고 있었다. 마치…… 지옥을 뚫고 나오는 데 성공한 괴물 전사 같지 않은가? 또 한편, 신해남의 옆에 앉은 정석에게서는 언제나처럼 풋풋한 소년 같은 매력이 뿜어져나왔다. 회사에서 처음 정석을 만났을 때, 신해남은 정석이 자신보다 세 살이나 많다는 사실에 놀랐다. 여전히, 사람들은 신해남이 정석을 형이라고 부르면 놀라곤 했다. 대체 저 해맑은 인상의 어디에 악마가 숨어 있는 걸까?

그리고 그건 뤼카스 휘스먼도 마찬가지였다. 저렇게 찍어낸 것 같은 엘리트의 면모를 지닌 인간이 대체 왜 이따위 악행으로 커리어에 흠집을 낸 걸까? 하지만 그건 자신도 마찬가지가 아닌가. 결과적으로, 자신을 포함하여 여기에 있는 다섯 명은 표면적으로는 사회적 결격사유가 없는 멀끔한 인간들 같지만 그 내부는 완전히 썩어버린, 사실상 어떤 구원도 불가능할 정도로 타락한 영혼들이라는 점에서 공통점을 지니고 있는지도 몰랐다. 그 결과 여기 모이게 된 것일지도? 완벽하게 비슷한, 극도로 이기적인, 남부럽지 않게 우수한, 동시에 마음속 깊숙이 덜떨어진 광기를 숨기고 있는 타락한 인간들. 아니, 인간이 되는 데 실패한 불나방들일까? 세상은 분명 더 나아질 것이다, 오늘밤 우리가 전부 사라져버린다면. 그렇지 않나?

—해남씨는 오늘 과묵하네.

구소라의 말에 신해남의 생각은 중단되었다.

—어…… 무슨 이야기 중이셨죠?

—제주도에서는 매해 외지인이 수백 명씩 죽어 나간다고 해요. 원인불명의 사고와 미스터리한 자살, 이해할 수 없는 동기의 살인사건이 하루에 하나꼴로 일어난다구요.

구소라가 내용과 맞지 않는 극히 평화로운 목소리로 말했다.

—애초에 걔들은 죽으러 온 거야.

정석이 시니컬하게 말했다.

—해남씨, 서울에서 여자친구와 동반자살 시도했다가 실패했지? 여기서라면 성공할지도 몰라.

구소라가 말했다.

—그러게. 내가 항상 강조했는데, 해남아. 미친 여자 만나지 말라고……

말하며 정석이 킬킬거렸다. 신해남이 무표정한 얼굴로 그를 바라보았다.

—해남씨가 지루한가봐. 대화 주제를 바꿔볼까?

구소라가 말했다.

—지루하니, 해남아? 혹시 꼭 하고 싶은 얘기가 있니, 마지막으로……?

정석이 묘한 미소를 지으며 물었다. 신해남이 대답했다.

—빅토리아에 대해 이야기해보자.

—빅토리아에 대해 말하고 싶어?

정석이 물었다.

—형은 빅토리아에 대해 어떻게 생각해?

—간단해. 걔는 딜러였어. 생산성을 높이는 데 꼭 필요한 존재였지. 근데 이제 소임이 끝난 거지.

—소임?

—Simply put, she was unhappy. She was very, very unhappy and it was no one's fault.

뤼카스 휘스먼이 말했다.

—그래서 죽였어요?

이로아가 물었다. 뤼카스 휘스먼이 미소 짓고는 말했다.

—이로아씨, 알아요? 당신을 처음 본 순간 나와 아주 닮았다는 생각이 들었지.

—저는 사장님이 스스로를 신이라고 생각하는 미친놈인 줄은 몰랐어요.

뤼카스 휘스먼이 다시금 미소 지으며 말했다.

—Dieu n'est qu'un mot, mais je suis plus que ça.

—사람 죽이면 기분이 어때요? 좀 들려주세요, 궁금한데.

신해남이 물었다. 뤼카스 휘스먼이 여전히 미소 지은 채로 새 샴페인 병을 땄다. 그리고 신해남의 빈 술잔을 채우며 말했다.

—복 많이 받아.

신해남이 말없이 그를 노려보았다.

—야, 너 감히 누구한테 눈을 부라리니?

정석이 끼어들었다.

—형이 무슨 상관이지?

—넌 배신자야. 여자한테 빌붙어먹는 놈팽이 새끼……

—뭐? 놈팽이?

—빅토리아 그 썅년이 이로아한테 쪼르르 달려가서 전부 다 까발릴 줄은 예상 못했어. 물론 우린 아무 잘못도 없어. 내 말은, 걘 자살한 거야. 우린 아무 짓도 안 했어!

—그럼 블라드는?

—걔는……

—형이 인간이야?

—해남아, 니가 잘 몰라서 그런데, 니가 인간을 전혀 이해를 못해서 그런데, 근데 솔직히 그건 중요한 게 아니고, 중요한 건! 해남이 너 씹새끼랑 사랑하는 내 아내 구소라까지 우리를 배신하고 이로아 쪽에 붙었다는 거야. 수완이 좋네, 이로아씨? 아니 돈이 좋은 건가? 근데 이로아씨 진짜 부자야? 구라 아니야? 얼마나 많은데? 근데 씨발 그렇다고 쳐도…… 돈이 그렇게 좋니? 구소라 너는 집에 이미 돈이 많잖아? 근데도 그렇게 좋아? 하긴, 그렇게 돈이라면 환장하는 DNA를 가졌으니 부자가 된 거겠지. 그치?

—나는 너가 그렇게 끔찍한 짓까지 하고 다니는 줄 몰랐어.

구소라가 정석에게 쏘아붙였다.

—거짓말하지 마, 다 알았잖아. 알면서도 눈감아준 거잖아?

—사랑하니까 믿으려고 했어.

—웃기네. 너 나 사랑한 적 없잖아?

구소라가 정석을 노려보았다. 정석이 자리에서 일어나 구소라에게 다가가더니 대뜸 그녀의 배를 발로 걷어찼다. 구소라가 비명을 지르며 바닥으로 넘어졌다.

—없지, 씨발년아! 내가 처음부터 알았어. 고상한 척은 다 하는데, 진짜 저질 쓰레기라는 거, 내가 진짜 처음부터 알았어! 어떻게 그러니? 어떻게 그렇게 천박해? 왜긴 왜겠어, 지 애비를 닮아서 그런 거지. 너 잘생긴 아빠를 쏙 빼닮아서 그렇게 미모가 출중한 거라며? 근데 그 잘생긴 부자 아빠가 초등학교밖에 안 나온 걸 누가 믿겠냐. 아이고 불쌍한 년…… 근데 너는 좀 맞아야 돼!

정석이 다시금 발로 걷어차려는 시늉을 했고 구소라가 양손으로 배를 감싸안은 채 비명을 질렀다. 정석이 웃음을 터뜨렸다. 구소라가 창백해진 얼굴로 죽일 듯 정석을 노려보았다.

—왜? 노려보면 어쩔 거니?

—너가 혈통을 입에 올려서 얻는 게 뭘까?

—뭐?

—너희 아버지 아직도 감옥에 있잖아. 아, 서울대 나오셨다구. 지겹도록 들었지. 서울대 법대 수석 입학하셨다고, 그래서 그 좋은 머리로 온갖 사기를 치고 다니셨다고? 사기꾼에도 급이 있다고, 니가 그랬잖아. 그래서 뭐가 어떻게 다른데? 명문대 출신 사기꾼은 뭐가 그렇게 달라? 솔직히 말해봐. 뤼카스 휘스먼이 너희 아버지 닮아서 좋아하는 거지? 너 학벌 좋은 양아치 새끼라면 환장……

정석이 완전히 이성을 잃은 눈빛으로 구소라를 향해 돌진했다. 그런 그를 신해남이 막아섰고, 정석이 괴성을 지르며 신해남을 향해 주먹을 날렸다. 신해남이 피하려다 바닥으로 넘어졌고, 정석이 넘어진 그를 향해 달려들었다. 두 사람이 엉겨붙어 싸우기 시작했다. 조심스레 그들을 향해 다가가던 이로아가 뤼카스 휘스먼을 보고 멈춰 섰다. 그가 권총으로 신해남을 겨누고 있었다.

—해남씨! 총! 조심해!

신해남이 멈칫했고, 그 틈을 놓치지 않고 정석이 신해남의 얼굴에 정통으로 주먹을 날렸다. 신해남이 양손으로 얼굴을 감싸며 바닥에 넘어졌다. 신해남은 피범벅이 된 얼굴로 신음하며 뤼카스 휘스먼을 봤다. 그의 손에 들린 권총을 확인한 신해남이 황당하다는 표정으로 일어서려고 했다.

—Don't move.

뤼카스 휘스먼이 말했다.

—쏴버려.

정석이 말했다.

—아니, 잠깐만……

신해남이 다시금 일어서려 하자 정석이 막아섰다.

—형이 수도 없이 경고했지, 미친년 만나지 말라고. 근데 내 말을 절대 안 듣더라? 왠지 알아? 니가 인생을 좆같이도 편하게 살아와서 현실감각이 제로여서 그런 거야.

정석이 테이블에 놓인 냅킨을 한 뭉치 집어 피가 맺힌 자신의 입술을 닦고는 신해남을 향해 던졌다.

—너 같은 새끼는 뒈져봐야 돼. 그래야 세상 무서운 걸 알지. 진짜 좀 깨달아야 돼. 어떡하면 뒈지는지를 알아야 된다고! 근데 뒈짐으로써 깨닫고 나면, 어라? 더는 살아갈 인생이 없네? 어떡하지? 어떡하긴 뭘 어떡하냐 병신 새끼야, 꼴좋다. 푸하하!

—지랄하네, 미친 새끼.

신해남의 말에 정석이 뤼카스 휘스먼에게서 총을 빼앗아 방아쇠를 당겼다. 신해남이 비명을 지르며 바닥을 굴렀다. 하지만 총알은 그의 몸을 아슬아슬하게 비껴가 벽에 박혔다.

뤼카스 휘스먼이 실망한 표정으로 정석을 보았다.

—That was on purpose.

정석이 변명하며 어깨를 으쓱했다. 뤼카스 휘스먼이 한숨을 쉬더니 담배에 불을 붙였다. 정석 또한 담배에 불을 붙였다. 이어진 잠깐의 시간, 혼이 쏙 빠질 듯 활기찬 스윙 재즈 음악을 제외하면 모든 것이 정지되어 있었다.

잠시 뒤, 정석이 바 아래 서랍을 열어 검은색 덕트 테이프를 꺼냈다. 그는 테이프로 신해남의 입을 막고 양팔과 양발을 꽁꽁 묶었다.

—이제 와서 하는 말인데, 너랑 자고 기분 정말 더러웠어. 진짜로 특별히 좆같았거든.

이어 그는 같은 식으로 이로아를 묶었다. 마지막으로 구소라에게 다가가며 그는 말했다.

—사랑하는 나의 구소라. 내가 너를 죽여서 얻는 게 뭐가 있을까마는……

구소라가 죽일 듯이 그를 노려보았다.

—솔직히 이해가 안 돼. 왜 여길 제 발로 기어들어온 거야? 진짜 솔직히…… 이거 뤼카스 아이디어였거든? 난 반대했어. 근데 역시, 글로벌 엘리트는 다르네. 이래서 내가 최종적으로 그와 함께할 수밖에 없는 거지.

그렇게 말하곤 정석이 뤼카스 휘스먼을 향해 엄지손가락을 쳐들었다. 휘스먼이 답례로 한 손에 든 샴페인 잔을 치켜올렸다.

—구소라, 알지? 내가 애정결핍이라는 거. 어려서 사랑을 못 받고 자라서 그래. 근데 이제 괜찮아. 진정한 사랑을 찾았거든. 난 진짜 니가 내 마지막 사랑인 줄 알았는데……

정석이 구소라까지 다 묶고 나서 뤼카스 휘스먼을 향해 다시금 엄지손가락을 치켜올렸다. 그러자 그가 손짓했고, 정석이 끌리듯 그에게 다가갔다. 뤼카스 휘스먼이 정석의 등을 툭, 두드린 뒤 샴페인 잔을 든 채 묶여 있는 사람들 쪽으로 다가와 입을 열었다.

—친애하는 여러분, 오늘 저의 송별회에 함께해주신 점 특별히 감사드립니다. 참, 후회가 되시죠? 내 인생은 왜 이렇게 되었을까. 결정적 문제가 무엇이었을까. 그 이유를 제가 알려드리죠. 아주 간단해요. 당신들이 충분히 강하지가 않아서 그래요. 지력과 체력 양쪽에서 부족한 겁니다. 그래서 여러분들이 살 기회를 잃은 거예요.

뤼카스 휘스먼이 잠시 말을 멈춘 뒤 남은 샴페인을 비웠다.

—아시다시피 우리 인류는 미증유의 시대로 진입했습니다. 예를 들어, climate change. 심각한 위기죠? 이런 시대

에는 무조건 강자만이 살아남는 겁니다. 나머지는 애석하지만……

말을 잇던 뤼카스 휘스먼이 갑자기 울먹였다.

—Madelaine……

정적.

—Madelaine…… mijn meisje……

—마들레인이 누구야?

정석이 물었다.

—내 딸. I really miss her……

정석이 당황스러운 표정으로 뤼카스 휘스먼을 보았다. 한참을 훌쩍이던 뤼카스 휘스먼이 마침내 말을 이었다.

—자, 여러분. 이제…… 우리가 여러분을 어떻게 할 건가 궁금하시죠. 간단해요. 우리는 당신들에게 휘발유를 뿌린 후에 불을 붙일 겁니다. 당신들과 함께 이곳을 홀랑……

휘스먼이 휘청였다.

—태워버릴 겁니다. 그리고 제주 harbour로 가서…… then……

뤼카스 휘스먼이 더이상 말을 잇지 못하고 바닥으로 쓰러졌다.

—Lukas?

정석이 뤼카스 휘스먼을 향해 다가갔다.

—Lukas? 어……

하지만 그 또한 말을 잇지 못하고 힘없이 바닥으로 쓰러졌다. 그리고 모든 것이 멈춰 섰다. 정신 사나운 스윙 재즈 음악만이 남았다.

얼마쯤 지났을까. 신해남은 자신을 제외한 모두가 정신을 잃었다는 사실을 깨달았다. 혼란에 빠진 그의 앞에 문득 희미한 빛이 나타나더니 점차 사람의 형체로 변했다. 은소라였다. 그녀는 손을 뻗어 신해남의 몸에 감긴 테이프를 뜯어냈다. 테이프는 마법처럼 아주 쉽게 뜯어졌다. 그녀가 뜯어낸 테이프를 허공으로 던지자 공중으로 떠오른 테이프가 불타오르더니 순식간에 재가 되어 흩어졌다. 이어 은소라의 유령도 천천히 희미해지더니 사라졌다.

8

은소라가 사라지고 난 뒤 한참 동안 신해남은 아무 생각도, 어떤 행동도 할 수 없었다. 온몸이 불에 덴 듯 화끈거리고 욱신거렸다.

마침내 정신을 차리고 몸을 일으키려는데, 그제야 시끄러운 음악 소리가 감지되었다. 그는 바 쪽으로 다가가 노트북을 닫아버렸다. 순식간에 주위가 고요해졌다.

그는 넋 나간 표정으로, 휘청거리며 화장실로 향했다. 화장실 거울에 비친 얼굴은 엉망이었다. 온통 땀과 피로 젖어 있었고, 검붉게 부풀어오른 코는 자신의 것으로 느껴지지 않았다. 얼굴에 물을 끼얹자 코 전체를 칼로 잘라내는 듯한 통증에 절로 신음소리가 났다. 대충 세수를 마치고 화장실에서 나왔을 때, 여전히 자신을 제외한 네 사람이 정신을 잃은 채 바닥에 누워 있는 것이 눈에 들어왔다. 그는 가장 가까이 있는 의자에 무너져내리듯 앉은 뒤 중얼거렸다.

—이게 뭐지.

망연자실한 듯 앉아 있는 신해남의 기억이 문득 반나절 전으로 되감아졌다.

'내가 도대체 뭘 잘못했는데? 소라 누님은 아세요? 우리가 뭘 잘못했길래…… 이런 농담 속에 갇히게 된 건지 소라 누님은 아세요?'

—지나간 일을 되돌릴 수는 없어요.

그때, 구소라가 말했었다.

—그럼요? 어떻게 하죠? 누님은 어떻게 하실……

—나한테 아이디어가 있어요.

'나한테 아이디어가 있어요.'

구소라가 그렇게 말했었다. 그랬다는 것을 신해남은 떠올렸다.

—이게 그 아이디어라고?

신해남은 정신을 잃은 구소라를 향해 물었다. 그녀는 대답이 없었다.

—이거라고……?

신해남은 중얼거리며 바에 놓인 샴페인 병을 집어 병째로 마셨다. 온기가 온몸으로 퍼져나가며, 몸이 부들부들 떨렸다. 그는 떨리는 손으로 담배에 불을 붙인 뒤 바깥으로 나갔다. 새까만 어둠이 주위를 덮고 있었다. 그는 어둠 속 핏빛으로 빛나는 실버 샌드를 바라보며 담배를 피웠다.

*

—로아씨?

흐릿한 이로아의 시야에 한 사람이 들어왔다. 신해남이었다. 그는 걱정 섞인 표정으로 이로아를 들여다보고 있었다. 이로아는 눈을 몇 번 깜빡거리더니 얼굴을 찡그렸다.

—괜찮아요?

신해남이 다시금 물으며 그녀의 어깨를 흔들었다. 이로아는 천천히 몸을 일으키곤 주위를 돌아보았다. 옆에 구소라가 정신을 잃은 채 쓰러져 있었다. 그리고 반대편에는 놀랍게도 정석과 뤼카스 휘스먼이 테이프에 온몸이 칭칭 감긴 채로 바닥에 누워 있었다. 이로아는 손을 뻗어 그들을 가리켰다.

—내가 묶어놨어요.

이로아는 무슨 말을 하려다 말고 머리가 욱신거리는지 한 손을 이마에 얹고 찡그리며 자리에서 일어났다. 그녀는 나란히 누워 있는 정석과 뤼카스 휘스먼에게 다가가 쪼그려앉았다. 그리고 손가락으로 두 사람의 몸 여기저기를 찔러본 다음 반응이 없자 일어서 신해남을 보았다. 신해남이 엄지손가락을 치켜올렸다.

이로아는 테이블에서 샴페인 병을 하나 집어 뚜껑을 딴 뒤 빈 잔에 따랐다. 술을 몇 모금 마시자 창백하던 그녀의 얼굴에 이내 혈색이 돌아왔다. 하지만 곧 얼굴을 찡그리더니 입을 틀어막고 화장실로 뛰어갔다.

잠시 뒤 화장실에서 나온 이로아의 얼굴은 아까처럼 창백해져 있었다.

—간장에…… 약을 탔나봐요.

그녀가 한껏 거북한 표정을 지으며 구소라에게 다가갔다. 역시 창백한 얼굴로 쓰러져 있는 구소라의 자태는 라파엘로의 조각상처럼 신비로운 아우라를 풍겼다. 이로아는 작게 한숨을 쉬고는 신해남을 향해 물었다.

—해남씨는 괜찮아요?

신해남이 고개를 끄덕였다.

—아니…… 저 사람들, 죽여버리면 해남씨도 범죄자가 되는 거잖아요.

신해남은 말이 없었다.

—신고할까요?

이로아가 물었다. 신해남이 잠시 생각한 뒤 대답했다.

—아뇨.

*

신해남이 구소라를 업고 나와 길 건너에 세워둔 차에 태웠다. 그사이 이로아는 정석이 준비해놓은 휘발유를 찾아내 가게에 뿌렸다.

잠시 뒤 그녀가 가게를 빠져나왔을 때, 신해남은 테라스 앞에 선 채 꿈을 꾸는 듯한 표정으로 담배를 피우고 있었다. 이로아가 신해남의 담배를 빼앗아 한 모금 피운 뒤 실버 샌드 안쪽으로 던져 넣었다. 순식간에 불이 붙었고 두 사람은 차 쪽으로 뛰었다.

두 사람이 차에 도착했을 때, 화염은 놀라운 속도로 실버 샌드를 집어삼키고 있었다.

—무간업화無間業火로구나.

이로아가 중얼거렸다.

—잘 가요, 나의 태양왕.

그녀는 그렇게 말하고는 잠시 울었다.

—가죠.

신해남이 말했다. 이로아가 고개를 끄덕였다.

두 사람이 차에 올라타고 마침내 출발하려는 찰나, 룸미러로 구소라가 꿈틀거리는 것이 보였다.

—소라씨!

이로아가 작게 외쳤다. 구소라가 고통스러운 표정으로 눈을 떴다. 그녀의 눈에 눈물이 가득 고여 있었다.

—괜찮아요. 다 끝났어요.

이로아가 말했다.

—뭐가……?

겨우 몸을 일으켜 주위를 두리번거리던 구소라가 창밖의 화염을 발견하고는 시선을 고정했다. 몇 초가 흘렀을까, 타오르는 것이 실버 샌드라는 것을 깨달은 그녀는 괴성을 지르며 차에서 뛰쳐나갔다. 신해남이 차에서 내려 구소라를 잡았다. 그녀는 두어 번 반항하더니 바닥에 주저앉아 목놓아 울기 시작했다.

—죄송해요.

이로아가 구소라에게 다가가 말했다.

—아니야, 다 내가……

구소라가 흐느끼며 말을 이었다.

—내가 와사비에 몰래 수면제를 탔어요……

이로아가 흐느끼는 구소라를 일으켜 차에 태웠다.

잠시 뒤 차가 출발했다. 불타오르는 실버 샌드가 멀어져가기 시작했다. 그리고, 더 먼 곳에서, 소방차의 사이렌이 들려왔다.

*

세 사람이 인적 없는 바닷가에 도착했을 때, 지평선 너머로 희미하게 어둠이 걷히고 있었다. 신해남은 시동을 끄고, 창을 연 뒤 담배에 불을 붙였다. 이로아와 구소라는 차에서 내렸다.

—몰랐어…… 석이가 나까지 죽이려고 그렇게……

구소라가 멍하니, 햇살로 물들어가는 바다를 바라보며 말했다. 이로아가 그녀의 손을 잡으며 말했다.

—이제 괜찮아요.

구소라가 눈물 가득한 눈으로 이로아를 보았다. 이로아가 뭔가 말하려고 하자 구소라가 고개를 흔들며 말했다.

—우리 산책해요.

두 사람은 나란히 바다 쪽으로 걸었다. 바다와 육지의 경계에 도착했을 때 이로아가 말했다.

—이제 진짜 끝났어요.

구소라가 이로아를 바라보았다. 전혀 이해할 수 없다는 표정이었다. 이로아가 양손으로 구소라의 얼굴을 감싸쥐었다. 그리고 그녀의 창백하고 완벽한 이마에 키스하며 기도했다. 이 아름다운 여자가 이제 나의 노예가 되게 해달라고.

하지만 구소라는 흐느끼며 몸을 뺐다. 그러고는 구슬피 울며 바닷속으로 걸어들어갔다. 이로아는 가만히 선 채 그런 그녀를 바라볼 뿐이었다.

—누님! 어디 가요! 소라 누님!

잠시 뒤, 신해남이 소리치며 뛰어오기 시작했다. 한편, 이로아는 시선을 돌려 밝아오는 하늘을 응시했다. 한참을 바라보고 있자니 하늘 한가운데 뭔가 뿌옇고 작은 형체가 빚어져 사람의 형상이 되었다. 그것은 은소라였다. 이어 그녀 옆에 또다른 형체가 떠올랐는데, 그것은 양은영이었다. 두 사람은 천천히, 더욱 하늘 높이 떠올라, 이로아를 향해 환하게 미소 짓더니, 흩어져 사라졌다.

—정말 끝인가.

이로아는 중얼거렸다. 그렇다. 드디어 은소라로부터 해방된 것이다. 그리고 양은영으로부터, 뤼카스 휘스먼으로부터, 정석으로부터, 실버 샌드로부터, 어쩌면 온 세상으로부터…… 그녀는 두 눈을 크게 뜨고 주위를 돌아보았다. 마침내 그녀가 도달한 곳을 바라보았다.

천천히, 그녀의 커다란 두 눈에 눈물이 고이기 시작했고, 눈물에 가려 시야가 흐려졌다. 이로아는 꽤 오랫동안 울었다. 마침내 울음을 멈춘 뒤 눈을 뜨자 시야에 들어온 것은 기억 속 어느 꿈의 해변가, 해질녘 하늘의 빛깔이었다. 네온 핑크와 오렌지, 레몬옐로와 일렉트릭 퍼플 빛으로 물든, 금빛 진주 가루가 흩뿌려진 듯 나른하게 빛나는 구름들이 휘핑크림처럼 부드럽게……

—이제 우리 세상 끝으로 가요.

누군가 속삭이는 소리가 들려왔고, 그녀는 두 팔을 뻗어 광활한 바닷속으로 헤엄쳐 들어갔다.

문학동네 플레이 시리즈

바캉스 소설

1판 1쇄 2023년 6월 16일
1판 2쇄 2023년 12월 7일

지은이 김사과
책임편집 정은진 | 편집 정민교 김도영
디자인 이보람 유현아 | 저작권 박지영 형소진 최은진 서연주 오서영
마케팅 정민호 서지화 한민아 이민경 안남영 왕지경 황승현 김혜원 김하연 김예진
브랜딩 함유지 함근아 고보미 박민재 김희숙 박다솔 조다현 정승민 배진성
제작 강신은 김동욱 이순호 | 제작처 천광인쇄사

펴낸곳 (주)문학동네 | 펴낸이 김소영
출판등록 1993년 10월 22일 제2003-000045호
주소 10881 경기도 파주시 회동길 210
전자우편 editor@munhak.com | 대표전화 031)955-8888 | 팩스 031)955-8855
문의전화 031)955-2696(마케팅) 031) 955-2675(편집)
문학동네카페 http://cafe.naver.com/mhdn
인스타그램 @munhakdongne | 트위터 @munhakdongne
북클럽문학동네 http://bookclubmunhak.com

ISBN 978-89-546-9928-0 04810